Sauerländische Mundart-Anthologie

Siebter Band:
Lüdenscheider Prosa der Weimarer Zeit von Emma Cramer-Crummenerl

Sauerländische Mundart-Anthologie

Siebter Band:
Lüdenscheider Prosa
der Weimarer Zeit von
Emma Cramer-Crummenerl

Eingeleitet von
Peter Bürger

Textreihe zur Mundartliteraturgeschichte
aus dem Christine Koch-Mundartarchiv
am Dampf Land Leute-Museum Eslohe

© 2018
(Buchausgabe zur Digitalen Bibliothek „daunlots")
Sauerländische Mundart-Anthologie.
Siebter Band:
Lüdenscheider Prosa der Weimarer Zeit
von Emma Cramer-Crummenerl
Mit einer Einleitung von Peter Bürger

Textreihe zur Mundartliteraturgeschichte
aus dem Christine Koch-Mundartarchiv
am Dampf Land Leute-Museum Eslohe

Umschlagmotiv: Lüdenscheider Industrie und
Landschaft um 1900 (privat)

Satz & Gestaltung: www.sauerlandmundart.de
Herstellung und Verlag: BoD – Books on Demand, Norderstedt

ISBN: 978-3-7528-0409-6

Inhalt

Emma Cramer-Crummenerl
(1875-1964

Über die Reihe
„Sauerländische
Mundart-Anthologie"

Das Sauerland bildet den südlichsten Zipfel des niederdeutschen Sprachraums. Noch bis weit ins 20. Jahrhundert hinein sprachen die Leute in vielen Ortschaften ein eigentümliches Plattdeutsch. Es zeichnete sich vor allem durch zahlreiche Mehrfachselbstlaute aus und wurde (bzw. wird) von Mundartsprechern aus anderen niederdeutschen Landschaften oft nur schwer verstanden. Heute ist den meisten jungen Menschen in Südwestfalen selbst der Klang der früheren Alltagssprache des Sauerlandes nicht mehr vertraut. Über ältere Schallplatten oder Tonkassetten, eine von Walter Höher bearbeitete CD-Edition des Märkischen Kreises[1] und die noch vollständig lieferbare Hörbuchreihe „Op Platt"[2] aus dem von Dr. Werner Beckmann und Klaus Droste betreuten *Mundartarchiv Sauerland* können jedoch zahlreiche Ortsmundarten, die schon „verstummt" sind, noch immer hörbar gemacht werden (Im reypen Koren 2010, S. 670-673 und 675-680).

Daneben versucht das *Christine-Koch-Mundartarchiv am Dampf LandLeute-Museum Eslohe* seit 1987, über die Vermittlung schriftli-

---

[1] „Auf 20 CDs aus sechs eingeteilten Sprachregionen des Bearbeitungsgebietes [märkisches Sauerland, Balve, Menden] kommen [...] insgesamt 140 Sprecherinnen und Sprecher zu Wort. Es sind plattdeutsche Sprachbeispiele in vielerlei Gestalt (Geschichten, Erzählungen, Gedichte, heitere Darstellungen, Berichte über Kinderspiele, bäuerliche und gewerbliche Verrichtungen in der Vergangenheit usw.) Die plattdeutschen CD-Texte wurden von Walter Höher in die hochdeutsche Sprache übersetzt und sind in einem Begleitbuch mitlesbar." (http://www.heimatbund-mk. de/ index.php/literatur)

[2] Insgesamt liegen schon 27 Text-&-Ton-Hefte *„Op Platt"* für den kurkölnischen Landschaftsteil vor, erhältlich beim Herausgeber der Reihe: Mundartarchiv Sauerland, Stertschultenhof Cobbenrode, Olper Straße 3, 59889 Eslohe. E-Mail-Kontakt: mundartarchiv@gmx.de [Internet: www.sauerlaender-heimatbund.de/html/opplatt. html]

cher bzw. literarischer Sprachzeugnisse einen Beitrag zum „plattdeutschen Kulturgedächtnis" im dritten Jahrtausend zu leisten. Eine vom Herausgeber dieses Buches bearbeitete Mundartliteraturgeschichte des Sauerlandes ist für den Zeitraum bis 1918 bereits abgeschlossen. Folgende Bände sind bislang erschienen und können über das Museum Eslohe erworben werden (www.museum-eslohe.de):

1. *Im reypen Koren.*
   Ein Nachschlagewerk zu Mundartautoren, Sprachzeugnissen und plattdeutschen Unternehmungen im Sauerland und in angrenzenden Gebieten (Eslohe 2010).
2. *Aanewenge.*
   Plattdeutsches Leutegut und Leuteleben im Sauerland (Eslohe 2006).
3. *Strunzerdal.*
   Die sauerländische Mundartliteratur des 19. Jahrhunderts und ihre Klassiker Friedrich Wilhelm Grimme und Joseph Pape (Eslohe 2007).
4. *Liäwensläup.*
   Fortschreibung der sauerländischen Mundartliteraturgeschichte bis zum Ende des ersten Weltkrieges (Eslohe 2012).

Die hier mit einem vierten Band fortgesetzte Reihe *„Sauerländische Mundart-Anthologie"* erschließt indessen den eigentlichen Gegenstand von Lieberhaberei und Forschung! Sie ist so konzipiert, dass Entwicklungen des plattdeutschen Schreibens in der Region anhand von Quellen nachvollzogen werden können. Die Auswahl darf also keineswegs auf solche literarischen Texte beschränkt bleiben, die der Bearbeiter als „besonders kunstvolle" Beispiele erachtet. Es gilt jedoch das Versprechen, dass in jedem Band Türen für ein ausgiebiges Lesevergnügen aufgetan werden.

Zugegeben, der Reihentitel ist irreführend, da das Projekt über eine „Blütenlese" weit hinausgeht und sich in die Richtung einer *Mundart-Bibliothek* für das kölnische wie märkische Sauerland (samt südwestfälischer Grenznachbarschaft) entwickelt. Einschlägige „Klassiker" und verstreute Textzeugnisse u. a. aus dem Heimatschrifttum vergangener Zeiten sollen darin in großzügiger – möglichst repräsentativer – Auswahl auch einer solchen Leserschaft dargeboten werden, für die bereits das Schriftbild (Fraktur) in alten Druckerzeugnissen eine erhebliche Barriere bedeutet. Seit über einem Vierteljahrhundert konnten im

Christine Koch-Mundartarchiv einige als verschollen geltende Raritäten, z.t. sehr umfangreiche Nachlass-Manuskripte und zahllose Zeugnisse einer breiten plattdeutschen Schreibkultur in der Region zusammengetragen werden. Die Früchte der diesbezüglichen Archivarbeit nunmehr nach Plan über die *„Sauerländische Mundart-Anthologie"* zugänglich zu machen, dieser Vorsatz ist die stärkste Triebfeder für das ganze Vorhaben. Der Blick auf den „nahenden Abschluss einer überschaubaren [neuniederdeutschen] Literaturtradition" (Robert Langhanke) geht bei einigen Plattdeutsch-Aktivisten noch immer mit rückwärtsgewandten Beschwörungen einher. Das hier Vorgelegte soll jedoch nicht dem Lamento dienen, sondern zu einer Lesereise durch die Kultur- und Sprachgeschichte einer Landschaft verführen.

Vorab einige „praktische Hinweise" zum Gebrauch der Edition. Jegliche Literatur wird im Hauptteil der einzelnen Bände nur über *Kurztitel* verzeichnet, deren Aufschlüsselung im Anhang („Literatur – Quellen") keine große Mühe bereitet. Der jeweils zugrundegelegten Textquelle ist ein „T" vorangestellt, während ein „L" auf weiterführende Hintergrundliteratur, Vergleichstexte etc. verweist (bisweilen ergänzt um gesonderte Hinweise auf hochdeutsche Fassungen und Übersetzungen). Jeder Kurztitel, der mit einem Sternchen* versehen ist, steht für eine Quelle bzw. Publikation, die auch im Internet abgerufen werden kann. Größere Eingriffe werden bei den Texten zumindest über einen summarischen Vermerk kenntlich gemacht. In dieser Edition geht es jedoch nicht um eine Vereinheitlichung der Schreibweise oder eine Beseitigung aller Widrigkeiten in den originalen Textdarbietungen. Die „Mundart" ist auf vielerlei Wegen und Irrwegen zu Papier gebracht worden. Auch das soll vermittelt werden.

Für die Zeit bis zum Ende des ersten Weltkrieges besteht inzwischen ein durchaus komfortabler Zugang zu Primärquellen. Über die Reihe *„daunlots"* auf www.sauerlandmundart.de und öffentliche Digitale Bibliotheken, insbesondere die der Universitäts- und Landesbibliothek Münster, ist die sauerländische Mundartliteratur dieses Zeitraums zu einem beträchtlichen Teil schon im Internet eingestellt. Frei abrufbar sind auch zwei plattdeutsche *Wörterbücher* (Woeste 1882* und Pilkmann-Pohl 1988*), die als Hilfsmittel für Textarbeit oder Eigenstudium empfohlen seien (Übersicht zu weiteren lokalen Wortsammlungen, Grammatiken etc.: Im reypen Koren 2010, S. 436-445). Die *Kommission für Mundart- und Namenforschung Westfalens* erschließt auf ihrer Website Projekte, Publikationsangebote, Schaubilder,

Hörbeispiele und interaktive „Lernmöglichkeiten" für den gesamtwestfälischen Raum (www.lwl.org/ LWL/Kultur/komuna/). Das Literaturverzeichnis jedes Bandes soll neben dem Quellennachweis dazu dienen, all diese Ressourccen für weiterführende literarische Erkundungsreisen und „Heimstudien" aufzuzeigen.

Die gesamte Edition kann zunächst frei zugänglich im Internet aufgerufen und ebenso in Form gedruckter Bände (book on demand) erworben werden. Dieses Konzept der doppelten Veröffentlichung entspricht dem Anliegen, über kleine Spezialzirkel hinausgehend Interesse zu wecken und allen, die es möchten, auch ein „digitales Abtasten" des edierten Sprachmaterials zu ermöglichen. – Jeder Band der Reihe wird realisiert, wenn für seine Bearbeitung eine Förderung in Höhe von 500,- Euro zugesagt ist. Derzeit liegt keine weitere Zusage für eine solche Basis-Förderung vor. Deshalb kann der vorliegende 7. Band nur als Faksimile erscheinen.

Zum gegenwärtigen Zeitpunkt liegen in der Anthologie-Werkstatt bereits folgende Teile vor (hier BoD-Buchversionen nach www.sauerland mundart.de):

1. Erster Band:
   Niederdeutsche Gedichte 1300 - 1918
   Buchfassung ISBN 978-3-8370-2911-6
2. Zweiter Band:
   Plattdeutsche Prosa 1807 - 1889
   Buchfassung ISBN: 978-3-7392-2112-0
3. Dritter Band:
   Plattdeutsche Prosa 1890 - 1918
   Buchfassung ISBN: 978-3-7412-2240-5
4. Vierter Band:
   Lyriksammlungen der Weimarer Zeit
   Buchfassung ISBN: 978-3-7412-7387-2
5. Fünfter Band:
   Verstreute und nachgelassene Gedichte 1919-1933
   Buchfassung ISBN: 978-3-7412-7153-3
6. Sechster Band:
   Prosa-Sammlungen der Weimarer Zeit. Kölnisches Sauerland.
   Buchfassung: ISBN 978-3-8482-5981-6
7. Siebter Band:
   Lüdenscheider Prosa der Weimarer Zeit
   von Emma Cramer-Crummenerl

Einleitung zu diesem Band

Über Emma Cramer-Crummenerl (1875-1964), die plattdeutsche Dichterin Lüdenscheids[3]

Peter Bürger

Bis zum Ende des Kaiserreiches sind in der südwestfälischen Mundart-literatur neben rund 50 männlichen Textproduzenten nur zwei Frauen hervorgetreten: die „kurkölnische" Sauerländerin Christine Koch (1869 -1951) und die 1875 geborene Lüdenscheiderin Emma Cramer-Crummenerl (gest. 1964). Die jüngere Autorin konnte in Lüdenscheid offenbar komfortable Verlagsmöglichkeiten nutzen. Die Haupttitel auf den Umschlägen ihrer drei Bücher mit Texten in „Lünscher Platt" fallen jedoch rein *hochdeutsch* aus. Auch deshalb konnte sie später in „platt-deutschen Zusammenhängen" leicht übersehen werden. Gleichwohl: Die Lüdenscheiderin ist als die produktivste Mundartdichterin des gesamten märkischen Sauerlandes zu betrachten.

Es ist davon auszugehen, dass sich ein beträchtlicher Teil der platt-deutschen Schreibkultur Lüdenscheids während der ersten drei Jahr-zehnte des 20. Jahrhunderts im nahen Zeitungswesen abgespielt hat.[4]

---

[3] Der Text folgt meinem folgenden Beitrag: Peter Bürger: „Aus Herzens Über-fluss". Über Emma Cramer-Crummenerl (1875-1964), die plattdeutsche Dichterin Lüdenscheid. In: Geschichts- und Heimatverein Lüdenscheid e.V. (Hg.): Der Reidemeister – Geschichtsblätter für Lüdenscheid Stadt und Land Nr. 210 vom 16. Mai 2017, S. 1886-1892. [http://www.ghv-luedenscheid.de/publikationen/der-reidemeister/] [Kurztitel: Bürger 2017b]

[4] Vgl. Peter Bürger: Die Lüdenscheider Mundartliteratur. Ein Überblick zum „plattdeutschen Kulturgedächtnis" vor Ort im Licht der Sprachgeschichte. In: Ge-schichts- und Heimatverein Lüdenscheid e.V. (Hg.): Der Reidemeister – Geschichtsblätter für Lüdenscheid Stadt und Land Nr. 210 vom 16. Mai 2017, S. 1877-1885. [www.ghv-luedenscheid.de/publikationen/der-reidemeister/] [Kurztitel: Bürger 2017a]

Die Sache muss populär gewesen sein, denn sonst wären auf der Grundlage von lokalen Presseveröffentlichungen zwischen 1916 und 1928 nicht *drei* Bücher mit Mundarttexten allein aus der Schreibwerkstatt von EMMA CRAMER-CRUMMENERL zum Druck gelangt. Erzählt wird nicht mehr nur von einer längst in Auflösung befindlichen bäuerlichen Kultur. Die Lüdenscheider Autorin holt auch die Welt der Arbeiter in ihre plattdeutschen Geschichten, und damit ist sie im Sauerland eine – recht einsame – Pionierin. Die Offenheit für Mundarttexte im Lüdenscheider Verlagswesen der Weimarer Jahre lässt vermuten, dass es noch ein nennenswertes Publikum mit „plattdeutscher Erstsprachlichkeit" gab. Junge Leute oder gar Schüler haben wohl nur in Ausnahmenfällen dazu gehört. Die Sprachweitergabe war – in der Breite – bereits um 1900 abgebrochen.

Die 1928 bei Max Eckardt in Lüdenscheid verlegten *„Gesammelte Romane und Erzählungen"* enthalten jene Mundarttexte, die mit der hier vorliegenden Publikation als ‚Reprint' erneut dokumentiert werden (→Abschnitt 4 dieser Einleitung).

1. BIOGRAPHISCHE HEIMATSUCHE

Emma Crummenerl hat ihren Lebensweg im Buch *„Die Geister, die ich rief"* geschildert.[5] Dieses Werk wird im 1953 geschriebenen Vorwort als Autobiographie charakterisiert, doch die gleichzeitige Klassifikation als „Frauenroman" öffnet auch das Tor hin zum Unverbindlichen, Fiktionalen. Helmut Pahl folgt in einer Veröffentlichung von 1969 fast überall diesem Roman.[6] Eine wissenschaftliche, von diesem Buch unabhängige Forschung zur Biographie liegt nicht vor.

Emma Crummenerl, geboren am 27. Februar 1875, verbringt mit ihren Eltern und dem zwei Jahre älteren Bruder Albert die ersten Lebensjahre in ihrer Geburtsstadt Lüdenscheid. Mit großer Wahrschein-

---

[5] Emma Cramer-Crummenerl: Die Geister, die ich rief. Frauen-Roman. Balve: Hönne-Verlag 1954. [Kurztitel: Cramer-Crummenerl 1954]
[6] Helmut Pahl: Schriftstellerin E. Cramer-Crummenerl. In: Heimatkalender für den Kreis Lüdenscheid 1970. Altena 1969, S. 166-171. [Kurztitel: Pahl 1969] – Derselbe Autor hat zuletzt 2003 einen kurzen biographischen Artikel vorgelegt, der keine neueren Informationen enthält: Helmut Pahl: Lüdenscheider Köpfe des kulturellen Lebens von A-Z. 177 Kurzbiographien. 1. Auflage. Mering: WEKA info verlag gmbh 2003, S. 25. [Kurztitel: Pahl 2003]

lichkeit können wir davon ausgehen, dass das Kleinkind in einer plattdeutschen Sprachwelt aufwächst. Das Mädchen ist jedoch erst fünf Jahre alt, als der Vater von einem Bruder das Angebot erhält, nach Breslau zu kommen und in seiner dortigen Metallwarenfabrik in leitender Stellung tätig zu werden. Der Lüdenscheider Haushalt wird aufgelöst. Die Crummenerls leben jetzt in Breslau, wo Emma auch ihren schulischen Weg beginnt. Ob die Familie dort in den eigenen vier Wänden das „Lünscher Platt" aus der alten Heimat spricht, wissen wir nicht. (Der Forscher Dr. Horst Ludwigsen urteilt später aber, Emma habe „das ursprüngliche Plattdeutsch" Lüdenscheids beherrscht.[7])

An einem Weihnachtsfest findet die zehnjährige Breslauer Schülerin ein Tagebuch unter dem Christbaum. Emma weiß das Geschenk mit vielen leeren Seiten zuerst nicht recht zu deuten und glaubt gar, sie solle ihre Schularbeiten hineinschreiben. Die Mutter klärt sie darüber auf, dass sie dem Tagebuch ihr eigenes Leben – Freude und Leid – anvertrauen kann. Die Autorin ist als Kind nicht nur im Elternhaus dazu ermutigt worden, sich selbst in Schriftform auszudrücken – ganz persönlich, unabhängig von schulischen Zwecken. Der prägende Pädagoge bittet laut Autobiographie in Briefen wiederholt darum, Emma möchte doch ihr „Talent nicht verkümmern lassen".[8] 1927 wird sie rückblickend im „Lüdenscheider Anzeiger" mitteilen: „Ich folgte dem Rate meines alten Breslauer Lehrers und schrieb mir alles von der Seele herunter."[9]

Während der Volksschulzeit hegt Emma den Wunsch, später Lehrerin zu werden. Die Familie trifft jedoch ein harter Schicksalsschlag. Der Vater erleidet in kurzer Folge „Blutstürze" und stirbt. „Die Mutter kehrte mit ihren beiden Kindern in die alte Heimat zurück, wo sie zunächst in einer Fabrik tagsüber arbeitete und für den späten Abend noch Heimarbeit mitbrachte, um genügend Geld für den Lebensunterhalt der Familie zu verdienen."[10] Emmas Mutter muss sich also als alleinerziehende Arbeiterin durchschlagen. Ein verwitweter

---

[7] Dr. Horst Ludwigsen: Brief an den Verfasser vom 14.12.2008.
[8] Cramer-Crummenerl 1954, S. 65, 69, 118, 234, 241.
[9] Zitiert nach: Pahl 1969, S. 168.
[10] So, der autobiographischen Schilderung getreu folgend: Pahl 1969. – Eine Kurzbiographie von 1937 unterbreitet hingegen folgende Version: „Fünfzehnjährig kehrte Emma mit ihren Eltern [!] nach Lüdenscheid zurück": Ferdinand Wagener: Künstlerschaffen im Sauerland. Meschede: Heimatverlag Dr. Wagener 1937, S. 144. [Kurztitel: Wagener 1937]

Vetter ihres verstorbenen Mannes, der am Rande Lüdenscheids einen Bauernhof bewirtschaftet, macht ihr später erfolgreich einen Heirats-antrag. Emma lernt jetzt im Haus des von ihr bald geschätzten Stief-vaters beim Kühehüten und Melken den bäuerlichen Lebensalltag ken-nen, arbeitet während dieses Lebensabschnittes aber auch selbst in der Fabrik und später als Dienstmädchen in einem Bochumer Haushalt. In den frühen 1890er Jahren muss sie sich wegen einer schweren Augen-erkrankung in Hagen einer dreimonatigen Krankenhausbehandlung unterziehen. Ihr Augenleiden kann nicht geheilt, aber zum Stillstand gebracht werden.

Am 29. September 1894 heiratet sie den jungen Hufschmied Hein-rich Cramer und lebt mit ihm in dessen Heimatort Wegerhof bei Halver. Als Emmas Stiefvater aufgrund von Krankheit arbeitsunfähig wird, zieht das Ehepaar von Wegerhof fort und übernimmt die Bewirt-schaftung des Bauernhofes am Rande Lüdenscheids. Die ersten beiden Söhne Fritz (1896-1945) und Albert (1899-1962) werden noch vor der Jahrhundertwende geboren. 1902 kann sich die „junge Bäuerin" und Mutter den Wunsch erfüllen, noch einmal Breslau aufzusuchen: „Ich suchte mein Jugendparadies und fand es nicht. Die Menschen waren mir alle fremd geworden, und die Straßen, Plätze und Häuser sind in anderen Städten ebenso. Gewiss, die Liebichshöhe war noch da, die Lessingbrücke und das Rathaus mit dem Würstelstand. Ich suchte meine Heimat und fand die Erkenntnis, dass meine wahre Erdenheimat doch nur das Sauerland mit meinem Heimatstädtchen Lüdenscheid ist."[11]

Das Leben in Lüdenscheid bleibt jedoch nicht beständig. Ehemann Heinrich Cramer darf nach einem „Lungenriss" auf Jahre hin keine schwerer körperliche Arbeit verrichten. Das Paar muss den Bauernhof, der Pahl zufolge „an der Ecke Worthstraße/Breitenloher Straße stand", samt Ländereien an die Stadt verkaufen und zieht in ein kleines Einfamilienhaus am Worthnocken. Bald schon folgt der Entschluss, einen Gasthof am Rhein nahe Neuwied zu kaufen und die Gastronomie dort mit „westfälischer Küche" zu führen. Der Niederlassungsversuch außerhalb des Sauerlandes – mit Ausblick auf „die Türme von Kob-lenz" – dauert nur wenige Jahre. Ein weiterer Umzug führt zurück nach Lüdenscheid, wo die Cramers nahe beim Hauptbahnhof ein Fuhr-geschäft in der Körnerstraße übernehmen. Hier kommt der dritte Sohn

---

[11] Cramer-Crummenerl 1954, S. 120.

Heinrich (1908-1945) zur Welt.[12] Das Thema „Heimatsuche" durch-
zieht vor dem ersten Weltkrieg die gesamte Familienbiographie. Dies
ist auch hinsichtlich des besonderen Interesses an der lokalen Sprach-
form des Geburtsortes stets mit zu bedenken.

2. IM SPÄTEN KAISERREICH:
KRIEGSGEDICHTE UND SKIZZEN ZUM LEUTELEBEN

Der „Lüdenscheider General-Anzeiger" druckt bereits 1905/1906 kleine
Gedichte und Erzählungen von Emma Cramer-Crummenerl; 1907
erscheint in diesem Blatt ihre erste hochdeutsche Novelle.[13] Für den
„General-Anzeiger" und weitere westfälische Zeitungen wird sie in den
kommenden Jahren zahllose Beiträge schreiben. Schon vor dem Krieg
des Kaiserreichs spricht sich dabei eine leidenschaftliche Anhängerin
des Hohenzollern-Kultes aus. Als zwei Söhne und auch der Gatte als
Soldaten in den ersten Weltkrieg ziehen, führt die Autorin zunächst
noch das Fuhrgeschäft weiter und erhält dann eine Anstellung beim
Militärbüro im Rathaus. Der Lüdenscheider Verlag W. Crone jr. bringt
1916 eine Sammlung ihrer Dichtungen heraus.[14] Die Texte in diesem
Buch „Aus Herzens-Überfluss" bestehen zum beträchtlichen Teil aus
Kriegspropaganda und nationalistischen Überspanntheiten.[15] Dies trifft
auch auf viele der aufgenommenen Mundartgedichte[16] zu: „Aengland,
du küemes drahn!" Emma Cramer-Crummenerl ruft plattdeutsch dazu
auf, den Krieg des Kaisers durch Kriegsanleihen mit zu finanzieren

---

[12] Dieser Mitteilung Pahls steht allerdings folgende Zeitangabe entgegen: „1909
kehrte das Ehepaar aber endgültig nach Lüdenscheid zurück." (Wagener 1937, S.
144)
[13] Lüdenscheider General-Anzeiger vom 24.12.1927 („Aus meinem Leben");
Cramer-Crummenerl 1954, S. 134-164 (mit erneutem Abdruck der Novelle: „Ver-
zicht").
[14] Emma Cramer-Crummenerl: Vom Herzens-Überfluss. Lüdenscheid: W. Crone jr.
[1916]. (281 Seiten) [Kurztitel: Cramer-Crummenerl 1916]
[15] Vgl. auch Arnold Maxwill (Hg.): Gedichte des Krieges. Lyrik in Westfalen 1914-
1918. Eine Anthologie. (= Veröffentlichungen der Literaturkommission für Westfalen Bd. 57). Bielefeld: Aisthesis Verlag 2015. (Allein 10 Texte von E. Cramer-
Crummenerl.) [Kurztitel: Maxwill 2015]
[16] Vgl. die kleine Textauswahl in: Sauerländische Mundart-Anthologie. Erster
Band: Niederdeutsche Gedichte 1300-1918. Norderstedt 2016, S. 313-318. [Kurz-
titel: Anthologie I]

(*Dai väirte Kriegsanleihe*). Selbst die Klapperstörche wissen, dass nicht die kinderscheuen Franzosen, sondern die nachwuchsfreudigen – und kriegstüchtigen – Deutschen glaubenstreu den ‚Herrgott' anbeten (*Bat siek de Stüärke vertellt*). Wenn dann zu den guten Seiten des Krieges auch eine übergroße Hilfsbereitschaft und Mildtätigkeit der Bauern gezählt wird, kommt jedoch eine gehörige Portion Ironie mit ins Spiel (*Dat Guerre hiat uns de Krieg ebracht*).

Was man bei einigen Gedichten schon vermutet, bestätigt sich in den Prosa-Anteilen des Buches.[17] Das eigentliche Element der Autorin, die sich vertraut zeigt mit der Welt der Dienstmädchen und Fabrikarbeiterinnen, ist das Erzählen. Sie lenkt den Blick auf die Heiratsaussichten von jungen Frauen aus der sogenannten Unterschicht (*Lünschger Schützenfest, Läineken, Dat Wickewief*) und empfiehlt im Einzelfall geduldige Gewöhnung an den Alkoholkonsum eines Gatten (*Potthucke*). Die gastronomischen Genüsse der Landschaft für bürgerliche Wanderfreunde sind mitunter noch von höchst zweifelhafter Natur (*Äine Fauttur düar dat Suerland*). Im Münsterland will ein Landwirt aus Lüdenscheid eine Bauerntochter als Magd anwerben, wird hierbei jedoch auf fatale Weise als Hochzeitsfreier eingeschätzt (*Piarehandel im Münsterlanne*). – Die militärfreundliche Tendenz der Lüdenscheiderin kommt auch in einigen plattdeutschen Prosatexten zum Zuge, allerdings weniger aufdringlich als in ihrer Lyrik (*Vam Küssen, Wenn't Christkinken küemet, Äine Oustergeschichte*). Die Beleuchtung sozialer Verhältnisse fällt bei der Darbietung des Gesprächs zwischen einem eifrigen jungen Theologen (hochdeutsch) und einem schicksalserprobten Achtzigjährigen (plattdeutsch) besonders überzeugend aus; am Ende gibt Kaspar-Dirk, der wegen Armut im Elternhaus schon mit sechs Jahren zu fremden Leuten musste, dem selbstherrlichen feinen Vikar eine Bibelstelle zum Nachschlagen mit nach Hause: „Gehe hin nach Jericho und lasse dir einen Bart wachsen, alsdann komme wieder" (*Nomme Doue*).

Nach Kriegsende kehren der Ehemann und beide Söhne vom Soldatendienst zurück. Das Fuhrgeschäft nahe am Lüdenscheider Bahnhof wird verkauft. Die Familie erwirbt sich das kleine Haus zurück, in dem sie ehedem vor dem Umzug ins rheinische Neuwied gewohnt hatte. Die Autorin verfolgt neben der Hausarbeit ihre Schriftstellerei weiter. In

---

[17] Vgl. die Neuedition dieser Prosatexte in: Sauerländische Mundart-Anthologie. Dritter Band: Plattdeutsche Prosa 1890-1918. Norderstedt 2016, S. 379-417. [Kurztitel: Anthologie III]

einer unregelmäßigen – plattdeutschen – Kolumne *„Lechtstünnecken"* für den „Generalanzeiger" nimmt sie oft die Perspektive der ‚kleinen Leute' ein und verfolgt ihre Sendung als streitbare Kulturkonservative, z.B. wider die moderne Mode der Seidenstrümpfe.[18]

3. HEIMATLICHE MUNDARTLYRIK ZUR MITTE DER 1920ER JAHRE

1925 ist Emma Cramer-Crummenerl längst eine stadtbekannte Frau. Zum 50. Geburtstag gratulieren Vertreter von Presse und Verwaltung. „Von fern und nah", so liest man in der Autobiographie, kommen Glückwünsche und Telegramme ins Haus. Ein Jahrzehnt nach dem ersten Buch erscheint 1926 im Lüdenscheider Heimatverlag Max Eckardt der Lyrikband *„Trauben und Schlehen".*[19] Am Anfang der plattdeutschen Abteilung stehen drei pathetische Texte über Mutterliebe (*Mouderhänne; Pinkesvilletten; Mouderliebe*). Sehr zahlreich sind die jahreszeitlichen Gedichte, in denen stets das menschliche ‚Bangen und Hoffen' zur Sprache kommt. Die christlichen Festtage werden jedoch nicht – wie bei den Völkischen – stillschweigend naturalisiert bzw. säkularisiert: Ostern ist das Fest der Auferstehung des Heilandes und an Pfingsten erklingt das ‚Lied vom heiligen Geist' (*Oustern; Pinksahndacht*). Es gibt sogar schon Kritik an einer modernen Konsum-Weihnacht: Die Alten konnten sich trotz – oder wegen – ihrer bescheidenen Wünsche noch freuen (*Christdagswünsche*).

Emma Cramer-Crummenerl predigt praktische Moral und Lebensmut: Das unverbindliche Anbändeln mit mehreren Verehrern gleichzeitig kann nicht gutgehen (*In Trügge met Äinem*). Ein Hase macht es den Menschen vor, wie man sich in der Not damit trösten kann, dass kein noch größeres Unglück geschehen ist (*Guerre Lähr*). In leidvollen Nächten und düsteren Zeiten hilft nur die Tugend der Geduld weiter (*Hef doch Geduld*). Vereintes Arbeiten soll ‚Großes' bewirken und der

---

[18] Pahl 1969, S. 169.

[19] Emma Cramer-Crummenerl: Trauben und Schlehen. Gedichte in hoch- und plattdeutscher Mundart. Lüdenscheid: Heimatverlag Max Eckardt 1926. (Mundarttexte S. 83-155) [Kurztitel: Cramer-Crummenerl 1926a]. Vgl. die Neuedition aller Mundartgedichte daraus in: Sauerländische Mundart-Anthologie. Vierter Band: Lyriksammlungen der Weimarer Zeit. Norderstedt 2016, S. 409-471. [Kurztitel: Anthologie IV]

künftigen Generation den Weg bereiten (*Äin Lied van diar Arbet*). Auch wenn sich viele Zeitgenossen in Abkehr vom alten Glauben fernen Religionen und esoterischen Praktiken zuwenden, blickt die Dichterin zuversichtlich auf die Jugend: Die „jungen Seelen" wollen den Materialismus überwinden und eine neue Synthese von Realismus und Idealismus wagen (*Dei jungen Seelen*). Heute können wir im Rückblick freilich nicht mehr annehmen, dass die jugendlich-idealistischen ‚Sonnenwanderer' der Weimarer Zeit mehrheitlich einer guten Fährte folgten.

Die Dichterin übt sich auch als Philosophin. Kritisch bewertet sie das leichtfertig gesungene Lied von der Freiheit und die hochmütige Suche nach einem ‚wahrhaft freien Menschen', da doch alle – auch sie selbst – in unsichtbaren Ketten einhergehen (*Van diar Frieheit*). Im Tiergedicht „*Frieheit*" sehnt sich der liebestolle Stallhund nach Freiheit, die er dann aber draußen in kalter Nacht bei vergeblichem Liebeswerben gerne wieder mit Kette, Wärme und Futter eintauschen würde (*Frieheit*). Die Menschen machen sich das Leben selbst schwer und führen die Feindseligkeit zwischen zwei Nachbarfamilien sogar über Generationen fort (*Hinz un Kunz*). Der ‚missgestimmte Erdengast', zweifelsohne ein Narzisst im ‚inneren Gefängnis' der reinen Selbstbezogenheit, verbreitet bei seinen Mitmenschen schlechte Gefühle und steht irgendwie unter einem bösen Zauberbann (*Verstemmet*). Die psychologische Wahrnehmung dieses Textes überzeugt, doch was soll der Betroffene mit der Aufforderung anfangen, sich selbst ‚aus Knechtschaft und Seelenkrankheit' zu befreien? In einem anderen Text geht es um den Begierigen und Rastlosen, der an seiner Jugend und am ganzen Leben vorbeisaust: Du hast keine Zeit? ‚Warum bist du überhaupt geboren? Das Herz ist dir doch im Leibe verfroren!' (*Kein Tied*). Emma Cramer kann hier keine Hilfe anbieten, sondern muss ihrer Empörung Luft machen. Eine bittere Ernte beschert sie an anderer Stelle einer Frau, die ihrem Mann – und allem Lebendigem – nur in der Weise der Machtausübung zu begegnen weiß (*Aine truerige Oustergeschichte*). Die Herrschsüchtige besteht vor Ostern darauf, dass die nutzlosen Enten geschlachtet werden, und lässt das Geflügel obendrein im Ofen verkohlen. Wenig später findet der Gatte das große Brutgelege des geköpften Paares in einer Hecke.

Eine Reihe von Gedichten kann wie kleine Alltags- und Sozialskizzen gelesen werden. Wiederholt fordert die Autorin dazu auf, den Ärmeren barmherzig oder solidarisch gegenüberzutreten. Die stolze Katze eines reichen Mannes verschmäht hochmütig den schwarzen Kater, der nach armen Leuten riecht (*Dei stolze Miß*). Ein Lüdenscheider Ehepaar reist in Sonntagsgarnitur nach Köln und erlebt einen fatalen Tag voller Peinlichkeiten, doch zuhause erzählt die zuvor missmutige Gattin überall begeistert von der Domstadt am Rhein (*De Reise no Cöllen*). Der Osterhase übernimmt es, das rücksichtslose Verhalten der Reichen während der Hamsterzeit anzuklagen (*Dei Ousterhase*). Die Nahrungsmittelknappheit in einer Familie ist für den schwerkranken Vater eines niedergedrückten Jungen gar lebensbedrohlich; am Ende lässt sich ein Bauer, in dessen Haus alle erdenklichen Köstlichkeiten aufgetischt werden, doch das Herz erweichen (*Schultens Jüppken*). Beim Standesamt gibt es bürokratische Schwierigkeiten, weil der Verlobte keine Schulbildung genossen hat und auch nicht genau weiß, wo er geboren ist (*Hans un Liese*). Der Lehrer, der sich ob seiner geistigen Arbeit über einen dienstleistenden Bauern erhebt, kommt am Ende nicht gut weg (nach tradiertem Schwankmotiv: *Kopparbet*). Die Küchenmagd beharrt auch vor dem Schiedsmann darauf, dass ihre vornehme Arbeitgeberin Frau Amtsrat eine Hexe sei (*Dei Hexe*). Die sehr „einfach" denkende Kiepenfrau, die alle Ortschaften mit Backwaren versorgt, nimmt ihren Dienst an den Menschen bis zum letzten Atemzug ernst (*Stuten-Male*).

Neben den – in Reime gesetzten – lokalen Sagen (*Ut ganz ollen Tien; Dai Sage vam Galgengebiarge; Sage vam ‚Brutlecht in diar Nurre'*) gibt es Heimatgedichte über das Sauerland und Lüdenscheid, die ein Bekenntnis zur Heimatsprache und Hinweise auf den rasanten Fortschritt in der Heimatstadt enthalten (*Du mien Suerland!; Lünsche; O Häimet, leiweste Häimet*). Im Sauerland wachsen keine Datteln und südlichen Zitrusfrüchte, aber Dickebohnen und Speck sind nach Ansicht der Dichterin auch nicht zu verachten (*Im Suerlanne*). Das ist gleichsam Cramer-Crummenerls frühe Version des bekannten Sauerlandliedes von Zoff: „Wo die Misthaufen qualmen, da gibt's keine Palmen."

Kurze Lyrik taucht in der Sammlung nur am Rande auf. Drei Strophen fangen die akute Verliebtheit einer Kuhstallmagd ein (*Ammerie*). An Christine Kochs Gedicht „*Räosenteyt*" fühlt man sich beim Lied „*Wenn de Rousen blött!*" erinnert:

WENN DE ROUSEN BLÖTT!
(Melodie: Aus der Jugendzeit)

Wenn de Rousen blött
Un de Gietling flött,
Niem dien Päckelken un goh dorut;
Denn de Rousenduft
Un de Balsamluft
Niemt die diene Suargen fut.

Wenn de Rousen blött,
Wenn de Buren schwett
Un de Sunne brient so gleuneg häit,
Denk, de Sunnenstrohl
Lindert alle Quol,
Stillet ock dien Hiateläid.

Wenn de Rousen blött,
Wäis du nit bu't hett?
Plück se af, ter rächen Tied;
Denn du wäis jo nit,
Of et Wiar so blitt
Un bat andern Dags geschüht.

Wenn de Rousen blött,
Niem ne Struhk die met.
Plück dei dunkelrouen af.
Lieg met linder Hand
Se am Kiarkhuafsrand
Op äin äinsam stillet Graf.

WENN DIE ROSEN BLÜHEN!
(‚Trauben und Schlehen‘ 1926; hochdeutsche Übersetzungshilfe)

Wenn die Rosen blühen
Und die Singdrossel flötet,
Nimm dein Päckchen und geh hinaus;
Denn der Rosenduft
Und die Balsamluft
Nehmen dir deine Sorgen fort.

Wenn die Rosen blühen,
Wenn die Bauern schwitzen
Und die Sonne brennt so glühend heiß,
Denk, der Sonnenstrahl
Lindert alle Qual,
Stillet auch dein Herzeleid.

Wenn die Rosen blühen,
Weißt du nicht wie's heißt?
Pflück sie ab, zur rechten Zeit;
Denn du weißt ja nicht,
Ob das Wetter so bleibt
Und was andern Tags geschieht.

Wenn die Rosen blühen,
Nimm einen Strauß dir mit.
Pflück die dunkelroten ab.
Leg mit sanfter Hand
Sie am Kirchhofsrand
Auf ein einsam stilles Grab.

Im Schlussgedicht lässt die Dichterin die besonderen Momente ihres Lebens Revue passieren, und kein Leser wird daran zweifeln, dass sie ein glücklicher Mensch ist (*Glückserinnern*). 1926 ist von ihr in Lüdenscheid noch ein zweites, sehr schmales Büchlein erschienen, das jedoch nur ein einzelnes Mundartgedicht enthält.[20]

4. PLATTDEUTSCHE ERZÄHLERIN MIT LANGEM ATEM

Weihnachten 1927 zieht die Autorin im „Lüdenscheider General-Anzeiger" ein Fazit zu ihrem Mundart-Engagement: „Ich hoffe, den Beweis erbracht zu haben, dass man jede Regung des Herzens auch in plattdeutsch wiedergeben kann. Die Sprache, der sich unsere Vorfahren bedienten, ist ein heiliger Quell, der nicht verschüttet werden darf, und wenn ich dazu beigetragen habe, dass unser liebes ‚Suerlännesch Platt'

---

[20] Emma Cramer-Crummenerl: Ernst und Scherz im Reimgewand – aus dem Märchenwunderland. Lüdenscheid: W. Crone jr. 1926, S. 34-38 („Dat Christböimecken"). [Kurztitel: Cramer-Crummenerl 1926b]

im Volke lebendig bleibt, so erfüllt mich das mit tiefinnerer Freude."[21] Man sollte aufhorchen. Die Betonung liegt schon auf den *Vorfahren*, die sich der plattdeutschen Sprache einmal bedienten. Mit der eigenen Mutter († 1932) hat Emma Cramer-Crummenerl wohl noch ‚Lünscher Platt' gesprochen, mit ihren drei Söhnen nicht mehr.[22] Gleichwohl: in den Weimarer Jahren sind Emmas „plattdeutsche Gedichte und Erzählungen sehr gefragt", die Autorin schreibt für die Leser am Wohnort sogar „meist in plattdeutscher Mundart", und von ihren „plattdeutschen Romanen" erwirbt „der Lüdenscheider General-Anzeiger stets das Erstdruckrecht".[23]

Zu diesem Zeitpunkt sind Pahl zufolge in der heimischen Presse schon folgende größere – später z.T. ins Hochdeutsche übertragene – Mundartwerke erschienen: das Schauspiel *„Ümme dian Huaf"*, der Einakter *„Harre Köppe"* und die Romane *„Twäi Küenegskinder"*, *„Trügge"*, *„Heilege Häimet"*, *„Met ruhen Hännen"*, *„Maria Stäins Sünde"*, *„Dei Frauen vam Brinkhuawe"* und *„Fritz Routstäins twedde Liebe"*. Erforscher der regionalen Mundartliteratur sollten demütig sein. Ein großer Teil der gesamten plattdeutschen Schreibkultur hat sich nämlich in Zeitungen abgespielt und kann heute nur nach jeweils aufwändigen Archivrecherchen gesichtet werden. Hier aber wird nun vorgetragen, in der Heimatpresse seien über Fortsetzungen zwei Bühnentexte und gleich sieben *Mundartromane* einer einzigen Lüdenscheider Autorin erschienen!

Zur Klärung und Relativierung trägt ein Blick in den 1928 – wiederum bei Max Eckardt in Lüdenscheid – erschienenen ersten Teilband *„Gesammelte Romane und Erzählungen"* bei.[24] Einige der von Pahl genannten Werktitel tauchen auf im Inhaltsverzeichnis dieser stattlichen Sammlung, die zu Zweidrittel plattdeutsch ausfällt. Diese Mundartprosa-Sammlung wird im hier vorliegenden „Reprint" erneut zugänglich gemacht:

„Twäi Küenegskinder"[25] umfasst 96 Seiten und kann mit gutem Recht als Roman bezeichnet werden: Bauer Peter König vererbt –

---

[21] Lüdenscheider General-Anzeiger, 24.12.1927.

[22] Telefonische Auskünfte der Enkelinnen Elfriede Elmer (15.08.2016) und Emmarie Reichel (16.08.2016).

[23] Cramer-Crummenerl 1954, S. 234, 236, 243.

[24] Emma Cramer-Crummenerl: Gesammelte Romane und Erzählungen. Erster Band. Lüdenscheid: Eckardt 1928. (319S.) [Kurztitel: Cramer-Crummenerl 1928]

[25] Cramer-Crummenerl 1928, S. 5-95.

22

gegen Gewohnheitsrecht – seinen Hof mit 120 Morgen Land je zur Hälfte an die ungleichen Zwillinge Fritz und Karl. Fritz ist rechtschaffen; er hat eine warmherzige Ehefrau Anna und ein goldiges Töchterchen Nandi (Ferdinande). Karl zeichnet sie durch eine fragwürdige ethische Grundhaltung aus und ist mit der gleichermaßen geizigen wie stolzen Martha verheiratet, die ihrem Sohn Heini keine wirkliche Mutterwärme schenken kann. Martha ist – um es auf den Punkt zu bringen – eine „Hexe" mit roten Haaren und wenig Sinn für liebevolle Haushaltsführung. Der halbe Hof ist ihr zu wenig. Deshalb kommt es sogar zum Versuch, die kleine Nichte Nani durch Tollkirschen als künftige Erbin der zweiten Hofhälfte auszuschalten! Der Schwager Fritz wird von ihr mittels Pfefferminzschnaps zum Alkoholiker gemacht und verbrennt später in einer Scheune. Der letzte Schlag ist die Kündigung eines Kredits, zu dessen Aufnahme Martha vordem mit bösen Absichten den Schwager ermuntert hat. Schwägerin und Nichte ziehen nach Überlassung ihrer Hofhälfte nach Lüdenscheid in die Wildmecke. Nani arbeitet in der Fabrik, versorgt auch ihre Mutter mit Heimarbeit und lernt am Arbeitsplatz liebe Menschen mit ebenfalls schweren Lebensschicksalen kennen. Derweil erweist es sich auf dem Bauernhof, dass ‚Unrecht Gut nicht gut gedeiht'. Auch Karl verfällt dem Alkohol. Die „Hexe" Martha vergiftet sich an einem von ihr selbst unachtsam mit „Hundspetersilie" zubereiteten Stielmus (Striepmaus), und niemand vermag um sie zu trauern. Erst jetzt – nach dem Ende von zahllosen Intrigen – können Cousine Nani und Vetter Heini, die sich schon vor sechs Jahre ihre Liebe erklärt hatten, zueinander kommen. Der Hof ist wieder „vereint", aber nicht aufgrund von Gier, sondern durch die Liebe der beiden ‚Königskinder'.

Die weiteren Mundartwerke im Band fallen deutlich kürzer aus. In „Twäi harre Köppe"[26] (8 Seiten) will ein Bauernsohn gegen den Willen des Vaters eine Fabrikarbeiterin heiraten, die er liebt. In „Woß du dien Hiat twingen?"[27] (29 Seiten) verliert Anna Linden durch ein Unglück nach dem Paradies einer nur einjährigen Ehe ihren Mann, doch die Erzählerin Emma Cramer-Crummenerl wird dafür sorgen, dass die junge Witwe nach schweren Trauerzeiten eine neue große Liebe findet. – In „Van ollen Lüen"[28] (8 Seiten) begegnen wir der betagten Lebenskünst-

---

[26] Cramer-Crummenerl 1928, S. 165-172.
[27] Cramer-Crummenerl 1928, S. 173-202 [Druckfehler beim Titel im Buch: „Woß du dien *Hait* twingen?"].
[28] Cramer-Crummenerl 1928, S. 236-243.

lerin Male als der guten Seele im Altersheim, die Freude und Leiden ihrer Mitbewohnerinnen teilt. – *„Frieden, äine Christdagsgeschichte"*[29] (6 Seiten) macht uns bekannt mit einer zugezogenen Näherin, die in einem vierstöckigen Arbeitermietshaus ihre kleine Tochter aufzieht. Sie ist seit Bekanntwerden ihrer unehelichen Schwangerschaft aus dem Elternhaus verstoßen, doch die Erzählerin lässt ihrem Vater eine Lebensschule angedeihen, die ihn am Ende von seinem wahnhaften ‚Moralkonzept' befreit.

„Maria Stäins Sünde"[30] (51 Seiten) führt uns in das Haus eines Bauern und Kleinfabrikanten vor den Toren Lüdenscheids. Maria Stein weiß erst nach einem Arztbesuch in Hagen, dass die Kinderlosigkeit ihrer Ehe nichts mit ihr selbst zu tun hat. Das Aufschlagen von ‚1. Mose 16' (Abraham, Sarah, Hagar) bringt die Möglichkeit einer ‚irregulären Lösung' ins Spiel (allerdings jetzt hinsichtlich der Geschlechter mit vertauschten Rollen: nicht die Gattin findet ‚Stellvertretung' durch eine andere Mutter/Gebärerin, sondern ein anderer – anonym bleibender – Mann übernimmt stellvertretend für den nicht eingeweihten Gatten die Zeugung eines Kindes). Ein Stammhalter wird später geboren. In dieser Erzählung wendet sich für alle, die am Leben leiden, das Schicksal zum Guten hin. Dank der ‚Sünde Marias', die natürlich nie bekannt wird, ist am Ende sogar das Eis der ‚bösen Schwiegermutter' gebrochen. Eine so skandalöse Geschichte gibt es sonst nirgendwo in der plattdeutschen Literatur Südwestfalens.

Wer sich in der zeitgenössischen Mundartdichtung der Region auskennt, kann aufatmen: Endlich findet sich jemand, der Langeweile und Tabus durchbricht. Mit ihrem Rückgriff auf Konzepte der populären Trivialliteratur schlägt Emma Cramer-Crummenerl ein neues Kapitel des plattdeutschen Schreibens im Sauerland auf. Nicht Schwänke aus der alten Männerwelt sollen erzählt werden, sondern ein wirkliches Leben – zu dem natürlich unbedingt auch Liebesdramatik und Herzschmerz gehören. (Viele Motive, Konfliktstoffe und Charaktere sind später in der *Autobiographie* wiederzuentdecken!) Dem – konventionellen – bäuerlichen Personal werden Fabrikarbeiter und Arbeiterinnen hinzugesellt. Das ist etwas Neues! Hier schreibt keine Liberale, aber eine Frau, die für „Güte und Lebenswissen" – anstelle von Moralparagraphen – einstehen möchte. (Den Zensoren einer katholischen oder streng-pietistischen „Heimwacht" dürfte das kaum gefallen haben.) Es

---

[29] Cramer-Crummenerl 1928, S. 252-257.
[30] Cramer-Crummenerl 1928, S. 258-309.

soll spannend zugehen. Auch deshalb dürfen die fiesen und richtig bösen Charaktere, die den „Guten" das Leben schwer machen, nicht fehlen. Man kann sich gut vorstellen, dass Leser der ursprünglichen Zeitungsfolgen damals begierig wissen wollten, wie es weitergeht. Für einige Mundartnovellen der 1920er Jahre gilt bereits, was später für einen der hochdeutschen Romane der Autorin aus der Zeit nach 1945 vermerkt worden ist: Sie wirken wie „Vorläufer der täglichen Seifenopern" im Abendprogramm des Fernsehens.[31]

Dieser „Erste Band" einer Ausgabe der gesammelten hoch- und plattdeutschen Erzählwerke aus Lüdenscheid hat allerdings keine Fortsetzung gefunden. Mit dem Einsetzen der Weltwirtschaftskrise im Herbst 1929 war das seit 1924 für den heimatlichen Mundartbücher-Markt geöffnete Zeitfenster schon wieder geschlossen. Die Menschen hatten andere Sorgen als die Beschaffung von plattdeutschem Lesestoff, wie kurzweilig dieser auch sein mochte.

5. „KULTURREFERENTIN" IM „DRITTEN REICH"

In welchem politischen Lager war Emma Cramer-Crummenerl während der Weimarer Republik anzutreffen? Eine monarchistische und patriotisch-kriegsertüchtigende Grundhaltung tritt im Werk aus der Kaiserzeit zutage. Die Lüdenscheider Dichterin kann hier mit guten Gründen einem zeittypischen nationalprotestantischen Strom zugeordnet werden. Später war sie Mitglied im 1923 gegründeten – deutschnationalistischen, antisemitischen, zunächst DNVP-nahen – „Bund Königin Luise" (BKL).[32] Der dem „Stahlhelm" angegliederte „Luisenbund", einer der größten Frauenvereine der Weimarer Zeit, gehörte zu den ersten Frauenorganisationen, die offen die NSDAP unterstützten und dann folgerichtig 1933 die „Machtergreifung" lebhaft begrüßten.[33]

---

[31] Marianne Brentzel in: Walter Gödden u.a. (Hg.): Flammende Herzen. Unterhaltungsliteratur aus Westfalen. Bielefeld: Aisthesis Verlag 2007, S. 131. [Kurztitel: Gödden 2007]

[32] Telefonische Auskunft ihrer Enkelin Elfriede Elmer, geb. Cramer (*1921) in Neuenrade: 15.08.2016.

[33] Christiane Streubel: Frauen der politischen Rechten in Kaiserreich und Republik. Ein Überblick und Forschungsbericht. In: Historical Social Research. Band 28 (2003), Nr. 4, S. 103-166. https://web.archive.org/web/20051124234831/http://hsr-trans.zhsf.uni-koeln.de/hsrretro/docs/artikel/hsr/hsr2003_589.pdf [Kurztitel: Streubel 2003] – Vgl. weitere Literaturhinweise, nebst Internetquellen, im aktuellen

Helmut Pahl schreibt über die nun angebrochene ‚Neue Zeit': Emma Cramer-Crummenerl „selbst war von den Machthabern des Dritten Reiches zur Kulturreferentin von Lüdenscheid ernannt worden. Das Amt konnte sie jedoch nicht lange ausüben, da ihre Meinung von Kultur mit derjenigen der Partei nicht übereinstimmte und sie sich ferner nicht entschloss, Parteimitglied zu werden. An dieser Tatsache scheiterte ferner ein Druck weiterer Bücher, obwohl sie Manuskripte mehrerer Romane in ihrer Schreibtischlade liegen hatte. Eine Ausnahme bildete der Roman ‚Die vom Edelhof' [1936], den der Verlag Enßlin & Laiblin in Reutlingen herausbrachte."[34] Diese Ausführungen über eine womöglich wider Willen ernannte „Kulturreferentin" ohne Parteibuch sind noch unbedingt anhand von Archivbefunden zu überprüfen. Sie fassen die denkbar knappen *autobiographischen* Passagen über eine „wirre Zeit" sehr eigenwillig zusammen.[35] Die Dichterin selbst schreibt, sie habe sich nach 1933 als „Kulturreferentin"[36] Mühe gegeben, „die Frauen für das Neue, uns alle Verbindende, zu interessieren". Einer „Kreisleiterin" gefiel jedoch die christliche Ausrichtung der Weihnachtsfeier nicht: „Man lächelte über meinen Glauben. [...] Ich legte daraufhin meinen undankbaren, mir sehr viel Zeit raubenden Posten nieder und widmete mich wieder mehr der Schriftstellerei." Zum Roman von 1936 heißt es dann ausdrücklich: „Die Kritik hat diese Arbeit günstig [!] beurteilt." Zur Goldenen Hochzeit der Autorin am 29.9.1944 kamen Glückwünsche und Geldspenden „von der [NS-]Stadtverwaltung, der [NS-]Amtsverwaltung, dem [NS-]Landratsamt und von der [NS-]Presse". Eine ‚Persona non grata' war die Schriftstellerin im Herbst 1944 jedenfalls nicht.

Albert Cramer, der zweite Sohn der Dichterin, musste nach Auskunft seiner ältesten Tochter nach 1933 als überzeugter Anhänger der Republik beruflich-soziale Nachteile hinnehmen.[37] Eine andere Enkelin der Autorin teilt als familiäre Überlieferung mit, dass Emma Cramer-

---

Wikipedia-Eintrag „Bund Königin Luise", wo dem BKL eine antisemitische und völkische Ausrichtung zugeschrieben wird. https://de.wikipedia.org/wiki/Bund _K%C3%B6nigin_Luise (letzter Abruf: 5.6.2018).

[34] Pahl 1969, S. 170.

[35] Crammer-Crummenerl 1954, S. 244-247 und 265. – Man beachte dagegen, dass allein hundert Seiten des Buches mit dem Abdruck früherer Novellen der 1920er Jahre ausgefüllt sind! (S. 134-233)

[36] In der Autobiographie findet man jedoch nicht den Hinweis auf ein *städtisches* Amt, wie es Pahl mit der Wendung „Kulturreferentin *von Lüdenscheid*" nahelegt.

[37] Telefonische Auskunft von Elfriede Elmer, geb. Cramer: 15.08.2016.

Crummenerl selbst Differenzen mit einer Lüdenscheider Parteigröße hatte und diese auch in ihrer Zeitungskolumne ‚Lechtstünnecken' bearbeitete.[38] Indessen sei die Großmutter sehr wohl Mitglied der NSDAP gewesen; mit großer Sorge erfüllte sie deshalb nach Kriegsende eine Vorladung bei ‚den Belgiern' („Entnazifizierung"), von der sie dann allerdings erleichtert nach Hause zurückkam.[39]

Während der NS-Zeit ist nicht nur der von Pahl – gemäß Autobiographie – genannte Roman „*Die vom Edelhof*" (1936) erschienen, sondern 1939 im Neuen Verlagshaus für Volksliteratur Berlin auch Cramer-Crummenerls Buch „*Wenn die Liebe Brücken schlägt*".[40] Ein 1937 im „Sauerländischen Künstlerbuch" dargebotenes Bekenntnis aus ihrer Feder lautet:

„*Dienen!* – Es lag die Nacht, die sternenlose Nacht, / Mit dumpfem Druck auf unseren deutschen Gauen. / Und abseits standen in der Dunkelheit, / Mit lichtentwöhnten Augen, Deutschlands Frauen. / Sie haben in der schicksalsschweren Zeit / Auf ihren Schultern Riesenlast getragen, / Sie stehen dennoch heute ungebeugt, / Das Herz erfüllt mit lebensmutigem Wagen. / Es fehlen Steine noch, unzählig viel, / Zum Bau des heiligen, des dritten Reiches. / Nun deutsche Frau trag mutig Stein um Stein! / Nun deutsches Mädchen komm und tu ein Gleiches! / Und fällt das Tragen dir auch oftmals schwer, / Verricht dein Werk mit

---

[38] Telefonische Auskunft von Emmarie Reichel, geb. Cramer (*1936) in Meinerzhagen: 16.08.2016. – Die betreffenden Kolumnen wären für die regionale Mundartliteraturforschung eine interessante Quelle. Welche Inhalte Emma Cramer-Crummenerl zur Zeit des Nationalsozialismus in ihrer Lüdenscheider Zeitungskolumne „*Lechterstünneken*" oder anderswo veröffentlicht hat, ist noch nicht erforscht.

[39] Telefonat vom 16.08.2016. Das Vorliegen einer NSDAP-Mitgliedschaft hat die Enkelin E. Reichel auch auf dem öffentlichen Lüdenscheider Vortrag des Verfassers am 02.03.2017 noch einmal bestätigt. – Der Entnazifizierungsakte Emma Cramer-Crummenerls im Landesarchiv NRW, Duisburg, ist zu entnehmen, dass sie „oft mit der NSDAP geliebäugelt und in ihren Auslassungen nicht immer einen einheitlichen Kurs eingehalten" habe. Sie wurde in die Gruppe V kategorisiert („Entlastete"). Nach Selbstauskunft war sie Mitglied in der Nationalsozialistischen Volkswohlfahrt (1933-1945), der NS-Frauenschaft (1933-1945), der Reichskulturkammer (1936-1945) und Reichsschrifttumskammer (1934-1945) sowie im Reichsluftschutzbund (1935-1945) (schriftliche Mitteilung von Dr. Ulrich Opfermann an P. Bürger, 19.04.2017).

[40] Dies jedenfalls nach der Bibliographie in: Walter Gödden / Iris Nölle-Hornkamp (Bearb.): Westfälisches Autorenlexikon Bd. 3: 1850-1900. Paderborn: Schöningh 1997, S. 136-137. [Kurztitel: Gödden/Nölle-Hornkamp 1997]

sonnenhellen Mienen; / Denn du bist auserwählt, was willst du mehr? / Und *Gnade ist's, dem Vaterland zu dienen*! / Und blüht dereinst, in nicht zu ferner Zeit, / Ein Neues, Heiliges aus den Ruinen, / Dann sei voll Stolz und Demut deutsche Frau! / Du bist begnadet; denn du darfst heut dienen!"[41]

Ein im gleichen Buch enthaltenes Kurzporträt enthält jedoch tatsächlich keinen Hinweis mehr auf eine Tätigkeit als „Kulturreferentin": „Neben der Hausfrauentätigkeit hat Frau Emma Cramer eine reiche schriftstellerische Arbeit geleistet und sich vor allem um die Pflege und Erhaltung des Lüdenscheider Platts durch ihre Dialektschriftstellerei Verdienste erworben."[42]

6. NACH DEM ZWEITEN WELTKRIEG:
EINE FLUT HOCHDEUTSCHER „FRAUENROMANE"

Gegen Ende des zweiten Weltkrieges kommt der älteste Sohn Friedrich, der einen hohen Wehrmachtsrang einnahm, in Berlin bei einem Bombenangriff ums Leben; der jüngste Sohn Heinrich (1908-1945) stirbt als Soldat nahe Krakau.[43] Knapp neun Monate nach der Goldenen Hochzeit verliert Emma Cramer-Crummenerl am 21. Juni 1948 auch ihren Ehemann. Mit Blick auf eine monatliche Invalidenrente von 40,- DM schreibt H. Pahl: „Jetzt erwies es sich als vorteilhaft, dass die Schriftstellerin noch zahlreiche Romane in hochdeutscher Sprache fertig hatte, die von Verlegern in Balve, Marl-Hüls und Wuppertal-Elberfeld gekauft und zu Beginn der fünfziger Jahre als Bücher herausgebracht wurden. [...] Das Honorar, das Emma Cramer für die Romane erhielt, ermöglichte es ihr, zusammen mit der Rente ein bescheidenes Leben zu bestreiten, ohne dass sie genötigt wurde, ihr geliebtes kleines Haus, das sie gerne für ihre Enkel bewahren wollte, zu verkaufen."[44]

In der Familie ist nicht nur die Kunde von einer Freigebigkeit gegenüber Bedürftigen erhalten geblieben, sondern auch folgende Erinnerung: Wenn nach 1945 das etwa 500 Mark hohe Honorar für einen ihrer vielen hochdeutschen „Frauenromane" eintraf, zeigte Emma

---

[41] Wagener 1937, S. 49.
[42] Wagener 1937, S. 144.
[43] Telefonische Auskünfte von Elfriede Elmer (15.08.2016) und Emmarie Reichel (16.08.2016).
[44] Pahl 1969. – Vgl. Cramer-Crummenerl 1954, S. 256, 258, 265, 269-270.

Cramer-Crummenerl nach Weise der Bohème wenig praktischen Sinn für den Umgang mit Geld und ließ von einer Enkelin sogleich beim Konditor süße Köstlichkeiten für alle im Haus holen.[45]

Für die Nachkriegszeit gibt es in der Autobiographie und bei Pahl Hinweise auf „Märchenabende" im eigenen Heim mit bis zu 50 Kindern, einen mit 75,- DM honorierten „Vortragsabend" auf Einladung des Lüdenscheider Kulturamtes im Advent 1949 und öffentliche Ehrungen zum 75. Geburtstag im nachfolgenden Jahr. Als Bewohnerin des Altenheims an der Bismarcksäule soll die schwer sehbehinderte Autorin später anderen noch Gedichte diktiert haben, die dann auch von den „Lüdenscheider Nachrichten" gedruckt wurden. Am Abend des Neujahrstages 1964 stirbt sie.[46]

Ob nach dem Krieg auch noch ungedruckte *plattdeutsche* Manuskripte in der Schublade lagen und möglicherweise sogar als Vorlage für Hochdeutsches genutzt wurden?[47] Eine große Nachfrage auf dem Feld „Mundartliteratur" gab es nicht mehr.[48] Reizvoll wäre es vielleicht, in einem örtlichen Lesezirkel arbeitsteilig die Inhalte aller sogenannten „Frauenromane" der Lüdenscheider Autorin zu erschließen. Es handelt sich allein für die Zeit von 1951 bis 1959 um 25 *hochdeutsche* Titel, so dass man von einer äußerst erfolgreichen populären Bücherproduktion sprechen muss![49] Die „böse Schwiegermutter", so meint eine Enkelin, soll fast nie gefehlt haben. Vermutet werden darf, dass ein „Herzens-Überfluss" der Autorin sich gerade auch in diesen Werken freigebig an die Leserschaft verschenkt.

---

[45] Telefonische Auskunft von Emmarie Reichel (16.08.2016).

[46] Lüdenscheider Nachrichten vom 03.01.1964 und 06.01.1964.

[47] Der Nachlass (oder ein Teilnachlass?) soll der Sammlung „Westfälisches Literaturarchiv Hagen" übergeben worden sein (Gödden/Nölle-Hornkamp 1997, S. 137).

[48] Vgl. Cramer-Crummenerl 1954, S. 234.

[49] Ihre Bücher „Prinzessin Margarete" (1955) und „Haus Waldfrieden" (1956) werden – auch unter dem Aspekt der ‚Vergangenheitsbewältigung' – kritisch beleuchtet im Essayband: Walter Gödden 2007, S. 131-133 (Marianne Brentzel) und S. 141-145 (Friederike Krippner).

Reprint
[Fraktur-Schrifttype]
aus:

GESAMMELTE
ROMANE UND ERZÄHLUNGEN
(Lüdenscheid 1928)

Emma Cramer-Crummenerl

Twäi Küenegskinder.

1. Kapitel.

Füar gewüahnleck üewerniemet im Suerlanne de ölleste Suehn dian Huaf un bei anderen Kinder, wenn noch welke do sind, wät utbetahlet. Af un tau wät ne Utnahme van biar Riegel emahket. Dat küemet owwer nit fahker vüar.

Diarümme was et ganz wat Butergewüahnleckes, dat bei olle Päiter Küeneg sinen Huaf an siene beiden Jungens vermahkere. Dei olle Päiter har se owwer noch alle an biar Riege, bo hei sienen leßten Willen opsatte. Hei mußte ganz genau, bat hei där. Bu soll heit dann ock süß mahken? Dei beiden Jungens wären iahme lieke leiw und lieke noh; denn et wären Twillinge. Marjane, Päiters Frau, behauptere, dei Friß wär teäis op de Welt ekumen, dei wär de ölleste, un Päiter schwur Stäin und Bäin, de Kahl wär teäis do ewiasen. Dei olle Langensche, dä ouk derbie wiasen was, met iahrer grouten Tasche, dei was drinne verkuemen domols, bo alles so holtertipolter gohn har, dei meinere, se wären beide teglieke ahnekuemen.

Taum Glücke, oder taum Unglücke, bu met niemet, harn beide Friß und Kahl, tau keinem andern Handwiark Lust, blous tau biar Bruerigge. Do sagte siek Päiter Küeneg, bo hei öller was: „Mien Kuaten es hundertuntwünteg Muargen grout, wenn iek ne däiele, dann hiat jeder zäszeg Muargen. Dat Hus es so grout, do konnt guet twai Familgen inne wuahnen, wenn se siek verdriat. Dian Stall kann me düarschlohn un an beide Sien ne Ingang mahken füart Veih. Blous ne nigge Schüer maut ebugget wären."

Dat Hus leit dei olle Päiter noch ätwas ändern, de Husdüar vüar an diar Front wouer tauemüert un twäi Ingänge an beiden Sien vam Huse emahket un ock ne nigge Schüer leit hei buggen.

Päiter Küeneg har siek krumm un lahm earbet un bo hei sienen Junges alles prot estallt har, do lagte hei dian Kopp. Siene Marjanne was et Johrs vüarhiar estuarwen. Kahl un Fritz Küeneg wären Twillinge, un doch so verschieden in Körperbeschaffenheit un Charakter, dat me meinen söll, et wär gar nit müegleck, dat se teglieker Tied ut diamselwen Mouderschouten kuemen wären.

Kahl was grout un stämmeg. Sien Gesichte bräit un gewüahnleck. Ne gruawen, ungeschlachten Menschen was hei. Ock siene ganze Art un Wiese was ruh. Dobie har hei keinen oprichtegen Charakter. Me konn nix drop gien, bat hei sagte; denn met diar Wohrheit nahm heit nit so genau. Dei Lü in diar Noberschopp un in diar Uemmegiegend sächen nit viel Guerres van iahme. Aeinege wollen behaupten, hei dreug naches annen Löhken rümme un bim pläugen nähm hei immer äine Fuar van Fritz sienem Lanne derbie: „Wenn hei siek do äinege Johr met tegange hölt, dann hiat hei siek diam Fritz sienen halwen Kuaten ineschlachtet", sächen de Nobers unger siek.

Wenn diam Fritz Küeneg dat enner vertallt här, dann här heit ganz sieker nitt eglofft. Hei tazäiere alle Lü no siek selwer. Trotzdiam här hei sienen Brouer doch äigentleck kennen mocht. Bu manegen Sträich har dei iahme frögger spielet. Bu manegmol har hei wahrme wat drümme krien, wenn Kahl irgendwat utehecket har. Kahl har stets de Schuld van siek op Fritz eschuawen un Fritz har dian Nacken dohinhollen mocht. Et konn iahme nix helpen, wenn hei sagte, hei härt nit edohn; denn in diam Falle här hei nohiar van Kahl de Wämse krien, dei was so viel stärker ase hei.

Fritz Küeneg was klein un unschienbor. Hei mahkere nit viel ut un ganz gesund was hei ouk nit. Guet was et, dat hei ne guerre düchtege Frau har. Dei holp iahme, dian Krom biäinhollen.

Bot van kam, me wäit et nit, of et an Fritz siener Kränkleckkeit lagte, kuat un guet, Anna, Fritz siene Frau, kräig bolle alle twäi Johre en Kind. Se stüerwen owwer alle bi diar Geburt, oder kuart nohiar. Anna läit do ungeheuer unger; denn iat freuere siek jedesmol op dat bat kam un alle Piene un Uebequemleckkeit, dä dei Taustand so met siek brenget, draug iat in diar Huapnunge, ändleck en liawensfäheg Kind te hewwen. Aendleck, et was et väiete= oder fieftemol, do kräig iat en klein Wichken. Do was owwer Liawen inne!

Aein klein kriegel Dingelken was dat Nandicken. Iat herre Ferdinande, no Annas Mouder.

Anna un Fritz wären üewerglückleck. Nu har dat Arben un Wirtschaften doch wienegstens en Zweck. Nu mahkere iahne dei Weuhlerigge doch Plasäier. Gewiß, se härn gärne ne Jungen ehat, se wären owwer alt dankbar füar dat Wichken, dat Sunnenschienken.

Bo Nandi op sienen twäi Bäineckes alläine prot wären konn, do gong iat wallens in dei andere Husdüar rin, no Oehme Kahl und Tante Martha. Iat spielere dann met diam Heini, diam änzegsten Kinne van dian beiden. Dei Heini was äinege Johr öller ase Nandicken. Geschwister har hei keine; denn Martha meinere, kleine Blagen gäffen teviel Oppenholt, do könn iat siek nit met rümmeschlohn, do här iat kein Tied tau. Iat här dian Jungen, un do käm iat met ut. So verschieden at dei beiden Bröiers, so verschieden wären ock dei Schwägerschen. Sei possen nit biän.

Anna was ne stille friedliebende Natur. Dat kam iahme ommer ock guet bie diam Martha. Met diame konn siek kein Mensche verdrian. Strietsüchteg un kliatereg, abergünsteg un falsch was iat. Se wuahneren wal unger ainem Dahke, ne richtege Harmonie harn se ommer nit tehoupe.

So göngen drei Johre rüewer. Bie Kahl Küeneg gong dat alle, so at et dauhen mochte. Hei har noch äinege Biarge un Wiesen derbie ekofft. Hei konn nu acht Käuhe fauern, souviel har siek siene Buerrige vergröttert. Martha was de Kuaten ommer noch lange nit grout genaug. Acht Käuhe, was iahme nit diar Meuhe wärt, dubbelt souviel mochtet sien, dann rendäiere siek dei Krom biater. Iat konnt diam ollen Päiter, sienem Schwiegervader, nit vergien, dat hei dian schöinen Huaf edäielt har. Hei här twäi kleine Prumenkuaten drut emahket, tegrout ümme droppe te stiarwen, un te kléin, ümme droppe te liawen, sagte iat immer. Kahl pflichtere iahme bie. Wenn siek dei beiden ock nit grade üewermäßeg leiw harn, dat Gefeuhl was bie iahne geschwinde stuarwen, in düem Falle gaffte hei siener Frau ommer rächt. Dat har iahne alt manegmol in diar Stille ärgert, hei har jo domols alt in Gedanken dermet eriaket, dat hei dei groute Besitzunge alläine kräig. Vader här dat inseihen mocht. Martha har äinege dousend Mark met ebracht, do här me dian Fritz guet met afbe-

tahlen konnt. Wenn dei beiden, Kahl und Martha dat
Thema ahnschnäiten, dann küeren se siek jedesmol in
de Bousheit.

Dat dei twäi Schwägerschen verschiedener Natur
wären, dat konn me an allem guet seihen.

Anna har siek an diar Sunnensiet, tiegerm Huse
ne kleinen Blaumengaren ahnelagt. Fritz har van knüer=
welegen Biarkenholte ne Laube drin ebugget. In dian
Giartken wössen de schöndesten Blaumen, de me siek
denken kann, jede Johrestied har sien Besunderes un
beide harn iahre Freude dranne. Wenn se owends nit
alltemeuhe van diar Dagesplögerigge wären, dann säßten
se noch en halw Stünnecken in diar Laube. Se wären
glückleck un tefrain, troßdiam at et iahne nit immer
alle no Wunsch gong. Anna was no diam leßten Kinne
kränkleck eblien, iat konn gar nit wier terächte kuemen.
Bilar äinegen Dagen was iahne ne Kauh falläiert, de
beste, dä se im Stalle harn, un se konnen siek keine wier
koupen, will at dat Geld dertau fählere Dokter und
Apethäike mochte betahlet wären, sou was der luhter
wat.

Martha har keinen Blaumengaren, dat was iahme
te dumm, do de Tied met te vertünteln un in de Laube
satte iat siek ouk nit, do kam iat gar nit tau, van aller
Unmaut un Weuhlerigge.

Tüscher düen verschieden gearteten Menschen leip
dat kleine Nandiken rümme. Iat hüppere ase en Büe=
gelken van äinem taum andern. Am mäiesten Spaß har
dat kleine Dingen, wenn iat met diam Heini de Käuhe
heuen konn. Dei groute Junge mahkere iahme en
Kränzken van Mellenbläumekes. Iat mochte se plücken
un hei bung se anäin, un wenn hei dat Kränzken
färreg har, satte heit diam Wichken op dian blonden

Lockenkopp. Nandicken sog dann ut, ase en richteg Engelken, so klein un zierleck un do dei blitzebloe Deigelkes bie. Dei Junge gong met iahme ümme, ase wenn iat son klein tebriakleck Püppchen ewiasen wär. Dei Heini was so stille, en bietken stief un unbeholpen was hei un Nandiken was et reinste Quecksilber, immer munter un frouh. De Giegensätze trecket siek owwer bekanntleck ahn un dei beiden Kinder wären immer biäin, äiner sochte stäts dian andern.

Kinder sind sienfeuhleg un diam Jungen, bo hei son Johr of tiene was; soll dat ouk op, dat bie Deihme Fritz un Tante Anna im Huse alles viel fröndlecker un lechter was, ase bie sienen Ollen.

Aeines Dages meinere hei: „Mouder, bie Tante Anna es et viel schönder, ase bie uns, bo küemet dat van?"

„Busou schönder?"

„Dat wäit iek selwer nit. Do es viel mähr Sunne. Alles es heller un render ase bie uns."

„Bat siefte, Du Schwärenoutsbengel?? Do es et render ase bie dienen Ollen?" Domet gräip iat tiegert Schahp no diar Kloppietsche. Wenn dei Junge dei Bewiegunge sog van siener Mouder, dann wußte alt Beschäid. Wenn hei siek nit geschwinde futmahkere, dann kräig hei en paar üewertrocken. Hei har de mäieste Tied Striepen op diem Nacken. Düetmol konn hei de Düarenklinke nit so schnorr griepen, do har hei alt en paar fut.

Do es et render ase bie uns? Woste dat noch äinmol sien?" reip dat opgeregte Mensche un holt siek am dropkloppen.

„Sou meinek dat jo gar nit, Mouder", sagte dei Junge met hülen. „Jek meine, Tante Anna mahket dat ganz anders, ase Du. Tante Anna deut Schölekes

unger de Köppkes bim Koffidrinken un an allen Köpp=
kes sind Henke ahne. Unse sind doch immer tebuaften,
an mienem teritt me sie immer dian Mund, will at en
Stücke uan drut es. Et Brout liet Tante Anna immer
in son blank Schiepken un Du schmies et immer midden
op dian Disch, un mie hiat se nuian ock en Stücke Zucker
innen Koffi dohn. Blaumen hiat se in diar Küeke ouk
vüarm Finster, dat süht so schöin ut un —", hei woll
noch wat sien, do kräig sien Mouder iahne am Kragen.
„Also Koffi hiafte alt drunken un hie settes de diek noch
ens annen Disch. Woste es geschwind mahken, dat de
met dian Diers dorut küemes, et es doch väier Uhr."
    „Bat hiafte te purmeln?", sagte Kahl bo hei ne
Wiele nohiar dorin kam.
    „Dat dumme Drüh ächeninne stiewelt mie dian
Jungen op. Et deut me Zucker innen Koffi un dei Ben=
gel vertellt mie, bie uns wärt nit so schöin ase do. Dat
mag wal dian Zucker pundwiese koupen. Jat söll de
Groschens biater verwahren. Jek wäit sieker, se het nit
soviel biäin, dat se siek ne Kauh wier koupet. Paß op,
hei küemmet düese Dage un well van uns Geld läinen.
Owwer daß de diek nit ungerstäihs."
    „Glöiwes de, iek wär nit wies? Jek well miek
wall wahren."
    Am Owende dräpen dei beiden Bröiers vüarm Huse
biäin. Et kam, trotzdiame at se unger äinem Dahke
wuahnern, nit fahker vüar, dat se biäinstohen göngen
un tehoupe küern.
    „Hiafte et Heu inne?" frogere Fritz.
    „Näi, iek maut Schröiers Wiese noch mägen."
    „Schröiers Wiese?"
    „Ja gewiß, dei hewwe iek doch ägistern e kofft un
noch ne Kauh derbie. So langsam wät mie de Stall te
klein. Jek sall wal ümmetied buggen meuten."

„Bu kuemeſte dann an Schröiers Wieſe."

„Bu küemet de Döiwel an de ahrme Seele?" ſagte Kahl un dobie lachere hei ſo falſch, ſo tückeſch. „Jek har ehort, dat Schröiers Geld nöideg harn, ſe wären met dian Zinſen im Rückſtanne un ſüß was der noch aller-lei. Bie ſouner Geliagenheit kann me noch wallens ne Fich fangen."

„Dat häſte nit dauhen mocht. Me maut ander-manns Noutloge nit utnußen, dat es nit reel. Du ſöß me leiwer ätwas Geld elennt hewmen, wenn Du't üewreg has. Du bües imſtanne, un niemes diam an-deren et Brout ut diam Schahpe. Meines Du dann, op ſouwat lägte Siagen oppe?"

„Wäiſte wat? Du häs Paſtouer wären ſollt. Dat wär et Richtege füar diek ewiaſen. Du ſöß dian Lüen wal dian Kopp volleſchwälet hewmen. Bie wellt es ſeihen, becker am widbeſten küemet, Du oder iek."

Friß ſchurre am Koppe un gong dodien. Hei har vüar hat, ſienem Brouer van ſiener Verliagenheit te küeren. Hei woll ſo gärne wier ne Kauh derbie koupen, de Stall was ſo lieg. Acht harn Stie drinne un väier har hei men, nu wogre hei et owwer nit, dervan te ſien un hei woll ock kein Geld van iahme, näi, hei hät noch nibbemol enuahmen.

Anna kannte ſienen Friß ſo genau. Jat ſog et iahme im Geſichte an, dat hei nix uterichtet har. Do was iat fröndleck un leiwleck tieger iahne un vertallte iahme allerhand Döinekes van diam kleinen Wichte. Dat har düen Owend unger diar Goldblaume ſiaten un hart melken probäiert. Met ſienen kleinen Hänneckes har iat de Strieken kum packen konnt. Dat wär ſo drolleg ewiaſen, iat här hartop lachen mocht. Wenn Anna iahme ſo alle Suargen wiagküere, dann was Friß wier tesrian. Hei här, trotzdiam at iahme so maneges schäif gong im Liawen, doch nit met sienem Brouer etuschet. Bat har dei dann van diar Welt, wenn hei ock nu niegen Kauhdiers im Stalle har. Ne Tahnebriaker vam Wiewe un im ganzen Huse kein gemütleck Stieken. Näi, hei tuschere nit met iahme.

Dustern mochte Nandiken in de Schaule. Dei Heini gong alt im väieten Johre drin. Dei beiden Kinder harn üewer ne Stunne te gohn bis in de Schaule. Dei Wiag gong mäistens düar dian Biarg. Diam Wichken kam et gut, dat iat soune grouten Beschützer bie siek har. Dei Heini draug iahme de Bäukertasche, dovüar gaffte iahme Nandiken immer wat van sienen Büeters met. Dei Junge kräig jo nü en belagt Bueter met. Op dian Schaulwiag hien und hiar, do freueren dei beiden siek dian ganzen Dag op. Bat gaffet owwer ock alles te seihen ungerwiages! Tau jeder Johrestied. Dei Heini was ne kleinen Botaniker. Hei kannte jedes Bläumeken un Krütken, jeden Boum un jeden Struhk un Nandiken kannte alles Lebendege in diar Natur, jeden kleinen Kiawer un jedes Büegelken. Sei wären so inneg met diar Natur verwassen, iahne was alles heileg dobuten. Wenn diam Wichken so klein Dierken in dei krusen Hörkes kroup, ne Mügge oder en Kiawerken, dann mochte dei Heini et ganz vüarsichteg dodienkrien, dat diam Dierken jo kei Läid geschoh.

Kinnder met unberouhter Seele un reinem Hiaten wärent.

Met siener ruhen Art störere Martha manegmol dian Frieden in diam Jugendparadiese diar Kinder.

Uemme jede Kleinigkeit verbout iat sienem Jungen dian Verkähr met diam Wichken. Iat wußte ganz ge= nau, dat iat dian Heini do viel mähr met strofere, ase met diar Kloppietsche. Dei Junge woueer ganz irre an siener Mouder; denn hei wußte de mäiste Tied noch nibbemol, brümme at hei bestrofet wouer. Es äinmol pock hei siek dian Maut un sagtet sienem Vader. Do kam hei owwer guet ahn. Dei gaffte iahme ne gehörege Ohrfiege.

Am leßten Aenge quialeren siek beide füar iahren Jungen. Bie diar Begierde, düchteg irdesche Schätze optehöipen, vergäten se ganz dian köstleckßten Besiß, de Seele iahres Kinnes te verwahren.

Bie Tante Anna un Oeihme Friß fung Heini alles dat, bat hei bie sienen Ollen so bitter vermissere: Liebe! Aeinmol, et was so furbar wahrme wiasen dagsüewer, do wär dian Kindern sähno en grout Malhör passäiert. Se wären vam Schaulwiage af bie dian Mühlendiek zgohn. Heini har diam Nandi vertallt, dat hei schwemmen könn und iat woll iahme dat nit rächt glöiwen. Dat de Fische un Pillen un Schwiane schwemmen konnen, dat wußte iat, owwer de Heini, dat woll iahme doch nicht innen Kopp. Van sienem grouten bunten Taschendauhke mahkere hei siek en klein Badebürken un dann sprung hei kapous intem Dieke. Nandi schreiere hartopp; denn iat gloffte, hei wär sien Liawen nit wier taum Büarschiene kuemen. Bo iat owwer sog, dat hei met sienen kräftegen Ahrmen dat Wahter verdrängere un ase ne Pille schwomm, do juchere iat van Freude. En Wieleken sog tat iahme tau. Doch dat Nandiken was kuart van Entschlusse, „Bat de Heini kann, dat kann iek ouk", dachte iat un im Nu har iat Huasen un Schau utetrocken un patschlere met sienen blekken Bäineckes in diam lauen Wahter rümme. Dat där iahme guet, iat har sou eschwett üewern ganzen Wiag. Et mahkere iahme Spaß, dat dat Wahter sou ümme iat rümme pläsftere, dobie wouer iat immer riskanter un wogere siek ätwas widder in dian Diek rin. Op äinmol gereit iat an ne afschüssege Stie. De Feute göngen unger iahme dien, iat verlous dian Holt und voll koppüewer int Wahter. Jat woll schreien, de Schreck lähmere iahme owwer de Tunge un dat Wahter schlout siek üewer iahme.

Dei Heini was währenddiam düar dian ganzen Diek eschwommen, un bo hei wier terüggekam, do kam Nandi sien blonde Lockenköppken gerade wier taum Büarschiene. Dat Gesichken was so witt ase Schnäi un dei bloen Ougen wären eschluaten. Diam Jungen bleif van Schreck bolle et Hiate im Liewe stohn, im nächsten Ougenblicke, was hei bie diam Wichte. Met äinem Ahrmen holt hei iat faste un met diam andern rudere hei siek un siene Last an dian Diekesdamm.

Dei Knecht ut diar Müehle kam gerade met diam Broutwagen ut diam Duarpe. Diame reip de Heini in siener Hiatensanges. Dei Knecht larre beide in sienen Wagen un fouher se nohus.

Anna Küeneg wär bolle van Schrecken estuarwen, bo se iahme dat halwdoue Kind int Hus brächen un har reinewiag dian Kopp verluaren. Aeinmol ümmet ander= mol druchte iat dian Heini an siek.

„Dat vergiate iek nit, so olt ick wäre, daß Du mie mien Kind ereddegt hias", sagte hei.

Kahl Küeneg nahm owwer de Kloppietsche un trock iahme en paar gehörege üewer.

„Goh mie noch äinmol bie dian Mühlendiek. Du hias ut diar Schaule fotten nohus te kuemen. Glöiwes du, hie tehus wär keine Arbet füar diek?"

Bo se Nandiken int Hus dreugen, do stond dat Martha gerade vüar diar Düar un dei Gedanke, dä iahme in diam Ougenblicke kam, leit iat sietdiame nit

wier luas. „Wenn dei kleine Blah duot gäiht, dann
sinn sie de nögesten Jarwen. Fritz hiat et nu alt op
diar Luft, dei wät siou nit olt un Anna es so immer
inwenneg tebrbrouaken, dat wät ouk keine hundert
Johr.

Do har iat bis nu noch gar nit an edacht, dat op
düese Art dei Huaf schließleck wier an sei terüggeföll.

Dat Wichken wouer schlimm krank un Anna lagte
vüar unsem Hiarguat op dian Kneien un holt ne ahn,
hei söll me doch dat änzegste bat iat op diar Welt här,
nit niahmen. Un unger diamselben Dahke, an diar=
selwen Wand, in diar andern Schlohpstua, do lagte dat
habsüchtege Mensche im Berre un konnt nit afwachen,
dat dat kleine schwahke Liawenslämpken verlöschere.
Allerlei Pliane mahkere iat alt in Gedanken. Wenn dat
Wichken dout gong, dann harn dei beiden Ollen doch
kein Intresse mähr an iahrer Besitzung. Bo wollen se
siek dann ock noch füar plogen?

Womügeleck konnen sei dann dian ganzen Krom
füarn Apel un en Ei koupen.

Bo orwer am niegenten Dage de Feiwers ebruaken
wären un de Doktor sagte, de Gefohr wär verbie, do
konn Martha siene Enttäuschunge bolle nit verbiargen.

„Et es so noch nit allen Dag Owend", do tröistere
iat siek met.

Nandiken bekräig siek geschwinde wier, orwer innen
Müehlendiek es iat diamächter nü wier gohn. Düat was
iahme ne guerre Lähr ewiasen.

Giez un Stolz, dat sind twäi Aeigenschoppen, dä
siek giegensieteg innen Hooren liet.

Dat Martha was so giezeg, dat iat, so at me siet,
bolle siene äigene Driete at. Dobieniawer har iat orwer
ock noch sonne dummen Stolz. Iat woll immer de

böwweste sien. Wenn sien Schwägersche, dat Hulda, bat dian Beamten vam Amte in Halver har, siek wat Nigges taulagte, an Kläidunge oder irgend en Däil in de besten Stuawe, dann komme owwer drop riaken, dat siek Martha Küeneg dat ouk ahnschaffere. Wennt müegleck was, noch finder, noch düeder. Et was ganz merkwüerdeg, op äiner Stie soune Giez un op diar andern Stie ne Verschwendung.

Jat was de viiarge Wiake bie Hulda im Duarpe op diar Visite wiasen. Hulda har van sienem Mann füarn Geburtstag en brun Ripssofa ekrien un ne Dischdieke van diamselben Tüge, bo dat Sofa van betrocken was.

Me maut siek es denken, en Sofa, utgeriakent en Sofa!

Vandage es dat jo nix Besunders, owwer in diar Tied, et sind nu fiefunddiateg Johr hiar, do harn blous ganz rieke Lü son Dingen.

Un nu har dat Hulda ouk ent un Martha konn naches nit dervüar schlohpen. Jat meinere, iat här ouk ent hewwen mocht.

Kahl woll ahnfangs nit dran. Hei wiarre met Hännen un Bäinen.

„Loh diek doch nit belachen", sagte hei. „Bat sollt fie met me Sofa?

Martha kräig owwer sienen Willen. Dian kräig iat nämleck luhter; denn am leßten Aenge har iat doch de Buxe ahne. Jat där jo doch bat iat woll.

Aeinege Dage drop bröchen se von Lünsche äin fein rout Plüschsofa. Dat har ne schöinen Stüber Geld ekostet.

Met diam Plüschsofa was et alläine nit gedohn; denn nu mochte dat andere ouk derbie passen. En half

Dutzend nigge Rohrstäuhle wouern ekofft un ock en paar groute Bilder an de Wand.

Nur har Martha ne feine Bestenstua un dei Visite, dä iat siek de andere Wiake inlarre, Hulda was selbst= redend ouk derbie, räit Nase un Muhle uapen un kuate Tied drop wussen set alle im Kiaspel, dat Küenegs Martha en Plüschsofa har.

Blous dei Junge, dei Heini, dei konn diar sienen Stua keinen Geschmack abgewinnen und hei meinere tau siener Tante Anna:

„Tante Anna, gefällt die unse nigge Stua?"

„Gewiß mien Junge. Sähr guet gefällt se mie."

„Dat glöiw iek die nit. Diene Stua es doch viel schönder. Bat dau iek dann met ner Stua, wenn me nit drin gohen draf. Iek woll gistern es probäieren, bu me op diam Sofa sitten konn, do hiat miek mien Mouder dorut ejaget. Nu hiat se en grout Laken drüewer decket, dat süht ganz dull ut. Bat hiat me dann van soume Dingen, wenn met nit brukken kann un et noch nidde= mol beseihen draf? Iek wäit Beschäid, brümme at Mouder et ekofft hiat. Iek hewwe hort, bu se tieger Vader sagte, Tante Hulda söll siek gries ärgern. Dias= half hiat se dat viele Geld utegafft un fie krit mindestens en half Johr lang blous Krut un Hotten op dian Disch, un de Schinken vam Schwiene vät verkofft un ock de Mettwürste. Dat deut Mouder immer, wenn se viel Geld utegafft hiat, dann tüt set uns am Dische af."

„Heini, Heini, souwat draffste nit sien. Et lut nit guet, wenn Kinder üewer de Ollen küert. Diene Mouder es olt genaug, dei maut selwer wieten, bat se deut."

„Ach Tante Anna, brümme es mien Mouder nit ase Du? Wenn iek nit wallens hie no ink, no die un Oeihme Fritz un Nandiken gohen könn, dann leip iek ut diar Welt. Jet kannt wallens nit uthollen tehus. Nix anders afe Schännen un Schlia kriege iek."

Dei groute Junge, hei wouer bolle kunfermäiert, lagte fienen Kopp in Annas Schouten un hülere, dat hei schnuckere.

„Kind, Kind", tröiftere Anna. „Dien Mouder es anders veranloget afe iek. Se es ätwas ruher. Sei hiat diek ommer ganz gewiß leif; denn alles hat fe deut, deut fei füar diek un tau dienem Beften. Du büs jo ock ne Jungen. Wenn iek ne Jungen här, do göng iek ouk anders met ümme afe met me Wichte. Jnk Gäfte maut me wallens harre ahnpacken, dat es ink ganz gefund."

„Ach Tante Anna, Du verftäihs miek ouk nit. Jek wäit et oj felwer nit, bat mie fählet. Dat äine wäit iek ommer, wenn iek hie bie ink fin, dann es et mie fo licht ümmet Hiate, un wenn iek ächeninne fin, dann kueme iek mie vüar, afe ne ver fchlahnen Rüen."

„Du ahrmet Kind", fagte Anna nohiar bie fiek felwer. „Jek wäit hat die fählet, en wahrm Stieken am Mouderhiaten. Of fiek Martha nit verfünneget? Bu kann ne Mouder ne Seele van iahrem Kinne ver-küemmern lohten?" Un Anna nahm fiek vüar, dian Jungen noch viel leiwer te hewwen. In fienem Hiaten was noch Stie füar dian Heini, dovan kam dat Nan-diken nit te kuart.

Martha har im Duarpe te dauhen hat un bo iat bim nohusgohen an diar Schaule verbiekam, do gong grade de Schaule ut. Dei Heini konn noch nit metgohn, dei mochte noch in dei Paftouerftunne. Im Biarge drap iat met Nandi tehoupe. Dat Wichken was fo fchöin im Tüge, grade afe ne kleine Prinzeffin. Sat har en bloet Kläieken ahne, ungerümme met kleinen Bolenkskes be-fatt.. In dian blonden Hooren, iat har twäi lange Fle-

chen üewern Nacken rin hangen, har iat blofidne Hoor=
fchleifen. Dat ganze kleine Menfchelken was afe ne
Sunne, fo lecht, fo fröndleck.

„Soune Aperigge, dei kleine Blah fou optetackeln",
dachte Martha füar fiek hien. Se föllen me de Flechen
ümmen Kopp dauhen, dann brüchen fe dei düeren Hoor=
bänne nit te koupen."

Jedesmol, wenn Martha dat Kind fog, dann kämen
iahme dei fchwatten Gedanken: „Wenn iat dout wär,
dat Wichken, dann käm dei Huaf wier bie unfen."

Jat konn dei Gedanken gar nit bannen, fe kämen
immer wier. Wenn de Döiwel van ner Seele Befit er=
griapen hiat, dann löt hei fei nit wier luas, un Marthas
Seele harhei fafte te packen. Martha gong et bolke düer=
räin im Koppe. Jat har ne Wut op dat ahnungslofe
Kind an ftener Siet. Am leiweften här iat et op biar
Stie ümmebracht. Do was iat nu allerdings te bange
tau.

„Wenn dei dumme Junge iat domols nit utem
Dieke trocken här, dei Schohpeskopp", fo dachte iat un
fiene greunen Huckenougen löchteren afe en paar gleu=
nege Kuahlen in diam nuriegelmäßegen, met Sommer=
fprolen befägeten Gefichte. Martha was ganz gewiß
keine Schöinheit. Dat Hoor was fo voffeg un ftriaf,
dobei dei Dugen, bot iat keinem met grade int Gefichte
kieken konn. Wennt dian Mund uapen där, dann fog
me twäi Riegen kräftege Tiahne, dä no vüar rut ftönnen.
En richteg Raubtiergebiete har iat, dobie fchellere iat fe
ock noch de mäifte Tied.

Bo iat nu fo tieger diam Wichken hiargong, do leit
iat fiene Dugen üeweralle rümmegohn. An äiner Siet
vam Biarge, bo dei Wiefe drahnftorre, ftonnen allerlei
Strühke un Büfche. An äinegen Strühken, bo·dat

Louf so fahl anne was, höngen Kirschen. Tollkirschen wärent, dei sögen so verlockend, so verföihersch ut.

Da kam Martha ne Gedanken. Aeies wiarre iat siek tieger dat Ungeheuerlecke, orwwer men ne kuaten Ougenblick, do har dei Böise Gewalt üewer iat.

„Kuem", sagte iat tau Nandi, „sie wellt „ns en paar Preißelbiaren seuhken, iek hewwe sonne Durst." Domet bochte iat siek op de Aehre un räit en paar Preißelbiaren, dä um dei Tied grade riepe wären af un raikere se diam Kinne. Dat at dei Biaren un ver= trock dian Mund en bietken. „Dei sind orwwer bitter, dei schmahket nit guet, Wolbetten mag iek leiwer."

„Dann kuem, probäier düese es, dei sind orwwer seute", sagte Martha. Iat har van dian Tollkirschen afe= plucht un gaffte diam Wichte ne Handvoll dervan. Dat holt siene beiden Hänneckes op un satte siek op ne afgehaunen Beukenstuhken.

Martha verfolgere jede Bewiegunge van diam ah= nungslosen Kinne met Biewen.

Und do — gerade bo iat de äieste van dian dout= brängenden Kirschen in sienen Mund dauen woll, schreiere Martha hart op. Ne Wiebsche har iat op äint van sienen falschen Ougen stiaken. Martha bölkere van Piene un Nandiken leit alles fallen, bat iat innen Hännen har un leip an de Bieke. Iat mahkere sienen Taschendauk ganz naht un keuhlere domet dat dick opgeschwollene Ouge van diar Tante.

Guerre Kinder het iahren Schutzengel. Domet har dei habgierege Seele orwwer nit eriaket.

2. Kapitel.

„Sie muet dian Dahk decken lohten", sagte Kahl Küeneg äines Owends tau sienem Brouer Fritz.

„Maut dat dann unbedingt fien? Hiat dat nit
Tied bis tinne Johr? Jek an mienem Aenge hewwe do
kein Geld tau. Jek kueme nit fowiet, dat iek mie ne
Kauh koupen kann."

„Mienen Däil lohte iek op alle Fälle decken. Huahl=
pannen niahme iek met Strohdocken drunger. Du kanns
et jo mahken at du wos. Dobie es diene Siet noch viel
fchlechter afe miene. Lot et Winterdag wären, dann
wieleret die üeweralle rin."

Bo dei beiden am küeren wären, do kam Martha
ouk derbie.

„Fie küert hie gerade vam Dahkdecken. Fritz well
nit rächt drahn. Hei fiet hei här kein Geld dertau,"
fagte Kahl.

„Dann streck iahme dat Geld doch vüar. Hei kannt
die jo wier gien, wenn heit hiat," meinere Martha un
käik dobie fo harmlos drin, at iat met fienen greunen
Huckenougen konn.

„Näi, näi", fagte Fritz, „dat kann iek nit ahn=
niahmen. Jek wäit jo nit, bunäh at iek et ink wiergien
kann." „Wäiſte wat Fritz? Fie mahket dat anders.
Fie dauet die fiefhundert Dahler an de twedde Stie. Jek
hewwe de vüarge Wiake van tehus wat utbetahlet krien
un dat Geld hef fie noch nit futedohn. Fie lot dat in=
drian int Grundbauk, dann hef fie Siekerheit un du
kanns die ne Kauh oder twäi koupen un ock dian Dahk
decken lohten. Bat meineſte dovan?" fagte Martha.

Diam Fritz was et temauhe, afe wenn fiek de Hie=
mel vüar iahme uapen dohn här. Fiefhundert Dahler!
Et was jo gar nit uttedenken. Hei har jo ne Hype=
thäike in fienem Kuaoten un hei här ock womüegleck ne
twedde opniahmen konnt. Anna har do owwer bis nu
nix van wieten wollt. Jat fagte immer: „Fie konnt nit

mähr Zinsen opbrängen." Anna was immer te ängstleck
in souwat.

Am besten was et, hei sagte iahme nix dervan un
stallte iat äinfach vüar de vollendete Tatsache. Martha
kam un brachte iahme en Glas voll starken Pfefferminz=
schnaps. „Hie, dian drink die es, dei es guet vüar de
Luft", sagte iat.

Fritz mußte nit, bat hei hievan denken soll. Teäies
dat Geld un dann ock noch ne Schnaps. Dat Martha
gong ganz gewiß bolle dout. Hei drunk sin Glas lieg.
Donnerjo, bat was dat vüarn Tüg! Dat gong emme so
büar un büar un Luft kräig me derno, dat was so wat
schöines. Hei holt dat liege Glas dohien un iat guot et
iahme noch ens voll.

Fritz was süß immer so stille un verschluaten, dei
verküere siek nit. Nu owwer, bo hei dei beiden Schnäpse
oppehar, do gaffte het siek ant duatern, so at de mäisten
Mannslüh dauet, wenn se ennen sitten het.

Hei vertallte maneges, bat hei im nöchternen Tau=
stanne ganz bestimmt verschwiegen här. Dat Martha
nahm iahme de Wöhre förmleck vam Munne un bo hei
ne Stunne nohiar met siener Schwälerigge ophor, do
mußte Martha met Fritz sienen Verhältnissen Beschäid.

„Sieg es Frau, du küemeste mie vüar? Bat sall
dat, daß du Fritz dat Geld ekluawet hias. Meines du,
dei könn de Zinsen opbrängen? Do kannste ächter hiar
loupen, süß kriste se ganz bestimmt nit."

„Du büs dann doch en Duseldier", bescherre Martha
sienen Mann.

„Glöiwes du, dat wüßte iek nit, dat hei de Zinsen
nit betahlet. Dat soll hei jo ock gar nit."

„Brümme dann nit?"

„Mensche, sie doch nit so dumm. Wenn hei dat

Geld verkrofet hiat, dann künneges du iahme de Hype=
thäike wier un wenn hei dann nit rüewer kuemen kann,
dann wäfte wal wieten, bafte te dauhen hias."

„Jek wäit doch nit, hei es doch immerhin mien
Brouer." „Brouer hie, Brouer do! Hei es en ollen
Schlummerkopp. Wachte noch äine paar Johr, un dei
ganze Befitzunge es verluedert. Dunge hiat hei nit ge=
naug un Kunftdünger köipet hei nit. Dat Land es jo
ganz utefuagen. Et es ne Sünde un ne Schande. Hei
es jo ock kein Kähl füar de Buerigge mit fiener schwah=
ken Buaft. Anna es ouk nit bie diar Hand. Dat hiat
genaug te dauhen, et Döchterken fien te mahken."

„Anna es ouk nit gefund, dat arbere gewiß gärne,
wenn iat könn", meinere Kahl.

„Wenn iat nit gefund es, dann maut iat in de
Staht trecken, do kann iat fienen Körper pflegen. Jat
es owwer ock frie wat quäimlech."

Se het noch lange hien und hiar küert an diam
Owende, dei beiden. Dei Sinn van diar ganzen Küerigge
was dei, bu fänget met am beften ahn, dat ut dian
beiden Güedern wier äint wät.

Fritz kam met unfiekern Schrien in de Küeke. Hei
fatte fiek tiegerm Vernüffe op diam Holtkaffen. Bie
diam wahrmen Uan kräig hei datjenige noch, bat iahme
fählere. Hei trock dat Nandiken op dian Schouten.
Jat foll iahme en Kuß gien. Dat Wicht ftorre iahne
owwer van fiek. „Näi Vader, iek giewe die keinen
Kuß, du rühkes fo fpaffeg", fagte iat un woll fiek ut
fienen Ahrmen wängen. Hei holt iat owwer fo fafte, afe
wenn heit im Schruwftocke hat här un wollt met Ge=
wolt twingen, dat iat iahne küffen foll.

Do räit iahme Anna dat hülende Wicht ut dian
Ahrmen. „Du föß diek wat fchiamen. Küemes nohus un

büs befuapen. Wenn du in foume Tauftanne büs, dann
kanns du keinen Respekt un ock keine Liebe verlangen."

Dat was de äifte richtige Striet in iahrer Aeihe un
den Berftemmunge holt dagelang ahn. Ne kleinen Wort=
weffel un ne Meinungsverfchiedenheit was alt es vilar=
kuemen, ne Striet, bo fe fiek beide giegenfieteg wäih
dauet, harn fe owwer noch nü ehat. Bie diam äinen=
mole bläif et nit.

Fritz was ne guerren Menfchen, hei was owwer
willensfchwahk un dei Pfefferminz was iahme fo guet
bekuemen, utgeriakent Pfefferminz, dä noch viel mähr
Prozente hiat, afe gewüahnlecken Schnaps. Hei gong
nu noch manegmol owends in dei äine Husbüar rin un
Martha guot iahme jedesmol en paar ut. Et was üewer=
houpt nu ne dicke Sahke met din beiden Bröiers. Wenn
fe tehoupe int Duarp oder no Lünfche göngen, dann kah=
ren fie riegelmäßeg ungerwiages in. Kahl där dann en
paar dohin un Fritz kam aneheitert oder ganz voll tehus
ahn.

Anna holt iahne ahn im Guerren un bo dat nit
holp, probäiere iat im Argen. Et barre owwer alles nit.
Et was grade, afe wenn de Alkohol dian Fritz ganz
rümmedräget här. Süß was hei immer rüheg un leiw=
leck tieger Frau un Kind un nu was hei ftrietbor, opge=
regt un gruaf, bie diar geringeften Kleinegkeit. Aeinmol
woll hei dat Wichken ohne Querfahke fchlohn. Do
fprung Anna dertüfchen un bie diar Geliagenheit kräig
iat dian äeieften Schlag van fienem Manne.

Bat holp et diar unglücklecken Frau, dat heit am
andern Dage alles berüggere, dei Schlag, dian fei int Ge=
fichte krien har, brannte iahr inwenneg afe Füer un
Flamme. Dei fiefhundert Dahler, dä Fritz van fienem
Brouer krien har, wären gefchwinde oppe. Dat Dahk=

decken har ne Tropp ekofft. Twäi Käuhe wären ahne=
fchaffet wouern, bim Pfarrehandel har hei ouk guet
wat rut gien mocht, nigge Sieltüg mochte do fien,
kuat un guet, äger at fiek Fritz dervüar horre, was dat
Geld oppe.

Anna konn fiek üewer all dei Ahnfchaffungen nit
freuen. Jat dachte met Schrecken an dei fiefunziewenzeg
Mark Zinfen jedes Johr un dann Fritz har ock noch ne
Knecht ahnenuahmen, fäß Käuhe giet en Houpen Arbet,
do mochte hei Hülpe hewwen.

Gewiß, dei Knecht arbere düchteg. Hei verlangere
owwer ock ne ahnftännegen Louhn un hei gong ock guet
annen Difch. Bo hei owwer es fog, dat de Här langfam
kuemen leit, do was hei ouk fo biefteg nit mähr. Fritz
har fiek im Loupe diar Tied fou an fienen Pfefferminz
gewienet, hei konn ohnediam gar nit mähr liawen.

„Et es et befte Middel füar meine Ohmesnout“,
fagte hei luhter, „alles andere helpet mie nix. Domet
woll hei fiene Schwäche füar fiek un andern entfchulde=
gen. Dei Noberslüe muffent biater, dei fächen: „Küenegs
Fritz es am Süepe“ un beckert noch nit wußte, diam ver=
tallte Martha et. Dat konn fiene Schadenfreude fchlecht
verbiargen.

Dei beiden Schwägerfchen fächen fiek kein Dages=
tied mähr. Anna har dat Gefeuhl, alles Unglücke küemet
mie van diam Menfche. Jat gloffte nit dran, dat iat
iahne ut verwandtfchaftlecker Liebe dat Geld elennt här.
Diarümme holt es jeden Penneg biäin, dat fo de Zinfen
op Tied un Stunne do wären. Frögger har iat met
fienem Manne jeden Grofchen op Siet elagt. Giegen=
fietege Klorheit was in iahren Verhältniffen wiafen.
Dat was owwer nu anders.

Fritz bruchte viel Geld füar fiek felwer. Wenn hei

im Sufa was, dann schmäit hei met dian Marken ümme sied, afe wenn se keinen Wärt ehat härn.

Do song Anna ahn un verstoppere et Geld füar iahme. Wenn iat irgendbo hiengong, dann nahm iat et met; denn wenn heit in de Finger kräig, dann kräig iat nix wier dervan te seihen.

Nandiken was nu kunsermäiert. Iat holp siener Mouder düchteg. Gehöreg uttäin hat siek edohn un de Arbet gong iahme six van diar Hand. Iat arbere äigentleck viel te viel füar sien Oller. Fritz har dian Knecht sutejaget, will at hei nit ährleck was. Ne niggen konn hei nit sotten krien. Do herre et dann düchteg taupacken; denn et was Hiarwestdag. Fritz rapplere siek noch äinmol wier op, hei woll vüar sienen Fraulühn nit terüggestohn. Et gong ock de Wiake üewer ganz guet, blous et Softags, wenn hei met diar Bueter no Lünsche souher, dann was wat gefälleg. Aeinmol har heit ganze Geld verluaren, hei sagte, se härnt me ungerwiages afestuahlen. En andermol brachte hei en ganzen Däil Bueter wier met nohus. Hei här dian Pries nit met dian Lüen äineg wären konnt. Hei gäffte siene Kröme nit sut, dann ät hei se noch leimer selwer. Jedesmol was hei duanevoll, sienen ganzen Verstand har hei versuapen.

Bat mochte Anna dauhen? Iat souher met Nandi Softags selwer no Lünsche un brachte de Bueter sut. Se harn langjöhrege Kundschopp, dei mochte doch terrächte bedeinet wären.

So langsam larren siek Mouder un Dochter de ganze Arbetslast op iahre schwahken Schultern. En Wunder was et, dat se nit drunger tehoupebrähken.

Anna was siet Monaten naches nit mähr met sienem Manne in diarselwen Kammer. Hei har iat äin-

mol midden in diar Nacht dorutejaget. Hei könn dei
Suerkerigge nit verdrain. Hei wöll siene Ruhe hewwen,
har hei raupen. Do har iat sien Berrewiark in Nandikes
Jungwichterstüaweken drian un wenn iat nu naches nit
schlohpen konn van Aerger, Läidmout un Hiatensquol,
dann nahm dat Wicht sien Möiderken in Ahrmen un
tröistere iat met leiwen guerren Wöhren. Dei beiden
Küenegskinder, Heini un Nandi wuahneren unger äinen
Dahke, se kräigen siek orwer doch nit manegmol te
seihen. Nandi kräig jo bolle keinen Fierowend, dat har
kein Tied, et owends met dian andern jungen Wichtern
op ne Huawe rümme te gohn. Manegmol gaffte et ock
wat te danzen op dian Hüawen, besunders im Hiarweste,
wenn dat Mausreihen ahnfong.

Striepmaus, Fkkesbouhnen, Kouhl un witten Kappes
wouern in diar Riegel in groute Fiate innemahket. Dat
reihen, schnien un schawen gaffte en Houpen Arbet.
Owends no Fierowend geschoh dat mäiestens un wenn
de Arbet gedohn was, dann gaffet noch ne en bietken te
danzen. Ne Dudelsackspieler was bold op jedem Huawe,
ümme de Musik kämen se nit in Verliagenheit. Ne
harmlose Freude en ungekünstelt Frouhsien was frögger
unger diar Jugend un wenn dei jungen Wichter owends
op me Fuch ewiasen wären un harn siek saht edanzet,
dann wären se doch am andern Muargen munter un
fidel ümme säß Uhr oder ock noch äger wier biediar=
hand.

An düen Jugendfreuden har Nandi Küeneg keinen
Ahndail. Bu här iat siek freuen konnt, bo sien Mouder
so grout Läid har?

Beckert nit wußte, dä söll glöiweni iat wär alt wiet
üewer twüuteg Johr olt un dobie was iat doch knapp
siewentien. Dei leßten böisen Johre harn iat vüar diar

Tied riepe mahket. Ernst un sinneg käiken dei bloen Ougen in dei lachende Welt. Jat wär en wunderschöin Wicht, sächen dei Jungens. Blous, me müsse nicht rächt, bat me an iahme här. Jat wär so terüggehollend, so stolz. So stolz was Nandi. Jat här ümme alles in diar Welt nit van diam Trueregen Gemeinen, Unschöinen bat in siener Familge dürch Vaders Schuld bolle dag= diagleck vürkam, küeren konnt.

Jat was sienem Vader nit böise. Jat wußte, dat sien Drinken ne unselege Leidenschopp was, ne böise Krankhet. Hei was so frögger, äger at de Schnaps= düwel Gewolt üewer iahne har, anders, biater, leiwer wiasen. Wennt doch en Middel gäffte, iahne van diar Krankheit te häilen. Me kann owwer met keinem Menschen drüer küeren, de Schiamede verschlout emme so dian Mund. Nandi har siek en Ougenblicksken in de Laube int Giatken esatt. Jat was so meuhe, taum ümefallen. Dian ganzen Nomiddag harn se Roggen ine= fouhert. De Wiargläser wären efallen un de Wind har siek edräget. De Roggen was rappeldröige, wenn dei wier naht ewouren wär, dat wär doch schar ewiasen. Se harn ne in de Schüer op et Heu edohn. Hei soll sotten eduaschen wären. Dat Strouh kam dann innen Stollen op et Land, domet at se Stie füar de Hawer krätigen. Kahl Küeneg har noch en grout Stücke an siene Schüer buggen lohten, dei har biater Beloht füar siene Kröme. Bie Fritz Küeneg was alles äine Be= helperigge.

Se harn noch nit egiaten, se wöchen noch op dian Vader. Dei was in dei äine Husdüar rinegohn. Alt üewer ne Stunne was hei doinne. Tante Martha har iahme sieker wier ennen opescheppet, dann konn hei so kein Aenge singen.

Nandi konn hören bu se in diar Küeke am lachen wären. Dei lacheren gewiß üewer Vaders Dummheit un Uebeholpenheit. Do konn iat et nit mähr uthollen, iat wußte jo, de Mouder saht im Stüaweken tieger diar Küeke, diar där jedes Wohrt un dat Lachen wäih, do där iat de Küekendüar uapen un sagte:

„Vader kuem annen Disch, de Aepel wät kolt."

„Jek well keine Aepel", stuatere het dorut.

„Büste ase Spione schicket? Sieg diener Mouder, iek brüchte keinen Vüarmünner. Jek wär mie doch wal ne kleinen drinken können, no souner Plögerigge. Martha schepp op."

Un Martha gout iahme dat groute Glas noch ens hüepengvoll.

In diam Dugenblicke kam Heini dorin. Hei was so grout un bräit ewouren ase sien Vader. Diame sin Gesichte har hei ommer nit. Ne uapenen reinen Blick un ernste männlecke Züge har hei. Blous nu was hei rout im Gesichte van Erregunge. Hei nahm dat Glas, bat siene Mouder uteschutt har, diam Fritz, dät gerade met Biewen un de Mund dahen woll, ut diar Hand un sagte: „Kuem Deihme Fritz, goh met Nandi un iet wat. Du hias vüar diin Owend genaug ehat. Dat Tüg mahket diek inwenneg ganz kapott."

Fritz sagte keinen Ton. Hei käik friewat dumme drin. Düese Energie imponätiere iahme. Hei schlurwere ächter Nandi drin.

Kum was de Düar ächter dian beiden tau, do fong Matha ahn: „Nu sieg mek es, du Greunschnawel, bat fällt die dann äigentleck in, diek hie so opteföihren, ase wenn de Här un Regänter wärs? Sou wiet sind sie dann doch noch nit, dat iek mienen Hären Suehn froge, wenn iek ümmes en Schnäpsken utgeite. Du olle Drüp-

pel", iat drägere fiek rümme no Kahl, dä ftief op biam
Holtkaffen faht, „du lös dia jo op me Koppe rümme
danzen van diam Gälperlinge."

„Mouder, du föß diek wat fchiamen! Et deut mie
läie, dat iek die dat fien maut. Büs du äigentleck te
dumm, daß du nit wäis, bafte ahnriches, odder hiafte
de Plofäier ahne, wenn ächeninne Unfrieden es. Tante
Anna un Nandi feiet un, afe dei düere Tied, van fchier
Aerger un Suarge. Deut die dat dann gar nit läie?"

„Nu maut et owwer bolle guet fien", reip Kahl.
Dobie ftallte hei fiek met fiener ganzen Grötte füar
fienem Jungen.

„Wenn de de Muhle nit höls vüar diener Mouder,
dann ftoppe'k fe die, du Triekel vamme Jungen. Du
hias hie niz te mellen, dat miark die."

„Jek lohte mie de Muhle nit verbeien, iek fin kein
Kind mähr. Wenn iek miene Ollen achen fall, dann
muet fe fiek ock bedrian, dat iek fe achen kann. Et es
miek noch nit vergiaten, bat Mouder vüar Johren, bo
iet Oeihme Friz dat Geld därn, fagte, wenn hei de Zin=
fen nit betahlen kann, dat fall hei jo ock gar nit, dann
wäfte wal wieten bafte te dauhen hias. Met andern
Wöhren, wenn hei nit rüewer küemet, dann tüh iahme
dian Hals fotten tau. Jet föllen iahme helpen, iahme
unge de Ahrmen packen, ftattdiaßen verföipet iet iahme
dian Verftand in Pfeffermünz."

Flammende Empörunge im Gefichte, fo ftond Heini
vüar fienem Vader un äger at hei fiek dervüar horre,
har hei ennen int Gefichte krien, dat iahme et Füer ut
dian Dugen fprang. Dei Olle har ne dütliche Hand=
fchrift.

Do vergaht dei Junge, bian hei vüar fiek har un
met fienen jungen kräftegen Füften fchleig hei op fienen

Bader in. Do sprung Martha ase sonne Furie met diam Stuakiesen dertüschen.

Bo diam Heini et wahrme Blaut düat Gesichte leip, do äines kam iahme de Besinnunge wier.

„Rut met die! Rut met die!"

Dei Olle bölkert un Martha schreiret.

Do gong hei dorut, obder harn se ne schmieten? Hei wusset selwer nohiar nit mähr; denn bo hei ganz richteg die Verstanne kam, do saht hei die Tante Anna un Nandi in diar Küeke. Nandi har iahme et Blaut afewaschen; denn hei har ne gehöregen met diam Sluakiesen üewern Kopp ekrien. En grout Luak was dat. Ganz füarfüargleck verbung iahne dat Wicht un dobie hülere iat, dat iat schnuckere.

„Jek hewwe de Schuld", sagte iat.

„Wär iek doch nit dorin ekuemen. Uemme mienet= willen het se diek half dout eschlahn. O Heine, Heini."

„Sie stille Wicht, du hias hie keine Schuld anne. Jek hewwe düet alt lange met mie rümmedrian. Jek was blous te feige, et mienen Ollen strack int Gesichte te sien. Nu wietet set un et sall wal äin dauhen sien. Jek gohe iahme nit wier üewern Süll. Giet mie füar düese Nacht en Ungerkuemen. Moren maut iek dann seihen bo iek bliewe."

Anna was dorut egohn. Jat mahkere iahme op diam Kämmerken, bat se süßt ase Tügbüiehne bruchen, en schöin Lager terächte. Dei ahrme Junge soll düese Nacht guet lien können. Ungeninne in diar Küeke säthen dei beiden jungen Menschenkinner op diar Bank Hand in Hand. Ne gleunege Flamme schlaug van äinen taum andern, un wenn set bis nu noch nit ewiaten harn, se spuarrent in düer Noutstunne, da se siek leif harn, van ganzem Hiaten leif.

Un dobuten am Küekenfinster stond Martha.

Dat Rolo was an äiner Siet nit ganz dicht tau un iat konn ganz genau seihen, bat doinne vüarfoll. Do fong iat ahn met lachen, so höhnesch, so drietreg un dobie där iat en Küeren so fläzeg un gemein, dat diam Nandi van Schiamede et Blaut int Gesichte stäig.

Dei Wunderblaume Liebe woll gerade iahre zarten Bliarkes diam Sunnenlechte intienstrecken, do kam ne kollen Hagelschlag un vernichtere dei jungen Triebe.

Et was diam unberouherten Kinne gerade ase wenn iahme ne ruhe Hand ant Hiate griepen här. O pfui, bu konn enner so gemein sien un besuedeln emme et Heilegste.

Am andern Mourgen har Heini Feiwers. Dei groute Opregunge, dei Blautverlust un dei Piene in diar Nacht, harn dian süß so gesunnen, robusten Menschen ganz ut diam Kontakte bracht. Hei woll nit hewwen, dat se ne Dokter hualeren. Et söll siek wal wier riegeln.

Twäi Dage drop kräig Fritz ne ingeschriewenen Breif.

Sien Brouer künnegere iahme de Hypothäike taum halwen November.

Nu har Fritz doch wienegstens wier ne Grund, siek ennen te drinken. Hei woll dian Aerger doraf speulen, sagte hei. Hei speulere so lange, bis at hei proppenvoll was un wenn iahme Anna de Fläsche nit häimlecke dodien ekrien här, dann här hei noch lange nit opehort.

Heini was noch uan op sienem Kämmerken. Hei was noch nit wier ungeninne wiasen; denn siene Glie= der wären iahme alle ase teschlahn un dat Luak am Koppe har siek ouk op et Unreine schmieten. Hei konn nit, süß wär hei gewiß nit so gedülleg uan oppe blien.

Anna un Nandi därn beide kein Ouge tau in düer Nacht. Dei Suarge stond grinsend an iahrem Berre: Bu sall dat ängen? Bohiar dat Hypothäikengeld niahmen?" freig siek Anna.

In diam Jungewichterhiaten was noch ne andere Anges. Heini well siene Häimet verlohten, sien Hus un Huaf, hat iahme später van rächtswiagen taustäiht. Bu sall dat ängen? Un ungeninne gong Fritz Küeneg in sienem Duesel düart ganze Hus. Hei har in diar Besuapenerigge immer dei fize Idee, siene Fraulüh härn de Düaren nit afeschluaten. Hei rewedäiere dann jedes Schluat vam Balken bis innen Keller, vam Stalle un van diar Schüer.

Dei beiden harn siek im Loupe diar Tied an siene dullen Izen ewient. Anfangs was Anna immer ope= stohn un har siek no iahme ümmeseihen, wenn hei dat owwer miarkere, dann wouer hei sackgruaf.

Ock in düer Nacht schlurwere hei düarrt Hus. Anna hor, bu hei no diar Schüer gong. Dobuten har siek de Wind ehaft. Hei hülere un susere. Diashalw konn Anna ock nit hören, of Fritz wier terüggekuemen was. Jat meinere, iat här ne Düar gohen hort nu lustere iat, et bläiff owwer alles stille.

Of iat nu en Ougenblicksken eduesselt har oder nit, iat wusset selwer nit. Et was met äinemmole so lecht in siener Kammer un van buten kloppere Heini an de Kammerdüar un reip:

„Kuemet geschwinde, teihet ink wat ahn. De Schüer brient."

Bu se beide in de Kläier kuemen wären, dat wussen se nohiar nit mähr.

De Noberslüh harn dian Füerschein eseihen un dei harn ock sotten de Füerwehr im Duarpe allarmäiert.

En Guatswunder was et, dat de Wind dat Füer vam Huafe un Stalle afdräif. Süß wär alles afebrannt.

Aein gräßleck Schauspiel was dat midden in diar Nacht. Do was nit viel te helpen. De Füerwehr konn nit anders dauhen, afe dat Wuahnhus met dian Ställen kolt hollen. Dei Sturm pock unger dei gleunegen lechterloh brianenden Roggengarwen un schmäit se houge im Buagen in dian Boumhuaf un op et Land drächter. Aeine änzege gleunege Lohe ftäig taum Hiemel un in aller Mund was datfelwe Gebiat: Wenn blous de Wind nit rümmefchlött.

Anna un Nandi leipen dorümme afe wahnfinneg. bie diam Gedanken, dat dei unglückfialge Mann in dar Schüer was.

Dian Lüen bläif et Blaut bolle innen Oddern ftohn, bo fei horen, dat dei unglückfialge Mann in dar brianenden Schüer wär.

Et fong ahn met rianen, met folker Gewolt, dat de Füerlüh ophören konnen mit fprütfchen. De Schüer was bis op dian Grund dialebrannt.

Kahl Küeneg har Malhör metekrien, ne gleunegen Balken har iahme de Schuller quatefchlahn un verbrannt. Hei woll fienen Brouer feuken un har fiek te duane ant Füer ewoget. Nu lagte hei do un ftöhnere van Piene. Martha hülere un fchannte, alles düaräin un bo iat hor, dat Friß wahrfchienleck met verbrannt wär, do verlous iat reinewiag dian Kopp. Am andern Muargen, bo dei Glaut ätwas noloten har un dei Qualm fiek vertrocken har, da wouer dei ganze Füerftie noefocht. An äinem Aenge tüfcher verbrannten un verbogten Iferdäilen van diar Diafchmafchine füngen fe Uewerrefte van verbrannten Knuaken. Et was kein Twiewel, Friß har bie diam Branne, dian hei felwer infchuld har, en graufam Aenge fungen. Ne Handvoll Afche, dat was alles, bat van iahme üewreg eblien was. Dat Füer har ganze Arbet emahket.

Anna faht op fiener Kammer afe en Bild van Stäin. De Paftour kam un de Noberslüe kämen ümme iat te tröiften. Iat har immer keine Tränen un ock keine Wöhre. De Lü meinern, iat här dian Verftand verluaren. Un Nandi gong im Hufe rümme, un richtere un ftallte dat Noutwendegfte, bat te dauhen was.

Wenn enner Veih im Stalle hiat, dann mag de Truer oder de Freude noch fo grout fien un de Fierdag noch fo houge, de Dies wellt iahr Geriack hewwen, füß bölket fe dian Stall üeweräin. In düem Falle was et füar dat Wicht en Häilmiddel, iat konn fiek wienegftens op Ougenblicke vergiaten.

Dei Afche und dei Knuakenrefte van Fritz Küeneg wouern innen Sarg edohn un diar Aehre üewergafft. Et gaffte keine pompöfe Truerfier; denn dei, becker et nöggefte dertau wären, wären nit dertau imftanne, fouwat te veranftalten.

Kahl un Heini Küeneg wären im Krankenhufe. Heinis Wunde har fiek op et Unreine fchmieten un Kahl lagte ftief met fiener tefchlahnen Schuller im Berre. Dei Nobersfrauen weffelten fiek af. Et wären iahrer immer twäi bie Anna, domet dat nit alläine was. Iat woll fiek luther wat andauhen. Dat fchrecklecke Unglücke har iat ganz deipfinneg emahket. Iat was ganz rüheg, blous wenn Martha dorin kam, dann fprung iat op und reip: „Un du woges et noch, mie vüar de Ougen te kuemen, du fcheinheilege Fraumenfche? Du hias fchuld an allem, bat hie paffäiert es. Wen du mienen Fritz nit luther mit Pfefferminz traktäiert häs, dann wär hei gar nit op dian Gefchmack ekuemen. O du, du! Bu

kannste dat vüer unsem Hiarguat verantworten, baste
uns ahnedohn hias."

Dei groute Erregunge löiseren de äiesten Tränen bie
Anna ut. Iat song ahn te ziedern un te biewen un de
Tränen flöiten iahme in Strömen üewer de Backen rin.
Martha woll siek wiaren, iat där alt de schandplosterege
Muhle uapen, do kräig Nandi iat an diar Hand un trock
iat dorut.

„Du maust te Mouder dat nit so riaken, se wäit
nit bat se küert. Iek sin frouh, dat se et änbleck hüllen
kann. Düese stäinerne Ruhe was unnatürleck." Domet
leit iat Martha dobuten stohn un gong wier dorin no
siener Mouder.

Martha gong intem Huse. Dei Wut, dat iat dat har
füar dian Nobersfrauen instiaken mocht, leit iat naches
nit schlohpen. „Dat sall miek noch kennen lähren",
dachte iat bie siek selwer. „Wennt dian halwen November nit rüewerküemt, dann mahke iek me dian
lechen Dag te düster. Do kannt siek op verlohten. Dat
dumme Geschirre mag siek wall sou ahnstellen. Dobie
hiat et alt sied Iohr und Dag keine Gemeinschop met
sienem Manne hat. Et Gewieten mag iat wal plogen.
Un dei Blage, dat greune Dingen löt miek äinfach dobuten stohn. Na, dat sall Martha Küeneg noch kennen
lähren. Iat glöiwet sieker, wenn iat mienem Jungen
verliebte Ougen mahkere, dann könnt siek hie nohiar
int wahrme Nest setten. Na, do krit iat Beschäid üewer."

3. Kapitel.

Et mochte Rot estallt wären. De Hawer was riepe.
De Aepel mochen utemahket wären un et Graumet
mochte af. Nandi har jo alle Hänne voll im Huse te
dauhen un alläine konn iat dobuten nix utrichen.

Do kämen de Noberslüh un holpen afwesselnd. Sou kräigen Nandi un sien Mouder de Kröme noch äger dorin afe Martha.

Kahl har siene Schuller wier häile, de Ahrmen was owwer stief ebliewen. De Dökters sächen zworns, dat söll siek wal noch biatern. Vüarläufeg konn hei owwer noch nit viel dermet ahnfangen un Piene har hei ouk noch in diar Schuller.

Bo Heini sien Luak am Koppe häile har, do gaffte hei siek tehus an de Arbet.

Dat gräßlecke Unglücke, dei äigene Krankheit un Nandis Ahnhollen harn iahme dei Uewertügung biebracht, dat hei sien Hus un Huaf nit verlohten droffte; denn äiestens wärt gemein van iahme wiasen, wenn hei siene Ollen in düem Falle, bo sien Vader doch arbetsunfäheg was, in diar Arbet här sitten lohten. Tweddens konn hei dian beiden, Anna un Nandi helpen und drübbens: sien Gestellungsbefehl konn jeden Dag indriapen, hei was ja op diar Generalmusterunge faste wouern.

Kahl un Martha kämen nit wier op dian Owend te küern. Iat was so stillenschwiegens frouh, dat dei Junge dian Kopp ebockt har un doblätf. Dei drei verküern sie owwer nit dagsüewer. Stille un ohne Freudegkeit göngen se iahrer Arbet noh. Blous Martha, dat schannte un gewittere wallens met diar Däine, iat mochte jo immer äinen hewwen, bo iat siene Wut anne utleit.

Am sieftienten September kräig Heini sienen Gestellungsbefehl. Am äiesten Oktober mochte hei siek in Siegen stellen. Do wouer dei olle Kahl owwer unmäuteg. Hei gong nom Amte un woll reklamäiern. Dat Gesuch sätten se iahme op, se befürworteren et bwwer nit; denn se wuffen ganz genau, dat Kahl Küeneg in diar Loge was, ne Knecht te betahlen.

Heini sog diar Deinerigge met gemifchten Gefeuhlen intien. Aeinerfiets freuere hei fiek op dei Liawensveränderunge. Hei was jo noch nü widder wiafen, afe bie Mouders Mauspott. Hei fähnere fiek üarnbleck no diam Niggen, Ungewuahnten. Anderfiets foll iahme de Affchäid van Nandi fchwor. Wenn hei diam Wichte ock nit viel helpen konn, iat fagte immer, dat Gefeuhl, dat hei in diar Nöchte wär, wär füar iat ne Berühegunge.

Dei leßte Owend kam un met iahme de Affchäid. In diar Trennungsftunne kam iahre groute, heilege Liebe met fou elementarer Gewolt taum Utbrüek, dat fe gloffen, fe härn ftiarwen mocht, viiar Liebe un Läid.

„Jek wellt mienen Ollen düen Owend noch fien, dat du miene Brut büs. Sei follt diek hollen un fchützen afe iahr äigen Kind."

„Dau dat nit", holt Nandi iahne ahn.

„Sie wellt et füar uns hollen, ganz ftille füar uns. Et es noch keine fäß Wiäken hiar, met Bader. Jek well noch nit an äigen Glücke denken. Wenn du miek blous leif höls, alles andere es jo fou naiwenfächleck."

„Füar miek giet et in diar ganzen Welt blous äin Wicht, un dat büs du. Dei drei Johr wät jo wall rümme gohen. Blif mie blous gefund un trügge."

„Gefund, dat ftäiht nit bie mie, owwer trügge bliewe iek die, dat fchwiare iek die tau."

De Mouder was noch oppe. Sei was nit in diar Affchäindsftemmung.

„Du hias jo et Aenge nochens wier fchlecht fingen konnt", fagte fei fo fplieteg. „Bat hiafte dann vüarinne, bie dian Fraulühen te dauhen?"

Dei olle Drohl was sieker wier am hülen. Jat söll siek an de Arbet gien, dann vergöngen iahme de Grillen."

Heini bescherre sien Mouder nit. Et drägere siek iahme rümme inwenneg, wenn hei soun herzlos Küeren hor. Hei woll siek orwer dian leßten Owend nit mähr met iahr te strien, diashalf sagte hei: „Gun Nacht" un gong dorop no siener Kammer.

Nandi wusche siek äis de Ougen gründleck af; denn sin Mouder soll nit seihen, dat iat ehület har. De Doktor har iahme sou op de Seele knüppet, iat söll alles Trurege un Opregende van siener Mouder färn hollen.

„Nur Sonne, Liebe und Freude, vielleicht auch mal eine Wohnungsveränderung, kann die düsteren Schatten verscheuchen, die den Geist ihrer lieben Mutter zu um= nachten drohen", har de Doktor tau Nandi sagt.

An Liebe leit dat Wicht et gewiß nit fählen, siener Mouder giegenüewer, Sunne har sei ouk genaug; denn et was ne selten schöinen Hiarwest, orwer Freude un ne Wuahnungsveränderung, dei konn iat diar kranken Frau nit verschaffen, bim besten Willen nit.

Bo iat nu dorop kam no diar Kammer, do was Anna gerade dermet tegange et Finster uapen te rieten. Dei Mond schäin so hell dorin. Dat Lecht wirkere so beunruhigend op dei Kranke. Jat wäis met dian Hän= nen no diar Stie, bo süß de Schüer stond un reip: „Kuem doch es geschwinde, de Vader gäiht met diar brianenden Piepe in de Schüer. Fotten stieket hei se ahn un sie het doch dian ganzen Roggen drinne. Bat meineste Wicht, wenn sie dian Roggen verkoupet, löise sie do wal siefhundert Dahler ut, dat sie iahne ächeni= anne dei Hypethäike wier gien konnt?"

Ach, dei Hypethäike, doan har dacht Wicht in allem Wirrwarr gar nit edacht. Här iat doch met Heini doüwer küert. Jat kannte van souwat so wieneg. Op alle Fälle moche dat eriegelt wären, owwer bu? Dat was dei groute Froge.

Jat mahkere dat Finster ganz faste tau un trock dei gebläumeten Vüarhänge biäin, dat van buten kein Lecht dorin soll, dann där iat dat schwahke hienfällege Menschelken ganz füarsüargleck int Berre. Ne ganze Wiele bläif iat noch vüarm Berre sitten, un äis bo de Mouder faste schleip, do trock iat siek ouk ut un gong ter Ruhe.

Ruhe har iat owwer in düer Nacht nit.

Affschäidswäih, Liebesglück, Hiateläid, Kummer un Suarge leiten dat junge Wicht keinen Schlohp fingen. In dian Johren, bo andere, de Bäine unger dian Ollen iahren Disch strecket un unbekümmert innen Dag rinliawet, har Nandi alt ne schwore Last op dian Schullern. So schwor dat iat bold mit dervüar liawen konn. Bo iat am andern Softag de Bueter noch Lünsche brachte, do pock iat siek en Hiate un freig diam Fabrikanten siene Frau, bo se alt siet tien Johren de Bueter hienebracht harn of iahr Mann iahne dat Geld nit läinen könn. Jat vertallte diar Frau dian ganzen Tehoupehang un dei luawre iahme, met iahrem Manne te küeren. Am andern Softag soll iat Beschäid hewwen. Bo dei Dag kam, do erliawre Nandi ne groute Enttäuschunge. Dei Mann, do iat alle Huapnunge op esatt har, konn iahme nit helpen. Hei har ougenblickleck kein Geld flüsseg. Dei Frau meinere owwer, so at dei Verhältnisse bie iahne lächen, wärt doch gewiß biater, wenn se iahren Kuaten verköffen. Jat wär doch viel te jung, ümme diam vüartestohn un füar siene Mouder wärt ouk biater, wenn sei wo anders liawen könn. Diam Fabrikanten siene Frau meineret so guet met diam Wichte, sei kannte iat jo van Jugend op.

Jet konnt ink hie in Lünsche en paar gemütlecke Stüawekes pachen un du gäihs bie uns op de Fabrik, do verdeineste ne netten Groschen Geld. Du saß es seihen, diene Mouder liawet wier op, wenn sei in ne andere Uemmegiewung küemet."

Dat Leßte gaffte bie Nandi dian Utschlag. Dei Gedanke, de Mouder wät wier biater, wenn sei nit dagdiagleck dei Unglücksstie vüar Ougen hiat, üewerwoug alle Bedenken bie iahme. Bo iat owwer met siener Mouder düewer küeren woll, do wouer iahme es äies dat Ungeheuerlecke, bat iat dauhen woll, voll bewußt. Jat woll siek un dei kranke Frau, dä met allen Wuar= teln im Häimetboden faste verankert was, ut diar Aehre rieten.

Of dei wall anderswo liawen konn?

Un iat selwer? Op me Lanne, in Guades frier Natur har iat bis nu eliawet.

Un de Häimet? Was iahme dei nit ant Hiate wassen? Näi, un dousendmol näi! Jat konn dat alles, bat iahme leif un wärt was, nit verlohten. Et mochte noch ne andern Utwiag gien. Diam Heini woll iat schriewen, sobald at iat Noricht van iahme har. Dat hei bie dian Dragoners in Hofgeismar, bie diam Regi= ment Frhr. von Manteuffel was, dat mußte iat. Dei nögere Adresse, Eskadron un so widder, dei kannte iat owwer nit.

„Jek maut wachen, bit at hei mie schriewet. Dann well iek bie iahme ahnfrogen, bat hei füar guet finget. Of iek wall bolle en Liawenstiächen van iahme kriege?" Dat Liawenstiächen har hei iahme lange gafft, iat hart owwer nit ekrien; denn Martha poß diam Breifdriager luhter op un nahm dei Breiwe, dä füar Nandi wären, in Empfang. Martha guot diam Breifdriager sonne kleinen ut un dei olle Duesel gaffte dei Breiwe an iat af, ohne siek wat derbie te denken.

Un Nandi wochte, wochte van äinem Dage op dian andern. Schließleck holt iat et nit mähr ut, un iat freig Kahl Küenegs Däine: „Hiat inke junge Här noch nit eschriewen? Bu gäiht et me?"

„Et gäiht iahm guet, soviel at iek ehort hewwe. Hei hiat alt en paarmol eschriewen."

Nu kam dei Suarge un dei Ungewißheit ouk noch derbie. Nandis Last, dä iat op sienen jungen Schullern draug, wouer immer schwödder un grötter.

4. Kapitel.

„Dat sall miek verlangen", sagte Martha tieger sienen Mann, „of dei beiden Fraulüh ock an dian fiestienten November denket."

„Och loh se doch gewähren. Iek hewwe met diam Gelle jo gar nit eriaket. Dat stäiht uns doch sieker. Bu kann dat kranke Mensche siek dian Kopp do met verwäiern?"

„Büs du dann ganz oppen Kopp efallen?

Iek glöiwe me Guat, du büs imstanne un tühs de Künnegunge wier terügge. Iek möchte gärne wieten, bat dei unger düen Verhältnissen wal met diam Kuaten ahn=fangen wellt? Lott es Fröihjohr wären, wenn alles an be Aehre maut. Glöiwes du, de Noberslüh kämen wier teloupen un därn ne de Arbet? Dei konnt siek ock beherrschen."

„Ja, sie konnt se doch nit dervan driewen."

„Brümme dann nit? Bam driewen es jo keine
Rede. Fie koupet ne dian Kram ährleck af. Dann
küemet ändleck dat Unrächt ut diar Welt, bat dien
Vader an die edohn hiat. Loh miek es dermet gewähren.
Jek well dei Sahke wall deichseln."

Dei fieftiente November kam un keine Hypothäike
wouer terüggegetahlet. Do gong Martha in dei vüadefte
Husdüar rin, met diam fröndleckften Gesichte van diar
Welt. Jat där gerade, afe wenn nix paffäiert wär un
küere van düefem un jenem.

Anna har gerade ne guerren Dag ehat. Jat har
naches guet efchlohpen un was körperleck un ock gäifteg
ätwas frifcher afe füß. Martha gong vüarfichteg, afe de
Katte ümmen häiten Brie. Schließleck meinere iat dann
fo niawenbie: „Bu füht dat ut, kank dat Geld met=
niahmen? Deihme Kahl mauht et nöideg bruhken?"

„Bat füar Geld?" frogere Anna ganz verbieftert.

„Dei fiefhundert Dahler. Dat wäifte doch. Van=
dage mochent fe terüggetahlen."

„Tante Martha", foll Nandi iahme int Wort, „fie
het eglofft, iet härn en Infeihn met uns ehat. Fie
konnt dat Geld doch unmüegleck befchaffen."

„Dat et jo dumm Tüg. Dat Geld maut biedehand,
do gäiht kein Wiag langes. Jek well ink owwer ne
andern Büarfchlag mahken, dian iet ink düar dian Kopp
gohen lohten konnt: „Verkoupet Deihme Kahl inken
ganzen Krom. Jet beiden fchwahken Fraulüh konnt jo
doch op de Duer nix dermet ahnfangen. Unfe Heini fache
nu leffen noch, et wär ne Sünne un ne Schanne, wenn
dei Huaf verkäm. Jet föllen vernünfteg fien und ver=
koupen ne. Und dann, füh es Anna, füar diek wärt en
Houpen biater, wenn du hiediene kämes, bo diek alles
an dien Unglücke erinnert. Jet krägen dann bar Geld

in de Finger un können ink en gemütleck Liawen mahken."

„Meine Heini ouk, sie söllen Oeihm Kahl dian ver=koupen?" freig Nandi.

„Jo gewiß. Dat hiat hei noch dagesvüahrhiar esagt, äger at hei intrat, loug Martha.

„Jek wellt met diar Mouder beküeren. Me kann dat so nit vüarm Knei tebriaken."

Anna was met allem inverstohn. Jat har jo sienen Verstand men half biäin. Un Nandi dachte mit Bitter=keit: „Also hei hiat alt domet eriaket, dat sie verkoupet. Boümme hiat hei dann nit met mie doüwer küert, dann wußte iek, bu iek mek met souwat te verhollen här."

„Ach, bat es dat doch truereg, wenn me keinen Menschen hiat, dian me ümme Rot frogen kann."

Am andern Owende kam Martha wier. Jat leit nit locker.

„Et blitt ink jo gar nit anders üewreg. Dat Heu es verbrannt. Bo wellt iet de Diers met sauern düen Winter. Ne nigge Schüer maut ebugget wären, bovan owwer, wenn kein Geld do es. Un schaffet iet de Diers af, dann het iet tiene Fröihjohr keine Dunge. Et setten un sägen hört dann van selwer op."

Jat küere dei beiden Fraulüh dümmeleg un douf, molere de schwättesten Farwen, wenn se nit verköffen un rout un bunt, wenn se in de Staht tröcken.

„Jek söll an inker Stie sin, iek besünnte miek mien=seile nit lange. Jek ahrme Dier kueme ut diar Plöge=rigge gar nit rut. Bat hiat dann sonne Buersfrau vam Liawen? Nix anders ase Arbet un wier Arbet. Gewiß, saht te iaten me jo, dat he se in diar Staht owwer ouk."

„Bat well Oeihme Kahl dann füar dian Kuaten gien?" freig Nandi.

„Bäirdaufend Dahler füar alles tehoupe."

„Bu, füar alles tehoupe?" freig Nandi.

„Füar dian Huaf met Gebüggen un met leben= begem un douem Inventar."

„Käuhe, Piard, Schwiene, Hauhner, alles hört dobie?"

„Io gewiß Wicht. Met diam Kuaten alläine konnt sie doch ouk nix mahken. Denk es ahn, twüalfdoufend Mark! Dat giet ink jo kein Mensche dervüar. Buviel Hypethäikenschuld het iet drinne?"

„Met inkem Gelle tehoupe fiefdoufendfiefhundert Mark."

„Süh es ahn, dann holt iet noch mindeftens säß= doufend Mark üewrig. Fiefhundert gott noch füar de Köffen dertau un bat füß noch drümme un drane hänget. Du büs dann meguat ne guerre Partie", fagte Martha fo falsch.

„Mensche, Mensche! Siek wäit doch nit, of fie do Rächt anne dauhet", meinere Kahl Küeneg owends tau fiener Frau, do fe tehoupe im Berre lächen. „Du häs ne rüheg doufend Dahler mähr beien follt; dann wärt noch luhter half futegafft. Me maut fouwat nit te arg mahken. Bat fiet de Lüh dovan?"

„Bat de Lüh fiet, dat gäiht miek gar nix ohn. Du niemes die dat, bat die van rächtswiagen tauftäiht. Wenn dien Olle domols nit dian Bogel hat här, dann wär de Krom biäinblien un düet wär alles nit nöideg ewiafen. Dei ganze Betrieb es vernolöteget und ver= luedert. Do fafte noch mal Arbet met kriegen, äger afte dian wier im Schuß hias. Un üewerhoupt bat wellt dei beiden Fraulüh met all diam Gelle, fe mahket fiek jo blous unglückleck dermet."

Kahls Gewietensbedenken wouern met Marthas Muhlwiark berüheget un schließleck gloffte hei selwer hei där en guet Wiark wenn hei dian Beiden dian Huaf afnähm.

Acht Dage drop wouer Fritz Küenegs Huaf an Kahl Küeneg üewerschriewen. De Notar har dian Vertrag opesatt un Anna har sienen Namen drungersatt.

An diam Dage, bo se dat Geld utbetahlet kräigen, was Anna reinewiag närresch, ase en klein Kind. Stunnenlang saht iat do un tallte dei Goldstücke un dei harren Dahlers un dat ahrme Nandi hülere siek bolle dout. Iat har gar keine Freude an diam Gelle. Iat draug et sotten anderndags no Lünsche op de Sparkasse. Do konnt lien blien, dachte iat, füar dian Noutfall.

Op diam Grünewolle, ätwas buhter diar Staht pochte iat ne schöine gemütlecke Wuahnunge. Dat Hus lagte ganz frie un me sog ut allen Finsters int Greune. Dat was guet; denn midden in diar Staht, tüscher engen Müern här Anna et ganz gewiß nit utehollen.

Dei drei Stüawekes mahkere Nandi met dian Sahken, dä iat metenuahmen har, schöin wuahnleck un Anna gong doinne rümme un hantäire so unmäuteg, ase wenn nümols düstere Schatten op sienem Ltawenswiage wiasen wären.

„O Guat", biarre Nandi dian äiesten Owend in diar niggen Wuahnunge, „iek danke die van ganzem Hiaten, daß du mien ahrme Mötderken wier frouh emahket hias. O help doch, dat et wier ganz biater wät. Iek well alles dauhen, bat in mienen Kräften stäiht. Gief mie Maut taum Widderliawen. Stille doch dat Häimwaih in miegem Hiaten. Iek kannt jo bolle nit uthollen füar Sähnunge no diar Häimet, dä iek hewwe verlohten mocht."

Jo, Nandi har Häimwäih!

Solange at iat noch met dian Büarbereitungen, diam Oplöifen un Riggeinrichten te dauhen har, un dian Häimetdahk noch buam Koppe har, folange was iat noch nitt rächt bie fiek felwer kuemen, nu owwer, bo iat de Wuahnunge färreg har, do kamt üewer dat Wicht met founer Gewollt, dat tat meinere, iat wär vergohen füar Läid un Gram. Dobie mochte iat immer en fröndleck Gefichte mahken, wenn de Mouder bie iahme was, dei droffet nit wieten, bu dicke at iahme et Hiate was.

Wenn iat an Heini dachte, dann was et gerade, afe wenn ne Schaten tüfcher iahne ftohen här. Sien Bild was nit mähr lecht un reine in diam Jungwichterhiaten.

„Wenn hei dat alt met fienen Ollen beküert har, dat iek iahne dian Huaf verkoupen foll, brümme hiat hei mie dann nix dervan efagt. Dann här hei doch ock fuargen mocht, dat Mouder un iek en Bliewen kräigen. Staatt diaßen löt hei miek met allem alläine un fchriewet mie noch niddemol. Bat dau ek dann met founer Liebe, wenn fe in Tied diar Nout verfiet?"

Met Anna gong et van Dag te Dag biater. Jat gong alt alläine innen Laden und mahkere Inköipe. Dian Schümeliepel nahmt ouk wier in in de Hand. Rüheg un gelohten gong iat fiener Arbet no un wenn van fienem verftuarwenen Manne, dä fo gräßleck te Doue kuemen was, eküert wouer, dann hülere iat wal, fiene Schwormaut un Deipfinnegkeit was owwer fut. Dei Veränderunge in fiener Liawenswiefe har Wunder ewirket.

5. Kapitel.

Heini was bie dian fiesten Dragonern in Hofgeis= mar, in diar fiesten Eskadron ineftallt. Hei erliawre vial Rigges un Ungewuahntes, owwer gefallen dät iahme nit do.

Hofgeismar was in biar Tied en klein Nest, im Hessenlanne. Luas was bo gar nix. Dat was biam Heini ganz äin dauhen, hei woll jo keine Abenteuers erliawen. Dei Twang, dei Drill un dat Kuschen, dat poß iahme omwer alles nit.

„Ich bin ein freier Mann und singe", dat har hei so fahker sungen, wenn hei dian Plaugstiat in biar Hand, siene äigene Scholle bearbet har. Un hie wour hei dressäiert, grade ase ne Rüen. Wenn hei op sienem Bocke sat un nit gerade fröndleck drinkäik, dann reip dei Unteroffizäier: „Majestät scheinen Regierungssorgen zu haben", un dann im andern Tone: „Mensch, reiß die Knochen zusammen, du sitzt ja auf dem Gaul, wie der Affe auf dem Schleiffstein."

Hei was so stief un so ungelenkeg, hei har nit so Gummielastikum in Knuaken ase dei andern, diashalf konnt passäieren, dat dei Unteroffizäir twüntegmol äch= teräin kummedäire: „Auffitzen, Abfitzen," un Heini mochte genau soviel mol op et Piard un wier dervan, dat iahme schließleck von der Ahnsträngung un von Bousheit de Schwäit ut allen Knouphlüakern dräif.

Bat hei im Rien versümere, dat hualere hei im Scheiten wier noh. Heini har scharpe Ougen un ne siekere Hand un so kamt, dat hei met drei Schüeten mehr Ringe schuaten, ase de Bedingunge was; van biar Tied ahn sagte dei Unteroffizäir wohlwollend: „Hoheit der Schützenkönig".

Dat guerre Scheiten un äinege Mettwürfte van te= hus brächend färreg, dat heit diamächter uthollen konn, denn dei Unteroffizäir har ne Büarliebe füar westfälische Wurst un Schinken. Hei sagte luhter, kein Mensch ver= stönd dat Röikern sou, ase de Westfälinger, bat iahne owwer nit hingere, bie paffender Geliagenheit van diar thüringfchen Wurft dat nämlecke te behaupten.

Et was diam Heini, afe wenn de Blitz vüar iahme inefchlahn här, bo fien Mouder iahme fchräif, dat fei Fritz Küenegs Gut ekofft härn. „Becker follt füß koupen? Dei Fraulüh konnent nit buan hollen un füar Anna was et fo am beften. Dat wär hie ant verkinfchen gerohen, wenn iat dagdiagleck dei Unglücksftie vüar Ougen har. Vandage es et wier guet drane. Se find no Lünfche nom Grünewolle trocken un Nandi gäiht nu no diar Fabrik. Dat fiene Püppken no diar Fabrik, et es taum lachen. Wenn du diene Tied rümme hias, dann krifte hie wat ümmedehand." Anna har noch fo allerlei efchriewen, dat interefiäre dian Heini owwer nit im geringften.

Nandi was nit mähr in diar Häimet! Dei Gedanke mahkere iahne bolle verrückt. Bu mochte dat ahrme Kind dat üewerftohn hewwen? Un hei was nit tehus. Hei har iahme nit bieftohen konnt, in all diam Düarräin.

„Of Mouder do nit wier de Hand im Spiele hat hiat? Jek kenne fe doch. Do hiat fe jo iahr liawenlang anne fpunnen, ut dian beiden Hüawen äinen te mahken. Brümme hiat fei unfem Hiarguat dann vüargriepen? Wenn Nandi miene Frau wouer, dann wären de Hüawe doch ouk biän ekuemen.

Do fatte fiek Heini dohin un fchrüif nohus.

Hei woll Nöggeres wieten. Hei har dat Gefeuhl, dat do wat nit rächtmäßeg tauegohn was. Vüar allen Dingen, dei Koupfumme woll hei wieten.

Dag un Nacht har Heini keine Ruhe.

Siene Kameraden, befunders dei, dä met iahme op diarfelwen Stuawe lächen, dei tröcken iahne op, un euwren an iahme rümme. „En Gefichte fettes de op, Kähl, afe wenn die de Brut untrügge wouern wär. Do maufte nit truereg ümme fien, föiher tinne Sundag met no Kaffel. Do krifte an jeden Finger ent,“ fagte Otto Schmiedhus ut Dahlerbrügge.

Heini lachere, wenn fe iahre Dumheiten küeren. Dat Lachen kam owwer ut unrühegem, wäihen Hiaten.

Wenn doch dei Breif van tehus käm. Hei konn dat Wachen bolle nit mähr uthollen. Nu verftond hei ock, brümme at iahme Nandi nit efchriewen har. Dat har in allem Düarräin dian Kopp verluaren. Hei ftallte fiek in Gedanken an diam Wichte fiene Stie. „Wenn mie dat paffäiert wär, wenn iek van Hus un Huaf möchte unföll no diar Fabrik gohn. Dat hölt iek nit ut, do wöir iek verrückt bie. Dian ganzen Dag in foume tauen Dingen te arben, keine frifche Luft un keinen bloen Hiemel üewer fiek, näi, dat wäre füar miek niz.

Un Nandi, dat Sunnenkind, bat ohne Blaumen nit liawen kann, dat gäiht do tegrunne, dat es gewiß.

Endleck kam dei Breif van tehus. Drei Wiaken hat eduert, äger at Martha fiek es taum fchriewen beque= mere. Iat was do fo biefteg nit bie. Van allem ver= tallte iat fienem Suehne, blous dat äine, bat hei wieten woll, do fchräif iat niz üewer. Fie het ne ahnftännegen Pries dervüar egafft. Se het fiek noch guet wat no diar Sparkaffe drian, dat was alles.

Nu was hei fo gefcheut afe vüarhiar. Hei här fiek fo berühegen konnt, et was iahme owwer nit mügleck. Hei wouer dian Gedanken: et es nit met rächen Dingen tauegohn, nit luas. Et was in diar Chriftdagswiake,

Heini har diam Unteroffizäier gerade en safteg Stücke Schinken metegafft, do meinere dei: „Wenn du auf einen Sprung nach Haus willst, drei Tage Urlaub kannst du haben."

Urlaub! Un wenn hei menn twäi Dage krien här, hei wär esouhert, un wennt ock blous wär, ümme änbleck Gewißheit te hewwen.

Met diam leßten Zuge kam hei am heilegen Owend an diar Bahnstation ahn. Nu mochte hei noch üewer ne Stunne te Faute loupen.

De Häimet im Schnäi! Dat was gerade ase en Märchen. Dei Schnäidieke flixere, ase wenn Milliounen kleine Diamanten drüewer streuet wären. Tau beiden Sien dei hougen Dannen, sei brähken nit tehoupe unger iahrer witten Last, im Giegendäil, se stönnen do so stolz, so majestätisch un im Biarge was ne erhabene Ruhe. Et was jo in diar Christnacht. „O Häimet! Häimet! Bu büs du schöin, tau jeder Tied.

Brümme kann iek miek nit van Hiaten an dienen Wundern erfreuen? Brümme maut de Menschheit in alles ne Mißklang brängen? Hie störe iek met mienem Säbel un met mienen Spuaren dei heilege Stille, un kueme iek nohus, dat wäit iek nu alt, dat iek mienen Ollen un mie selwer et Fest verdiarwe; denn, wenn se unrächt edohn het, dann kannk nit schwiegen, wennt ock Christdag es."

Tehus wären se im Berre. Hei har nit eschriewen un ock nit telegrafäiert. Brümme ock? Wär Nandi noch do ewiasen, dann här hei en Telegramm eschicket, owwer nu har dat jo keinen Zweck, sien Mouder här höchstens üewer dei unnödegen Telegrammgebühren eschannt.

Met diam Säbel kloppere hei ant Kammerfinster.

De Barry schlaug ahn, in diar Küeke. Hei bliekere ommer nit, hei jaulere van Freude. Uan gong et Kammerfinster uapen. „Bat giet et dann, bat es dann luas?" reip Martha met verschlohpener Stemme.

„Mouder!"

O Här, o Här! Küemet dei Schwärnoutsbengel midden in diar Nacht ahn. Näi souwat."

Et gaffte keinen herzlecken Empfang tüscher Mouder un Suehn. Küssen un Innenahrmeniahmen, dat wären unbekannte Begriepe bie Heinis Mouder.

„Hiaste et Christdagspakäit nit ekrien? Harn se ock nix drutestuahlen? Bulange bliste hie?"

Dat was de ganze Willkuemen.

Kahl Küeneg kam ouk ändleck ut dian Fiaren te kruhpen.

„Bu küemet dat, daß du alt Urloub hias? Bat, blous drei Dage? Do wär iek ommer nit ümme kuemen."

Diam Jungen was et gerade, ase wenn se ne met kolt Wahter beschutt härn. Sogar bim Wierseihen kunnen siene Ollen kein wahrm Gefeuhl füar iahne opbrängen.

Sou was et ommer luhter ewiasen. Hei konn siek besinnen bu hei woll, noch nü har sien Mouder ne Zärtleckkeit füar iahne hat un sien Bader es gar nit.

Sienem Bader verdachte hei dat ock gar nit, so Mannslüh sind jo ruher, ommer ne Mouder, dei giet iahrem Kinne doch Liebe!

Heinis Hiate lechzere förmleck no Liebe, no äinem leiwen fröndlecken Wohre.

Se wuffen fiek nix te fien, alle drei nit. Blous bei Barry, bei groute Bernhardiner, bian Heini opetrocken har, bei was rein ut biam Hüfeken van Freude un wenn Heini nit fo fafte in fienen fchworen Reitftiewen eftohen här, dann här iahne bat Rüenbier rüewer un düewer fchmieten.

„Son Dier hiat mähr Gefeuhl afe ne Menfchen", bachte Heini, un bo hei ne Wiele nohiar no fiener Kammer gong, bo gong de Barry met un lagte fiek bie fienem Hären vüart Berre. Dat har hei ock füß immer bohn.

Bo Heini ne Wiele im Berre was, bo foll iahme in, bat hei fiet biam Muargen nix mähr te iaten hat har. Sien Mouder har iahme nix ahnebuan. Se har et Füer bout im Bernüffe un bat extro wier ahntebeuten, bat foll iahr gar nit in. Ja, wenn Tante Anna noch vüarinne wuahnet här, biar här et nit teviel te bauhen gafft, iahme en Bietken Wahrmes te mahken.

Met bitteren un fchworen Gedanken fchleip hei änbleck in, un am Muargen was Chriftbag.

Chriftbag!

Dat Feft höggefter Liebe! Bo äiner biam andern ne Freude mahket, wenn hei kann. Bo en feleg Niah= men, feleg Giewen es, bei Dag was bie Küenegs afe jeder andere Dag im Johre. Deifelwe Arbet, deifelwen Pflichen. Knecht un Magd kräigen jeder en Gefchenk, will at bat bim Meihen met utbehollen was. Martha un Kahl gäfften fiek nix. Brümme ock? Et gong jo boch alles ut äinem Bühle.

Heini gong ouk lieg ut, will at fe nit op ne riaket harn. Atwas länger afe füß fähten fe bim Koffibifche. Et gaffte Puffert un Iferkauken, ock Ualekrabben un Wofeln.

Et was jo immerhin Christdag. Se drünken ow=
wer in diar Küeke. In diar guerren Stuawe wouer nit
inne stuaket. Gemütleckkeit gaffet bie Küenegs Mar=
tha nit.

Heini gong es intem Stalle. Dei was nu duane=
voll. Se harn de Wand, dä dei olle Päiter Küeneg
siener Tied ase Schäidewand har oprichen lohten, wier
dertüschen dien eschmieten un nu stönnen väieten schwore
Käuhe an diar Riege un an diar andern Siet stönnen
drei drieste Piarre.

Dat was dei olle Brune, diam Nandi immer Zucker
gaffte, un dat was Tante Annas Goldblaume, dei rout=
bunte met dian krummen Hüarnern un dat de Goldfinke
met dian stracken Hüarnern. Hie dei Blässe met dian
Sternen vüarm Koppe un dat dei Brünette, dei beiden
letzten am Truage, dat wären de Waldhenne un dat
schwatte Müttken. Dat har Nandi opetrocken un dian
Namen, dian iat diam kleinen Kälweken gafft har,
holt sei, trotzdiam at se alt twäimol melk was.

Ne Stall voll Diers, bo siek jedes Buerenhiate
üewer freuet, Heini konn siek nit freuen.

Dei Gedanke buahre un weulere an iahme rümme:
„Et es nit met rächen Dingen tau egohn. Et es unrecht
Gut, un dat gedeihet nit, et es kein Siagen droppe.

Heini woll met sienen Ollen küeren. Hei konn se
owwer nit alläine te packen krien. Am Nomiddage kam
ock noch Beseuhk ut diam Duarpe, do was et met diar
Utsprohke füar dian Dag verbie.

Heini kam siek so üewerfleuteg füar. Hei wußt
met diar Tied nix ahntefangen. Hei gong am andern
Muargen es in de üewerste Husdüar rin. Kolt un dout
was do alles. De Knecht vertallte iahme, dat hei siek

op Zienpäiter beftarre. Siene Brut här dann dat Johr rümme. Jat wuahnere ächtern Krüzbiarge bim grouten Bueren. Hei tröck dann in de liege Wuahnunge met fiener jungen Frau. Füar de Pacht möchte fiene Frau helpen, dat wär hei met Heinis Ollen äins ewoueren.

Heini mochte fiek rümme drägen. Et was iahme nit müegleck, länger dat Geküerze van diam Knechte ahntehören. Im Dorutgohen frogere hei: „Bo es Tante Anna hienetrocken?"

„Ro Lünfche."

„Jek meine in beckere Strohte."

„Jek wäit et nit genaue, iek meine fe härn van diar Wildmecke küert. Et es, fo at iek ehort hewwe, ätwas buter diar Staht."

Heini käik fiek noch äinmol ümme, dann gong hei ock noch de Trappe rop. Dei Knecht fchurre am Koppe. Bat woll dei do uan op dian liegen Büenen. Do was doch minfeile nix te feihen. Finfters, Düaren, Befchuat un liege Wänne, füß nix. Heini där dei Kammerdüar links op diam Flure uapen. Nandis Jungwichterftüaweken. Dei wittgrundege Tapäite met dian Flierenbläumeckes drinne, was noch grade afe nigge. Büarfichteg was jedes Niagelken ut dian Wännen etrocken wouern, afe wenn dat Wicht edacht här: „Becker no mie küemet, dei fall fiek ouk noch freuen." Janfo was et in allen anderen Stuawen. Mäieftens, wenn de Lü uttrecket, dann denket fe: „Nach uns die Sündflut" fe verdiarwet dann mautwilleg noch mangmol wat. Hie was et owwer anders. Et fog ut, afe wenn de Ahnftrieker frifch drinne wiafen wär.

„O Nandi, Nandi, bu fuer mag et die ewouern fien, dat alles te verlohten!"

Bo Heini wier in de Kücke kam, do saht sien Vader op diam Holtkassen un sien Mouder hantäire am Vernüsse rümme.

„Bo löipeste rümme?" meinere dei Olle.

„Jek hewwe miek es im Stalle ümmeseihen. Sieg es Vader, iek woll diek gistern alt frogen, bat hiaste Tante Anna füar dei Besitzunge gafft?"

„Aigentleck gäiht diek dat nix ahn", sagte Kahl Küeneg, dobie stond hei op un stoppere siek ümmeständleck de Piepe. „Du kanns et owwer wieten; denn schließleck büste doch kein Kind mähr. Bäierdousend Dahler!"

„Dat wät doch wal niamlecke nit wohr sien!"

„Meineste iek här miek verkofft? Twüalfdousend Mark het jo lange Stiate.

„Vader, dat kann dien Ernst nit sien, dann wärs du jo de grötteste Bedreiger, dian unse Hiarguat unger diar Sunne hiat. Dei Huaf es unger Bröiers et dubbelte wärt un dat Inventar, dat Veih un alles? Bat hiaste do füar gafft?"

„Dat es do met inbegriepen. Löiwes du dumme Stockfisch, mie wössen de Dahlers op diam Nacken? Dei Sahke es dei: Dei beiden Fraulüh konnen dian Krom nit mähr tehoupe hollen. Dien Tante Anna was am zimpeln un dat Wicht har genaug te dauhen, dat unwiese Mensche te verwahren. Soll iek nu met ahn- seihen, bu dei Huaf, bo siek mien Vader un Mouder bolle dout earbet het, dä mie van rächtswiagen tau- stond, verluedere un verkam? Bu seihet de Länder ut? Utesuagen sind se. Do gott Johre tau äger at do es wier wat oppe erzielet wät. Op dian Wiesen hiat johrin, johrut et Water ftohn, dei find ganz fuer. Kein Dier kann friaten, bat do oppe wäffet."

„Biam vertellefte dat, Vader? Dat glöiwet die kein Früember, gefchwiege dann dien Suehn. Jek fin van Kind opp ahn hie ewiafen. Dat leßte Johr, dat giewe iek tau, hiat Deihme Friß fiek fo drinne rümme krohfet. So fchlimm as du dat mahkes, es et owwer beftimmt nit. Un wennt fo wär, dei Grund un Bodenwärt es dia= rümme doch noch dubbelt foviel wärt, as du dervüar gafft hias. Un dat ganze Inwentar metfamt diam Veih un diar Frucht an diar Aehre, alles hiafte die inefchlachet un hias dei beiden Fraulüh ut iahrem Häim ejaget.

Vader! Hias du kein Aehrgefeuhl in die un kein Hiate im Liewe?"

„Nu weck die wat fien", foll Martha in, „wenn du owwer glöiwes, et föll hier wier fonne Doutfchliagere gien, afe domols, dann flügefte dorut. Dat miark die. Du hias diek äinmol an dienem Vader vergriepen. Dat fin'k noch nit vergiaten."

„Du kanns ohne Suarge fien, Mouder. Jek ver= griepe miek an keinem Bedreiger. Do find mie miene Hänne te fchar tau. Aeint fchwiar iek int owwer tau: Wenn iet düet hiemelfchreiende Unrächt nit wier guet mahket, dann kritt iet miek im Liawen hie nit wier te feihen." Domet gong hei no diar Kammer, trock fiek färreg ahn, hong fiek dian Mantel ümme, fatte fiene Müfche op un gong ohne no rächts oder links te feihen utem Hufe rut. Dat Schännen van fiener Mouder konn hei noch hören, bo hei op diam Wiege was.

Dei Empörunge was fo grout in diam rächtdenken= den Menfchen. Hei fchiamere fiek in de Seele rin.

Un dat find nu miene Ollen! Dobie het et: Du follft Vater und Mutter ehren! Dat konn hei nit un wennt fien Liawen koffere. Ehren, bo hei verachere! Näi, dat konn iahme unfe Hiarguat nit afverlangen.

Bo hei an diar Statioun ahnkam, do ftond dei Zug färreg no Lünfche un ohne fiek lange te befinnen löifere hei fiek ne Fahrkahrte un fouher derhien. Dobie wußte hei ganz genau, dat hei diam Wichte nit unger de Ougen trian konn. Dei Sünde, dei Bedrug van fienen Ollen ftond trennend tüfcher iahme. Un Nandi wußte, dat fiene Ollen iat derbie ekrien harn un iat verachtere iahne ouk. O, hei kannte Nandi, dat har fienen Stolz. Diarümme har iat nit efchriewen, will at iat gloffte, hei lägte met fienen Ollen unger äiner Dieke. Aeine Wut, äine Empörunge un äin Hiatewäih har hei in fiek, hei wär am leiweften ut diam Zuge fprungen un här fiek unger de Riar efchmieten.

In Lünfche ftäig hei ut, gong üewer dian Karls= platz, an Dicken Fabrik verbie un drägere dann rächts= ümme un gong de Kölnerftrohte raf.

Twäi Gedanken fträiten in iahme: „Wenn iek Nandi driapen un miek met iahme utküeren könn, dann wär alles guet, un dann wier: Jat wät mie niamlecke nit begiegnen. Wenn iat an mie verbiegöng un miek fiene Verachtunge feuhlen leit, dann glöiwe iek,, paffäiert en Unglücke."

Hei hiat Nandi nit efeihen un iat es nit an iahme ver= bieegohn. Langfam gong hei dei Kölnerftrohte raf düar de Wildmecke. Viele junge Wichter käiken iahme no; denn fonne netten Zaldohten, noch dertau ne Dragoner met diam fchöinen hellbloen Tüge un dian löchentrouen Opfchliagen, feihet dei jungen Fraulüh gärne. Sei leihten iahr Ougenfüerwiark fpielen, Heini har owwer keine Sinne dervüar.

Langſam, aſe enner, dä Tied genaug hiat, gong hei
üewer de Schuſäih. Uemmekähren woll hei nit un bo
hei ſchließleck in Brügge wier ahnkam, do kam hei ge=
rade terächte taum Ahnſchluß no Hagen.

In Hagen har hei üewer ne Stunne Opentholt,
äger at dei Zug no Arnsbiarg, dian hei benuken mochte,
ſouher. Do gong hei in de Staht rin un ſatte ſiek in de
äieſte Wäiertſchop un leit ſiek Middagiaten gien. Hei
drap et gut. Et gaffte ſchöine friſche Suppe, Schwiene=
broen, Sültemaus met Wittebouhnen düaräin un gehöreg
geröikerte Mettwurſt derbie un düchteg Aepel. De Ma=
gen well immer ſien Rächt. Diam es am Trueregſien,
an diar Läidmaut nix gelian, wennt an diar Tied es,
dann giet hei ſiek ant knurren. Dei Mettwurſt was ganz
beſunders ſchöin. Diarümme frogere hei dei Wäierts=
frau, of ſei iahme do wal en Paar Pund van üewer=
lohten wöll, taum metniahmen. Et ſoll iahme in, dat
hei ſienem Unteroffizäier, dä niawenbie geſagt, ne
ahrmen Tropp was, will at hei keine Familge har, un
ganz alläine doſtond in diar Welt, ätwas metbrängen
könn. Dei har nämleck bim Wachtmeſter en guet Wohrt
füar iahne inelagt, ſüß här hei ganz gewiß keinen Ur=
loub ekrien.

Am andern Muargen pünktleck trat Heini ſienen
Denſt wier ahn. Dei Unteroffizier har dei ſchöinen
Mettwürſte ſchmunzelnd in Empfang enuahmen. Van
diar Tied ahn har Heini ne Stäin bimme im Bria un
dat was guet füar iahne, denn wenn hei in ſiener ougen=
blickleken Gemütsverfaſſung ouk noch ungerächt behan=
delt wouern wär, (ſtriezen neumet ſe dat bim Commis)
dat här hei äinfach nit utehollen, dann här hei en Ange
dervan emahket. Sou har hei wienegſtens Freude am
Denſt un et duere nit lange, do har hei alt de Knöipe.

6. Kapitel.

Fief Minuten vüar fiewen ftond Nandi in diam grouten Fabrikhuawe am Tore. Jat har Dages vüarhiar met diam Faktor Bäcker eküert. Dei har iat ahnenuahmen un nu ftond iat do un wär am leiweften int Museluak ekruapen; denn iat schiamere fiek bolle dout.

Dei Arbäiers, dei Wichter un dei Mannslüh göngen an iahme verbie. Et wären fo ungefähr fiefteg Mann, un jeder fagte irgend wat, bo fe iat do ftohn fögen.

"Bat well dat dann, well dat hie ahnfangen?"

"Bo wächet dat dann op?"

"Well fiek dat befeihen lohten?"

"Donnerwetter, bat ne apetietlecken Brocken!"

"Wenn die dat dienen Reinhold blous nit afftieket met fienen rouen Backen un dian krufen Hooren."

"Hef fie ne niggen Pottjous?"

Diam Nandi was et temauhe, afe wennt op gleunegen Kuahlen ftohen här; denn iat konn jedes Wohrt, bat efagt wouer, ganz dütleck verftohn.

Nu kam de Här felwer.

"Nu Wichken, bat woß du dann? Bu heß du?"

"Nandi Küeneg. Faktor Bäcker hiat miek giftern ahnenuahmen. Jek wachte hie op iahne."

"Sou, fou, alfo ne kleine Küenegin büs du. Goh folange dorin in de Faktorei. De Bäcker küemet fotten."

Bat de Här im Fabrikplaße fagte, dat konnen fe doinne verftohn, wenn fe de Finfters uapen harn un niefchgierege Ohren fchnappet lichte wat op. Dohiar kamt, dat Nandi van Stund ahn, nit anders eneumet wouer afe: Kleine Küenegin.

Bo de Faktor ändleck kam, do nahm hei Nandi
met no diar Inlieskammer. Diam Wichte was et temauhe ase wenn set int Gefängnis edohn härn.

Twäi Mannslüh stönnen do an iahren Krämpe-
bänken un vüar jeder Bank stond ne Disch, an diame
junge Wichter sähten. Nandi mochte siek op ne Bock
füar äinen Disch setten un dei Faktor sagte: „Helpet
diam Wichte terächte, dat es noch nü in de Fabrik egohn.“

Iat mochte genau oppassen. Teäies woern en half
Gros giale Ankerschalen afetallt un op en Pappendiekels-
briaken edohn, dann wouer jede Ankerknoupschale met
äinem runnen Pappendiekel utefüllet un do dann ne
Diekel opedohn. Dei Oeise van diam Diekel mochte
wagerecht tau diam Anker stohn. Met beiden Hännen
wären dei Wichter am inlien. Dat gong so fix at me
seihen konn.

Nandi konn schlecht dermet prot wären, siene
Finger wären so ungelenk. Ganz unglückleck fauhl iat
siek. Iat dachte: „Düet lähr iek im Liawen nit.
Brümme maut dei Oeise äigentleck so genau wagerecht
tieger dian Anker stohn?“ Nohiar hiat iat dei Wichter
drümme froget, bo dat äieste Blöisien verbie was. Do
wouer iat dann gewahr, dat dat so sien möchte; denn
wenn dei färregen Knöipe nohiar op Kahten estiaken
wöiren, dann möchten dei Ankers alle äinen Wiag stohn.
Schäif un schial, dat sög nit ut.

Dei Krämpers krämperen dei ingelagten Knöipe so
geschwinde tau, dat dei väier Wichter siek guet tegange
hollen mochen, wenn se bie blien wollen. Se konnen
siek bolle nit op of ümme seihen.

Bo Nandi middags van sienem Bocke opstond, do
där iahme et Krüz vam sitten wäiher, ese wennt Aepel
ehacket här.

Bo iat tehus ahnkam, har de Mouder et Iaten op me Dische. Se har alles so schöin propper un gemütleck emahket.

„Nu, mien Wicht, bu gefällt et die? Kanns du dat ock uthollen?"

„Guet gefällt et mie. Iek sin blous so dumm. Du kanns die dat gar nit vüarstellen Mouder, bat dat füar ne knibbelege Arbet es. Un dobie sächen dei Wichter Ankerknöipe, dat wär noch ne gruawen Buchstaben. Besatzknöipe, dat wär noch viel kompliezäierter. In äin klein Knöipken kämen fahker drei bis väier Suaten Inlogen, ohne dian Diekel. Do wär iek owwer ganz sieker nit met prot." „Wenn dei andern Wichter dat konnt, dann saß du et wal lähren. Do es mie nit bange vüar."

Dei kleine Küenegin hiat et elährt. Iat har no kuarter Tied souviel Geschicke un Fixegkeit innen Fingern, dat se iahre Freude an iahme harn. Nu mahkere iahme de Arbet ock Plasäier, blous dat Stillesitten dian ganzen Dag dat konn iat schlecht uthollen un besunders, wenn dobuten de Sunne schäin. Dann har iat ne körperlecke Piene in siek. Iat kam siek vüar, ase ne gefangenen Buegel un Dage har iat, bo iat gloffte, iat wär deipsinnig ewouren.

Siener Mouder wäis iat stäts en tefrian Gesichte. Dei soll siek ümme iat nit grämen.

Dei Faktor har iat no diar Fiarwekammer dohn. Do mochte iat wier frisch lähren; denn dat Knöipefiarwen es ouk ne Kunst. Dei Farwe mochte immer genau passen un ganz glickmäßeg opedrian wären. Un alles mochte fix gohn, denn äiner dräif luhter dian andern.

Wenn dei Utschnier de Bliake uteschnien har, uan op diar Maschinenkammer was dei, dann stand do alt enner prot, dä dei runnen Bliakpliatkes op siener Maschine düartrock. Dei Schalen wouern sofort van dian Fiarwers un wennt siek ümme poläierte Knöipe handlere, van dian Poläirers in Empfang ennuahmen. So gong dat widder, Hand in Hand. Me söll nit meinen, dat an soume winzegen Giegenstanne, somme kleinen Knoupe, souviel Arbet wär.

Vandage es dei Lünscher Knoupindustrie nit mähr sou im Flor. Se het siek mähr op andere Artikels eschmieten. In diar Tied, et was in dian niegenzeger Johren, do wouer in äinegen Fabriken Dag un Nacht earbet. Knöipe wouern emahket, groute un kleine, fiene un gewuahnlecke, besunders Militärkniöpe, van dian gewuahnlecksten bis tau dian blitzeblanken Offizierknöipen.

Et giet düchtege Nägerschen un solke, dä et im Liawen nit lährt en richteg sittend Kläid te mahken. Sou es et ock op dian Fabriken. Do sind Wichter, dian iahre Arbetskraft wät ganz besunders eschätzet. Se muet propper arben un vüar allen Dingen fix, ungeheuer fix.

Faktor Bäcker hat geschwinde raus, dat Nandi ne guerren fixen Arbäier was un hei satte iahme, et was noch gar nit solange do, tau. Jat kräig siewentin Mark in Dagelohn, dat was in diar Tied viel Geld.

Bo de Arbet siek so dräif, dat se Uewerstunnen mahken mochen, do nahm iat Inlogen taum brongsäiern met nohus. Do wouer ne schöinen Groschen anne verdeinet un Anna satte siek in siener frien Tied dohien un hantäiere met diam kleinen Pinselken. Bat har Anna ne Freude, wenn Nandi iahme dat Geld bie diar Löihnunge met nohus brachte, bat iat met siener Husarbet verdeinet har.

Dei beiden Fraulüh härn jo nu wunschlos glückleck liawen konnt. Anna was ock tefrian. Jat har blous dian äinen Wunsch, dat düese Taustand äiweg so ahnhölt.

Met Nandi was dat wat anders.

Dei Arbet befriedegere iat ouk. Dei Befriedigung füllere owwer sien Hiate nit ut. Dat was so lieg, so kolt, dat Jungwichterhiate. Jat har ne Nout in siek, dat iat manege Nacht nit dervüar schlohpen konn.

Soll dat Liawen dann nu immer sou widder gohn?

„Jek sin en undankbor Mensche", sagte iat wallens in Gedanken. Bat fählet mie dann nu noch? Saht Jaten un Drinken hef sie, ne schöine Wuahnunge ouk, gesund sin sie beide un ne Noutgroschen es ouk do. Bat well iek dann nu noch mähr?

Wenn iat ährleck sien woll, dann här iat bekennen mocht?

„Jek hewwe Sähnunge no diam, dian iek so leif ehat hewwe. Mien Hiate schreiet no iahme."

Dian Gedanken, dä doch de Wohrheit was, wäis iat owwer wiet van siek. O Nandi har sienen Stolz.

Bat gong iat dei ganze Sippe ahn. Se harn jo nu iahren Willen. Dei Hüawe wären nu biäin, un Heini was met drüewerute wiasen iahme de Häimet te niahmen.

So feige har hei an iahme handelt, nit vüarhiar schriewen un nit nohiar. Op Christdag söll hei sogar hie ewiasen sien in Urloub un hei har dian Wiag nit no Lünsche fungen. „Me lieset souwat wallens in Romanen. Ban verlohtenen Wichtern, van gebruakenen Hiaten, van Untrügge un Schlechtegkeit. Dat souwat owwer im Liawen passäiert, dat söll me nit vüar müegleck hollen."

Un Nandi draug sien Läid ganz stille. Kein Mensche wußte drümme. Wenn sien Mouder van Heini küere un dat där sei manegmol, dann bescherre iat sei drop, ase wenn vam Wildfrüemden de Rede wiasen wär.

Op diar Fabrik, do was et ganz besunders schlimm. Jedes Wicht har do ne Brüggam. Un se küeren van niz anders ase dovan. Dat Muhlwiark gong ne so geschwinde ase de Finger. Besunders et Mundags, dann was et reine te arg. Aeint har düet beliawet un dat andere dat. Nandi soll ouk immer wat vertellen. Jat wußte ommer niz, un se wollent iahme nit glöiwen, dat iat noch keinen har.

Op diar Wiarkmesterigge was ne jungen unbestarren Wiarkmester. Reinhold Korthus herre dei. Dei jungen Wichter wären reinewiag verrückt in iahne. Hei was ne düchtegen Turner, schlank un sehneg met bräien Schullern. Sien Gesichte füngen dei Wichter interessant. Et was et ommer ock in Wohrheit. Dei Mannslüh bruhket jo kein schöin Gesichte te hewwen, en interessantet, dat het se viel leiwer, dei Wichter. Se phantasäiert siek dann so allerhand biäin. Aeint behauptere, hei här ne unglückleke Liebe, dat könn me iahme doch wal ahnseihen. Dat andere meinere, hei wär unbändeg stolz, het här üewerhoupt keine Blicke füar sei.

Reinhold Korthus gong siener Arbet noh. Hei har würkleck keine Tied, siek ümme de Fraulüh te bekümmern; denn hei was de änzegste Wiarkmester im Betriebe un hei wußte wallens nit beckere Arbet hei teäis griepen soll.

Was et Taufall oder Absicht, becker wät dat? Reinhold Korthus drap jedesmol met diar kleinen Küenegin tehoupe. Se harn dianselwen Wiag; denn dei

junge Wiarkmeſter gong in diar Mark in Koſt. Et was
würkleck nix derbie. Bo dat Tehoupegohen owwer es
fahker vüarkam, do har Nandi nix te lachen bie dian
andern. Jedes Wicht där, aſe wenn iat de günſtegſten
Utſichten bie Reinhold ehat här.

Nandi ſachte zwor, iat här nix met iahme, ſe gloffent
owwer nit.

Wenn iat halwerlei konn, dann wäik iat iahme ut,
trotzdiame at et iahme richteg läie där, wenn iat dian
wien Wieg bis nom Grünewolle alläine gohen mochte.

Wallens begiegnere diam Nandi ock wat Unſchöines,
bat iahme dat Fabrikgohen gonz läid mahkere. Op diar
Poläierkammer wären beſtarre Mannslüh. Wenn iat
nu dorop kam un iat mochte manegmol dorop, dann
mahkeren dei Mannslüh iahre Dummheiten. Se küeren
allerhand dumm Tüg, bat dat Wicht in ſiener Reinheit
gor nit verſtond. Wenn ſe owwer ahnföngen dütleck te
wären, dann meinere iat, et här vüar Schiambe in de
Aehre ſinken mocht. Jat wouer dann rout bis unger dei
kruſen Stärnenlöckskes un ſiene bloen Ougen wouern
faſt ſchwat von Empörunge. Aeinmol wären ſe wier met
iahme tegange, ſe wollen ſogar handgriepleck wären, do
gong iat doraf in de Faktorei. Taufälleg was de Här
doinne.

„Jek gohe nit mähr no diar Poläierkammer un
wenn mie drümme künnegt wät." Jat floug förmleck
am ganzen Körper van Erregung.

„Kuem", ſagte dei Här, „goh es met dorop. Fie
wellt diar Sahke es op dian Grund gohn."

„Jek gohe nit wier no diar Poläierkammer. Do
kann miek nümmes tau twingen", reip iat, dobei fong
iat ahn met hülen, dat iat am ganzen Körper biewre.

K*

Do gong dei Här selwer no diar Poläierkammer un hei hiat dian frivolen Mannslühen dian Marsch eblosen, dat met im Plaße hören konn. Se het et nü wier woget, diam Wichte en unanständeg Wohrt te sien.

Bo iat am Owende nohus gohen woll, do kam Reinhold Korthus bie iat.

„Dat es rächt van die, daß du die souwat nit gefallen lös. Op diar Poläierkammer es et owwer ock reine te arg. Dei wät wal dian ganzen Dag niz anders küeren, ase Gemeinheiten. Me söll meinen, se schiameren siek wat. Wicht, iek well die wat sien: „Du büs viel te schar, no diar Fabrik tegohn."

„Ach wat, te schar. Iek maut mien Mouder erniahren, dat es miene Pflicht un Schüllegkeit. Et wär doch rein te dull, wenn iek op diar Fabrik nit genau so ahnständeg bliewen könn, ase an ner anderen Stie. Fie het doch so nette üardentlecke Wichter op unser Fabrik. Wennk blous dat Hulda Grof beseihe. Dat es so leif un sou guet. Iat gäiht alt säß Iohr no diar Fabrik. Es dat digrümme denn minderwerteg?"

„Hulda Grof? Es dat dat groute schlanke, met diam blassen Gesichte? Iat kieket so stolz drin un hiat ock sonne stolzen Gang."

„Iat es owwer nit en bietken stolz. Me maut iat blous terrächte kennen. Iek hewwe et richteg leif."

„Dann wöll iek, dat iek an Hulda Grof siener Stie wär", sagte Reinhold Korthus. Se wären grade bie Mertens am Grünewolle ahnekuemen, bo se luhter vanäin göngen.

Do gaffte Nandi iahme owwer keine Antwort op. Iat gong widder un sagte blous: „Gun Nacht."

Reinhold Korthus hiat nok manege verfänglecke Froge an iat estallt. Bo iat iahme owwer gar nit mähr utwieken konn, do sagte iat: „Jek kann nit met die gohn."

„Brümme dann nit? Du hias doch keinen andern?"

„Dat hewwe iek nit."

„Bat hiaste dann tieger miek?"

„Nai, iek hewwe keinen un well ock keinen."

„Dann sieg mie wienegstens, bat du an mie utte= setten hias? Sin iek die tewieder?"

„O, Reinhold, frog doch nit souwat Dummes. Du büs mie gewieß nit tewieder. Jek kann owwer trotz= diame nit met die gohn. Jek hewwe wat metemahket, bat iek inwenneg noch nit üewerwungen hewwe. Dat es noch alles so wund un wäih in mie. Begriep dat doch un frog miek nit mähr."

O Wicht, Wicht! Wenn du wüsses, bu leif at iek diek här. Dag un Nacht hewwe iek diek in Gedanken. All miene Ruhe hiaste mie nuahmen. Jek hewwe ouk wat metemahket, glöf men. Et Liawen es nit so licht. Met säß Johren verlous iek miene Mouder un twäi Johr drop mienen Bader. Ban diar Tied ahn sin iek so rümme schüppet wouern in diar Verwandschop. Bold was iek hie un bold do. Miene Kräfte het se utenutzet, wenn se mie owwer wat ahnschaffen mochen, Tüg oder Schauh, dann wouer üewer dian unnöidegen Jaten lamentäiert. Et wündert miek, dat se miek noch Wiark= mester het lähren lohten. Dat was owwer ouk blous Egoismus van iahne. Se wuffen, dat iek dann nohiar soviel mähr verdeinere. Miene Kindheit es de reinste Sklawerigge wiasen. Do küert se wallens vam Jugend=

lanne, vam Kindheitsparadiese. Dat kenne iek alles nit. Miek hiat noch nü ne Menschen leif ehat."

„O du ahrme, ahrme Junge", sagte Nandi un de Tränen stönnen iahme in dian bloen Ougen.

„Met dreiuntwünteg Johren lähre iek en Wicht kennen. Jek kannte iat äigentleck alt länger, bo iek ommer et leßtemol in Urloub kam, do där iek et mie op. Sie het uns Breiwe schriewen hien und hiar un iek was glückleck, dat iek äine Seele in diar Welt har, dä miek leif har. Bo iek entlohten wouer, do was mien äieste Gang no iahme. Dei Empfang soll frie wat kolt ut. Jat konn siek nit verstellen un am selwen Owend wouer iek noch gewahr, dat iat en Verhältnis met me Andern här. Jat här sogar alt en Ring van iahme. Do es wat in mie tebruaken, de Gloube an de Fraulüh un de Gloube an Guat."

„O du, du, dat draffste nit sien. Dian Glouben an unsen Hiargut mauste buanhollen, in allen Liawenslogen. Du wäis jo gar nit, bat hei noch met die vüarhiat. Hei hiat womüegleck noch en grout Glücke füar diek in Be= reitschop!"

„Un dat glöiwes du? Jeke nit. Hei hiat miek wier ne Blick int Paradies dauhen lohten. An diener Siet wär iek glückleck ewouren, dat es gewiß. Du wos ommer niz van mie wieten."

„Wäis du dat sieker, daß du im Paradiese wärs, wenn iek met die göng? Jek wöier nit glückleck drinne sien, dat wäit iek ganz sieker, denn miene Gedanken wöiern immer andere Wiage gohn, immer dianselwen Wiag. Wennk miek ock noch so dertieger wiahre, et helpet mie niz. Dat es stärker ase mien Wille."

„Bat es stärker ase dien Wille?"

„Dei Gedanken an dian äinen Aenzegen, dä miek in Tied diar Nout im Stieke leit, dä miek foutefien ut diar Häimet edriewen hiat."

„Liawet hei noch? Hiat hei en Andert enuahmen?"

„Hei liawet noch un bestatt es hei noch nit."

„Du deus iahme womüegleck Unrächt."

„Wenn iek dat där, dann wöll iek op dian Kneien Afbitte vüar iahme dauhen."

„Hias du diek dann met iahme uteküert? Dat häfte dauhen mocht. Et es jo nit uteschluaten, dat siek alles anders verhält, as du glöiwes."

Nandi schurre am Koppe.

„Et hiat alles fine Richtegkeit. Glöf men."

Se het düet Thema noch manegmol berouhert, dei Beiden.

Reinhold Korthus fog in, dat Nandis Sinn in diam äinen Punkte siek nit ängere. Trotzdiame har hei iat owwer doch leif. Wenn hei met iahme dianfelwen Wiag gohen konn, dann was hei alt glückleck. Dei Wunschge= danken wouren nit stille in iahme.

„Düen Owend kannste mie wachen. Jek gohe met die dorut nom Grünewolle", fagte Hulda Grof tau Nandi.

„O, dat es guet. Bat woste dann do ächen rut?"

„Jek well miek noch ner andern Wuahnunge ümme= feihen. Dei Lü, bo iek nu bie wuahne, wellt iahr Stüa= weken selwer bruhken. Se het groute Kinder un muet ne Schlohpüuame derbie hewwen. Se het mie nit ekünneget. Jek seihe dat owwer selwer in."

„Wäiste wat Hulda? Blif vanowend es noch tehus. Jek well unsen Hushärn es frogen, of hei die nit äine

Balkenkammer üewerlöt. Hei hiat nämlek de vüarge Wiake twäi lieg ekrin. Aeine woll hei füar siek selwer hollen un blous äine verpachten. Et es ne schöine groute Stuawe met twäi Finsters un nit schäif, ganz houge un strack es se."

„Wenn dat wat gäffte, dann wär iek frouh."

„Un iek ouk. Wäiste wat, du ietes dann bie uns. Mouder freuet siek gewiß, wenn se vüar diek met kuaken kann. Du bruhkes diek dann ock nit so afte= rackern, ase wenn du die selwer wat protstelles."

An diam Owende gong Reinhold Korthus wier met Nandi.

„Iek glöiwe, düese Dage kon sie tau dreien gohn."

„Brümme dat dann?"

Do vertallte iat iahme dat, met Hulda Grof.

„Iek wäit et nit, of dat gerade ne Uemmgang füar diek es. Dat Wicht hiat doch en Kind ehat."

„Dat wäit iek."

„Dat wäis du un woß doch met iahme verkähren?"

„Gerade diarümme es mie Hulda ganz besunders leif. Bat hiat dat dann verbruaken, dat iek dat dia= rümme verurdäilen söll? Dat dei Junge iat schmähleck im Stieke lohten hiat, bo iat iahme alles eopfert har, dat was ne groute Gemeinheit. Dat Wicht söll me diaswia= gen met dubbelter Liebe un Schuanunge behandeln, domet dat iat dian Glouben an de Menschheit wiederfinget."

„Wenn me diek küeren hört, dann niemet alles fotten en ander Gesichte ahn. Bie die es alles reine, will as du selwer reine büs."

„Dat es nit mien Verdenst. Iek sin noch nit ver= socht wouren. Diarümme hew iek ock nit fallen konnt. Wäis du nit bu et het?:

„Denn wer am Wege ſtrauchelnd fällt,
Den hebe auf, mit ſtarken Armen.
Es lindert alle Qual der Welt
Nur allverzeihendes Erbarmen!"

„O Wicht, Wicht, wenn me diek küeren hört. Du
dräges emme et Hiate rümme im Liewe. Huldas Ollen
het domols nit ſo dacht. Sei het dat Wicht dorut ejaget
un het de Düar vüar iahme taueſchluaten."

„Muet ſie iat diaswiagen nit noch äinmol ſo leif
hewwen. Bat mag dat ahrme Wicht uteſtohn hewwen in
diar Tied. Me maut ſiek blous in ſoune Loge drin den=
ken, dann kann me metfeuhlen. Sien Kineken es eſtuar=
wen. Jat hiat neuleck noch bitterleck drüewer hület. Jat
meinere, iat här denn doch ümmes ehat, bo iat füar
ſuargen könn. Sou wär ſien Liawen doch ganz zweck=
los."

Dat was en ſchöin Tehoupeliawen met dian Dreien.
Hulda Grof har ſien Stüaweken ſchöin un gemütleck
inerichet, un Nandi har iahme derbie eholpen.

Anna Küeneg was frouh, dat ſe ſonne leiwen Hus=
genoſſen harn. Jat har nu twäi Wichter dät ümme=
ſuargen un verwienen konn. Ne richtege Hiatenshar=
monie was dat. Nandi was glückleck, ſowiet et ſiene
Hiatenswunde et Glückleckſten verdrian konn. Jat ſpuare
wallens ne Piene midden im Frouhſinn, un dat där
iahme ſo wäih, dat iat här ſchreien konnt.

Drei Johr wären vergohen un Nandi was innerleck
ſo unrühig aſe nü vüarhiar. Heini har ſiene Deinetied
ümme, dei mochte doch nu holle wierkuemen.

Of nu wal dat Wierſeihen kam?

O Nandi, Nandi! Du kanns ganz rüheg ſien.
Heini küemet die nit üewer dian Wiag. Hei har ka=
pituläiert. Hei woll bim Militär bliewen.

7. Kapitel.

Kahl Küeneg un siene Martha sähneren ouk im stillen dat Aenge van Heinis Deinetied herbie. Sei harn in all dian Johren nig van iahme hort. Nu mochte hei doch sienen Dickkopp böigen un kuemen nohus, so dächen se. Aeiner gaffte immer diam andern be Schuld.

„Sie härn dian Jungen met in Rot niahmen mocht, bie diar Köiperigge. Hei was jo schließleck drei mol siewen olt", meinere Kahl.

„Wohste die nu et Krüz ut diar Hand niahmen lohten? Tau diam Koupen wouers du doch wal selwer Mannes genaug sien."

„Iek wäit nit; iek hewwe wallens dat Gefeuhl, ase wenn dei Junge rächt här. Sie härn doch wat mähr dervüar gieen mocht."

„Fängeste dian Quatsch wier ahn", schannte Martha verboust. „Brümme wären se so dumm un göngen dropp in?"

Dat Thema harn se wal alt twünteg un noch mähr mol ahneschnien un immer spielere Martha dian Truf ut: Brümme wären se so dumm?

In leßter Tied gong et Kahl ase sienem Brouer Friß domols. Wenn hei wat im Koppe har, dann mochte siek immer sonn Kleinen niahmen, ümme dian Aerger doraftespeulen.

Siene Martha gout iahme keinen Pfefferminz ut, iat konn siek ock beherrschen. Dat ändere owwer an diar Sahke nig, dat Kahl manegmol besuapen nohus kam.

Martha schannte, dat et de Lü in diar Noberschopp hören konnen. Dovan leit hei et owwer doch nit.

Wenn Kahl im Dampe was, dann gaffte siek ant quaseln. Hei har dann et Hiate op diar Tunge. Bat hei füß ächtern Tianen holt, dat vertallte hei dann. Dodürch kamt ock, dat et de Lü in diar Ummgiegend gewahr wouern, dat Heini im Strie van Hus egohn was, dat hei in all diar Tied nit eschriewen har, un dat Küenegs Martha sienem Aenzegsten noch niddemol en Pakäit eschicket har. Nu harn se wier ne Wiele wat te beküeren.

Bo dann owwer dei terüggekämen, dä met Heini inetrian wären un vertällten, dat Küenegs Heini kapituläiert här, do stönnen se bolle oppem Koppe van Verwünternüsse.

Am mäiesten verwündere siek Martha selwer.

Jat här doch äger an sienen Dout edacht, ase an souwat. Jat kannte sienen äigenen Jungen nit un diame sien Gerechtegkeitsgefeuhl.

Da schräif iat in siener Verbiesterigge an Heini. Hei söll wierkuemen, bat dei Unsinn söll. Hei söllt nit op de Spitze driewen.

Un Heini schräif terügge. Sei söllen dat hiemelschreiende Unrächt guet mahken, dann käm hei terügge un süß nit.

Et soll Martha owwer nit in, irgend wat an diam Unrächte guet te mahken. Jat arbere ase ne Dullen, drangsaläiere Knecht und Magd un schannte met Kahl, dät iahme nü terächte mahken konn.

Dat was en Liawen bie Küenegs!

„Dei Knecht sagte: Dat dulle Dier es nit wies. Jek well wal langes et kuemen."

De Magd sagte: „Jek gohe op Ziehtmäten. Dat unwiese Geschirre kann siene Arbet selwer dauhen. Et wät ock noch wo anders Brout ebacken."

Diam Knecht siene junge Frau sagte: Bat? Jek sall dreimol am Dage dei ganzen Kauhdiers melken, dian grouten Garen sall iek ouk noch derbie reine hollen un dofüar krit sie blous frie Wuahnunge un en Zäszeg Aepel metesatt. Sin eik dann oppen Kopp efallen? Mien olle Här doächen vam Krüzbiarge, bo iek drei Johr ewuahnet hewwe, hiat mie eschriewen, sien Schwei- zer göng. Wenn mien Mann dei Stie ahnniahmen wöll, dann söllen fie kuemen. Do heffe frie wuahnen un buter diam Louhne, noch allerlei Extrovergünstegungen. De Küenegsche kann uns op me Koppe blosen, dei olle Drache. Keiner fauhl siek wuahl bie Martha. De äigne Mann nit, et Gesinde nit. Wenn Knecht un Magd künnegern, dann har iat noch en grout Muhl- wiark derbie.

Bat äiner nit mag, kann de andere nit saht wären. Bat me nit hollen kann, maut me loupen lohten."

Se göngen alle, wenn se iawen wahrme wären. Et was äinfach nit uttehollen, bie diam strietsüchtegen Fraumensche. Blous Kahl, dei konn nit künnegen, dian hiat op Liawenstied faste. Sienen Willen har iat owwer nit an iahme; denn hei was selten nöchtern.

"Dat sal de Donner wieten, bu dat küemet. Wenn hei ock keinen Penneg Geld in diar Tasche hiat, hei küemet doch jedesmol un es im Trone."

Nohiar gong iahme en Lecht op, bo de Riaknungen ut diam Duarpe, van Hermanns un Lingens kam. Do har hei ahnhauen lohten. Dei rieke Küeneg har jo Kredit. Se het iahme johrelang Kredit egafft. Do konn Martha nix inne mahken. Hei stond jo nit op diar Liste.

Dei Huaf verkam im Loupe diar Johre. Dat konn jo gar nit anders uteblien. De mäiste Tied harn se kein Behülp un met Kahl was nit te riaken. Hei konn ohne dian Schnaps nit mähr sien. Dei Leidenschopp op dian

Fuesel was stärker ase alle Büarsätze dä hei im Anfange luhter pock. Nu nahm hei siek owwer nix mähr vüar. Et gong jo doch dian Wiag, diant dauhen soll.

Dobie harn se Unglücke im Stalle. Twäi drieste Käuhe harn se bout dauhen mocht. Dei harn siek op dam jungen Kläie dicke friaten. Wenn terächen Tied Hülpe kuemen wär, dann wären dei Diers womüegleck noch be reddegen wiasen. Et har siek owwer keiner derno ümmeseihen. Se harn üewerhoupt in düem Johre Malhör. Aeint kam bid andere. Ne Hagelschlag har ne de ganze Frucht kapot eschlahn. Utgeriaknet Kahl Küeneg siene Länderiggen hat bedruapen. Dei angrenzen Nobers harn nix dervan metekrien. Un Kahl Küeneg saht im Stalle un de Klinken flöiten iahme langes en Beck. Hei was wir im richtegen Stadium.

„Et kann gar nit anders uteblien. Et küemet noch duller. Et liet kein Siagen droppe", quasere hei.

„Jek siagne diek sotten, du Suepdier. Du hias alläine de Schuld, un dat opgeregte Mensche nahm dian Stallbesmen und schlaug ne op Kahl sienem Rüggen kapott. Hei wouer nit nöchtern dervan un et drinken leit hei ouk nit. Souwiet was hei kuemen.

Im Juni was et, wenn me so dat äieste Gemeuse ut diam Garen kuaket. Do gaffet bie Küenegs mid-dags Striepmaus.

Kahl Küeneg musere in diar Schüetel rümme. Hei mochte dat Riateltüg nit. Dat har hei noch nü gärne giaten. Dei Knecht was ouk kein Mausfrönd. Hei holt siek am Brie un rouher dat Maus nit ahn. Do kräig Martha ne Bousheit. Jat gaffte siek ant schännen. Se wären schneieg, so möchen blous wat Guerres. Et wär ne Sünne un ne Schanne ümme dat schöine Maus. Jat holt siek am iaten un wusche en paar gehörege Tellers voll bie siek.

Un am Nommiddage, do gong iat dorümme un har Magenpiene. Dei wouer sou schlimm, dat iat siek nit te lohten wußte. Se schickeren nom Doktor. Dat duere owwer ne Wiele, äger at dei kam. Martha lagte op diar Aehre, iat wusse nit bat iat ahnfangen soll. De Piene nahm üewerhand.

„Du wäs doch wall niamlecke kein Gift egiaten hen. Viellicht was in diam Mause vamiddag wat inne."

„Gift! Gift! siefte" reip iat un de Ougen kwöllen iahme förmleck ut diam Koppe van Anges.

„Jek goh dout! Jek gohe dout! Küemet dei Dok= ter not nit? Jek kannt nit mähr uthollen!" schreiere iat. Met Hännen un Feuten schlaug iat ümme siek. Schum stond iahme vüarm Munne. Jat küere alles düarräin. De Piene un dei Douesanges harn iahme dian Verstand bolle ganz verwäiert.

„Jat hiat jo dei dullen Kirschen futeschmieten. Jat hiat se jo gar nit egiaten. Nu hewwe iek se selwer iaten mocht. Nu gohe iek dout."

Kahl verstond kein Wohrt dovan, bat iat in sienem Wahne sagte.

„Sie doch rühreg. Kum drink es frische Mialke. Dat sall doch so guet sien."

Jat schlaug iahme de Mialke owwer ut diar Hand.

Bo dei Doktor ändleck kam, do was et telahte.

Hei konn blous dian Dout noch konstatäiern. Un de Ouersahke?

Se het et nohiar rutefungen, dat in diam Striep= maus van diar giftegen Hundspetersilie metekuaket was. In diam Affall van diam Mause was ouk noch wat inne un im Garen stond noch ne Staude midden tüscher diam Mause.

Martha har dat Gemeuse selwer reinemahket. Jat was jo luhter so ieleg un bim Mausreihen bruchte iat nü dei nöidege Suargfolt. Nu har iat siek sine Henkers= mohltiet selwer kuaket.

Bo Heini dat Telegramm: „Mutter tot, komm" kräig, do nahm hei siek sofort Urloub un fouher nohus.

In säß Johren har hei de Häimet nit eseihen.

De Mouder dout! Do har hei nit met eriaket. Sei was doch noch so rüsteg un nü, sowiel at hei siek entsinnen konn, krank ewiasen.

Bat mochte iahr fählet hewwen un brümme harn se iahme nit äger Noricht taukuemen lohten?

Et mochte es drümme sien, but woll, et was doch immerhien sien Mouder un de Dout mildert alles Ber= gohen un Verfählen.

Bu sog et tehus ut! Hei kannte siene Häimet bolle nit wier.

Hei gong langes te Weihe. Do fähleren de Tun= stahken un de Droht was kapot. Tien Käuhe wären blous droppe. Bo wären dann dei anderen väier? Un bu sog dei Winterroggen ut. Do wären jo Stien op diam Lanne bo alles dienefriaten was. Ah sou, dat harn de Käuhe dohn, tei wären düar dian kapotten Tun egohn un harn siek dian Roggen guet schmahken lohten. Un dei Tun was immer noch kapot.

Bat was dat füar ne Huelerigge?

Im Widdergohn schmäiht hei ne Blick in dian grou= ten Gemeusengaren. Uemme Guatswillen! Bu sog et do dann inne ut. De Driete nahm jo alt üewerhand un dann im Juni.

Heini schurre am Koppe.

Was de Mouder dann johrelang krank ewiasen? Anders konn hei siek düen vernolötegten Taustand nit erklären.

En grout Rüendier stallte siek iahme innen Wiag un schellere de Tiane.

Bat was dat dann füar ne Bastert?

Bo was dann de Bary?

Dei Rüe bliekere ase dull.

„Woste schwiegen", reip hei. De Mouder was doch dout.

Un dei Mann, dä do vüart Hus kam un dian Rüen beschwichtegere, dat konn doch unmüegleck de Vader sien. Hei leit de Schullern hangen un de Rüggen was ganz krumm. Owwer dat Gesichte! Dicke opeloupen was et un de Ougen wären ganz glaseg. Siene Nase har ne Kuaperfarwe. Dat was bolle nit taum ahnsehien.

Un dat was de Vader?

„Küemeste ändleck", sagte dei Olle met hülereger Stemme. Heini woll op sienen Vader taugohn un giewen iahme de Hand. Et kossere iahme owwer ne groute Uewerwindung. Dei Olle rouk no schier Spiritus. Nit taum uthollen was dei Gerüehk.

Kahl Küeneg was dian ganzen Dag nöchtern blien. Hei was met Gewolt dertiegen ahngohn. Bot owwer tiegen Owend gong, so bie siewen Uhr rümme, do konn hei de Begierde nit twingen un hei nahm es ne gehöregen Schlüeck. Wenn hei owwer dian Geschmahk har, dann was et verbie, dann mochte hei ock saht hewwen.

Hei schiamere siek vüar sienem Jungen, soviel har hei de Konzepte noch biäin.

„Bu es Mouder te Doue kuemen? Bat hiat iahr fählet?"

„Sei hiat selwer schuld ehat. Sei hiat et Maus nit reine rett un do es wat gifteges met derbie ewiasen. Sei es an diam Gifte stuarwen."

„Dat kann doch gar nit müegleck sien!"

„Et es owwer sou. Kaum Glücke hef fie andern niz derwan egiaten. Et was Striepmaus, dat hewwe iek noch nü egiaten un de Knecht mochet ouk nit. Brümme hiat se dat Tüg üewerhoupt ekuaket, bot doch keiner mochte. Blous sei hiat et stäts egiaten. Du wäis jo Junge dien Mouder hiat uns noch nü verwienet. Sei kuakere so maneges, bat me bolle nit iaten konn un bat middags üewreg bläif, dat wiarmere se owends wier op."

„Bo het et Mouder opebohret? Kann iek se seihen?"

„De Sarg es alt tau. Se hiat siek so verstallt."

Heini här wat drüme gafft, wenn hei här hülen konnt. Et was iahme owwer nit müegleck. De Eckel= dat Grauen leiten keine Tränen bie iahme op kuemen.

Bat es ut miener Häimet ewouren?

Un bat ut mienem Bader?

Hef iek Unrächt edohn, dat iek miek selwer vanhus verbannet hewwe?

Dei Frogen lagte siek Heinrich vüar, bo hei nohiar op siener Kammer alläine saht.

Do konn met doch seihen, et lagte kein Siagen op unrächtem Guerre.

Dian Flauk in Siagen wandeln konn me owwer blous, wenn me guet mahkere, bat me unräches edohn har. Do richtere siek Heini Küeneg stramm op un leistere siek selwer dian heilegen Schwur, nit äger te ruhen noch te rasten, bis at dian Bedruagenen iahr Rächt ewouern wär.

Martha Küeneg wouer begrawen.

Et wären viele met nom Kiarkhuawe gohn. Ut Truer wienege, ut Niesschier de mäisten. Et har siek jo ock geschwinde derlanges eküert, dat de Heini do wär. Sonne schneidegen Zahldohten, met me Fiarbusche op diam Koppe harn se doch lange nit eleihn. Dian jungen Wichtern ut diar Uemmegiegend, dian wäre de Dugen üewergohn, nit van Läidmaut, näi, van Verwündernüsse, un nu tebräken se siek dia Kopp drüewer, of Heini mal do bläif un of hei ne Brut här.

Beides was füar sei van gröttester Bedütnis; denn Küenegin te wären, dat was so üewel nit, besunders bo dei Delsche dout was. Uewer Martha wouer nit viel guerres esagt. Dat har en schlecht Ahndenken ächter= lohten.

Heini kräig ne längeren Urloub. Sien Afffchäids= geseuhk räikere hei sotten in un bo de Urloub rümme was, do har hei de Afffchäidsbewilligunge do. Nu was hei frie!

Un nu nahm hei de Tüegels in de Hand. Sien Vader üewerleit se iahme willeg.

Sien Vader was jo ne haltlosen Menschen un doch har hei en Schamgefeuhl vüar sienem Suehne.

Hei drunk siek noch ennen, owwer düet vam Ver= stanne drinken, dat kam doch selten vüar. Je wieneger at hei drunk, desto mähr hafte siek sien Selbstbewußtsein. Heini leit sienen Vader ock nit viel alläine. Wenn im Duarpe wat te dauhen was, dann gong hei met iahme. Hei har dat rutefungen, dat im Duarpe de Verföiherunge grout was. Langsam kam Kahl Küeneg wier bie siek selwer, un langsam gong et biater met iahme.

So kämen siek Vader un Suehn innerleck immer nögger.

Aenes Dweds sähten se biäin. Sei stähken siek in diar Riegel vüarm Nomberregohn ne Piepe ahn. Dei gonnten se siek no diar Dagesplögerigge. Do meinere Heini:

„Bader, bu füht dat ut? Du wäis, bat miek do=
mols van Hus ebriewen hiat. Bu fall dat eriegelt
wären?

Jek hewwe keine Freude an diar Arbet, folange
at iek wäit, dat dat Unrächt noch op mie liet."

„Dat hewwe iek mie dacht, dat du üewer kuat oder
lang dovan ahnfönges. Jek hewwet alt lange inefeihen,
dat fie kein Rächt edohn het. Dien Mouder woll owwer
nig dervan wieten, fei fagte luhter: „Brümme find fe fo
dumm ewiafen". Jek well miek nit biater mahken at
iek fin. Jek här dat nit taugien drofft. Tieger dien
Mouder konn, owwer kein Menfche ahn. Du hias fe
ouk ekannt, bu fe was un in dian letzten Johren was fe
ganz befunders fchlimm. Sei hiat mie doch et Liawen
tau diar Hölle mahket."

„Fie wellt fe ruhen lohten, Bader. Fie wellt feihen,
dat fie dat Unrächt ut diar Welt fchaffet. Owwer bu?"

„Ja, wenn iek dat wüßte. Bar Geld es nit mähr.
Fie härn wal nöideg ne kleine Hypethäike opteniahmen,
ümme dei nöidegften Ahnfchaffungen te mahken."

„Dei nöidegen Ahnfchaffungen muet fie rutwirt=
fchaften, dat helpet nit anders un füar Tante Anna lof
fie noch äinege doufend Mark op unfe Befitzunge indrian.
Fie bethalet iahr dann jedes Johr pünktleck de Zinfen.
Dann hiat dat ahrme Menfche doch wienegftens wat.
Jek föiher no Lünfche un küer met iahr. Et löt mie
keine Ruhe."

„Dau dat, mien Junge. Jek fin met allem inver=
ftohn."

8. Kapitel.

Anna un Hulda Grof harn Suarge ümme Nandi.
Dat fog in letzter Tied fo fchlecht ut. Dei rouen Backen

6*

wären fut un dei Llawensfrousinn was fut, un dobie sagte iat immer: „Mie fählet nix".

Dat Heini kapituläiert har, dat har iat ehort un dat Tante Martha stuarwen was un Heini sienen Afffchäid enuahmen har, dat wußte iat ouk. Ne Douesnoricht harn se owwer nit ekrien. Dei wollen üewerhoupt nix mähr van iahme wieten. Un dat där iahme so wäih, iat konn bolle nit drüewerkuemen.

In ainer Stunne, bot iat sien Hiateläid un siene Bitterkeit nit mähr alläine drian konn, do har iat Hulda alles vertallt. Wenn et doch alt äger dohn här.

Kein Mensche verstond et, so leisleck te tröisten ase Hulda. An sienem Trouste richtere Nandi siek wier op.

„Jek hemwe dat Gefeuhl in mie", sagte Hulda äines Sunndagsmuargens, bo se tehoupe in de Kiarke göngen, dat diene Trueregkeit bolle en Aenge hiat."

„Dat kannste doch nicht wieten."

„Doch Wicht, wenn iek mie alles so düar dian Kopp gohen lohte, dann glöiwe iek immer, dat die alles Läid un Ungemahk van diener Tante kuemen es. Dei es nu dout. Paß op, et giet nu ne Aenderunge in dienem Liawen."

„Wenn du wohr sächs. Jek glöiwe owwer nit mähr dran. Dann möchte jo en Wunder gescheihen."

„Dei gescheihet noch jeden Dag", sagte Hulda, „sie Menschen gott blous achtlos dranne verbie. Wennk blous an mien äigen Liawen denke. Es et dann kein Wunder, dat iek bie ink leiwen Lüen wuahnen draf un do ne Häimet efungen hewwe? Es et kein Wunder, dat dei leiweste beste Mensch van diar Welt, Reinhold Korthus, mie dian Ring egafft hiat. O Nandi, Nandi, wenn du müsses, bu dankbor iek mienem Hiarguat sin, dat heit so guet met mie meinet hiat."

„Jek gönne die dien Glücke van Hiaten. An mien äigenet glöiwe iek owwer nit mähr", sagte Nandi truereg.

In diar Kiarke hor iat ahndächteg tau, bat dei olle Pastouer Rodtmann sagte. Hei küere van diam grouten Jesuswunder, bo hei op diar Hochtie in Kanaan ut Wahter Wien emahket har.

„Solche Wunder geschehen noch täglich, stündlich, wenn wir nur sehen und hören wollen. Und so wir glauben und unsern Herrn Jesus Christus von ganzem Herzen bitten, so geschehen solche Wunder auch an uns."

Sou priargere dei olle trügge Seelsüarger met üewertügender Stemme un Nandi follere siene Hänne un biarre ut Hiatensgrund: „O lieber Heiland, laß ein Wunder geschehen. Du weißt ja was ich meine."

Aeigentleck was dat ne groute Taumutung van diam Nandi; denn iat mußte jo selwer nit bat iat woll. Blous dat äine mußte iat, dat iat siene Hiatensquol bolle nit mähr uthollen konn.

Iat sog jeden Dag dat Glücke van dian beiden Menschenkindern, von Hulda un Reinhold. Iat was nit neidisch, ganz gewiß nit. Wenn äiner äinem Menschen wat Guerres gonnte, dann was et Nandi. Iat was jo so frouh, dat Reinhold ändleck et Richtege fungen har. Dei was jo ouk gerade ase ümmewessel.

In äinegen Wiaken wollen se alt Hochtied hewwen. Bo sollen dei beiden ock op wachen?

Jahr Nestken harn se alt färreg. In diar Bahnhuafsstrohte kräigen se ne schöine Wuahnunge. Se wären beide seleg.

Hulda gong tieger Nandi hiar. Dei Beiden harn de Rollen vertuschet. Süß was Hulda blaß un stille un Nandi har roue Backen un was munter un opgelagt, un nu was Nandi blaß un har truerege Ougen.

Jat har sonne meuhen Zug im Gesichte. Hulda dotieger schäin et junge Glücke ut dian Ougen un schmäit ne Strohl üewer sien Gesichte, dat et löchtere. Jat gong dohiar, ase wennt op Fiaren egohn här. Dei Freude har iat ümme tien Johr jünger mahket.

Dei Wichter op diar Fabrik sächen:

„Dat es ne schöine Fröndschopp. Do hiat dat Hulda diam Nandi dian Brüggam afestiaken. Soune Falschheit. Dei kleine Küenegin grämet siek dout üewer dei falsche Gräfin."

Un dobie wussen se doch nixdervan, alle tehoupe nit.

Bat wussen dei van Nandi Küenegs Läid.

Bo dei beiden Wichter int Hus kämen, do gong Nandi in de Küeke, bo de Mouder am Herde stond.

„Hie rühkeret jo no ner Zigarre", sagt iat, „hiaste Beseuk ehat?"

„Dei Beseuk es doinne, in diar Stuawe, goh es dorin."

Jat gong dorin un bläif in diar Stuawe stohn.

„Becker was denn dat?"

Dat was Heini, un hei was et ock nit.

Dei do vüar iahme stond was grötter, bredder un sien Gesichte was männlecker. Ne dicken Schnurrbart har hei. Dat konn unmüegleck Heini sien.

Heinis Ougen söigen siek förmleck faste an diam schöinen Jungwichtergesichte. Dat was dat kleine Nandi nit, so hei iat in Erinnerunge har. Jat was viel grötter ewouren. Dei Knospe har de Hüllen esprenget. Dat bloe Alpakakläid saht so stramm ümme dei runnen quellen Glieder. Blous dei dunkelbloen Ougen un dei goldblonden krusen Hoor, dei wären noch ase frögger.

„Nandi", sagte hei un räikere iahme beide Hänne.

An diar Stemme erkannte iat iahne.

„O Heini, daß du ekuemen büs, dat es äin Wun=
der."

Un nu stönnen se vüaräin un sögen siek in de
Ougen. Hei här dat leiwe Menschenkind am leiwesten
in siene Ahrmen erieten un här iat afeküsset.

Här hei et doch edohn. Iat stond do un wochte
drop, un hei laus in sienen Ougen Afwiahr, hei trug=
gere siek nit. Sou driest un frie was hei nit. Im
Uemegange met Fraulühen was hei nit bewandert, do
har hei keine Erfahrungen esammelt.

Do satte Nandi siek oppen Stauhl un nöidegere
iahne ouk taum sitten.

Siene Fäute föngen iahme derarteg an te biewen,
wennt iat siek nit dohien esatt här, dann wär iat ganz
gewiß ümmefallen.

„Mien Vader schicket miek," fong hei ahn, „iet het
uns domols dat Guet verkofft un —" hei sochte no
Wöhren. Hei wußte nit rächt, in ba füar ne Fuarm at
hei dat kläien soll. Hei här jo strackfut sien konnt:
„Miene Ollen het ink bedruagen." Dat woll iahme
ommer nit üewer de Lippen un so sagte hei dann met
ätwas belagter Stemme:

„Sie het efungen, dat dei Koupsumme te geringe
was. Sie wellt ink noch äinege dousend Mark mähr
gien. Un nu woll iek ink frogen, of iet domet tefrian
wären, wenn sie dei Summe in unse Besitzunge indrian
lot. Andernfalls möchen sie tauseihen, dat sie Geld op=
nähmen, ümme ink te betahlen. Siekerheit het iet jo
bie uns un de Zinsen sollt iet pünktleck hewwen."

Hei har dat alles so geschäftsmäßeg esagt un diam
Nandi bläif et Hiate bolle im Liewe stohn. Et was
gerade, ase wennt siek iahme im Koppe verwäiert här.
Et was wat tebruaken in iahme.

Von all diame, bat Heini sagte, verstond iat blous dat Aeine: „Hei büt mie Geld."

Do stond iat op un käik iahne ahn, ganz kolt, ganz stolz, ganz Küenegin un sagte: „Dat hiat jo lange duert, äger at iet tau diar Erkenntnis ekuemen sind. Wenn iek et vandage te dauhen här, dann kräigen iet dian Huaf ni."

„Miene Ollen het mie sagt, du häs et ümme dien Mouder dohn. Dei hät süß innen Kopp ekrien."

„Dat was äin Grund, dä ommer hienfälleg es; denn wenn iek miene Mouder äinege Wiaken int Bad här schicken konnt, dann wär sei ouk wier gesund ewouren. Dei andere Grund, dei was füar miek maßgebend. Du hias noch Dages vüarhiar esagt: Fie verluederen dian ganzen Huaf. Dei käm van rächtswiagen dienem Ollen tau. Fie wöiren wal so vernünfteg sien un ver= koupen ne. Dat gaffte bie mie dian Utschlag. Dages vüarhiar has du mie van ganz wat anderem eküert. Du has de Kuegeln eguaten un dien Mouder verschoutse. Iek was jo noch so jung un so dumm."

„Bat hewwe iek esagt?"

„Du hörs et jo. Fie verluederen dian ganzen Huaf."

„Becker hiat dat esagt?"

„Dien Mouder, becker süß."

„Un dat hias du eglofft?"

„Brümme soll iek dann nit glöiwen? Bo du gön= ges, do hiaste mie allerhand verspruaken. Bie die herre et ommer: „Aus den Augen, aus dem Sinn." Dat äine well iek die sien, iek hewwe miek noch nü an äinem Menschen sou verseihen, ase an die. Bat hewwe iek ehäiget op en änzeg Liawenstäichen van die. Du leites ommer niz van die hören. Kein Kiartken, kein Breif, niz, gar niz."

„Bat, iek hewwe nix van mie hören lohten? Sin iek dann verrückt? Twäi Kahten un twäi Breiwe hewwe iek die schriewen. Du gäffes owwer keine Antwort."

„Dat glöiweste jo selwer nit, baste do sies. Im Uewregen, dat es nu so lange Johre hiar. Dat hewwe iek alt vergiaten. Bas du süß te beküeren hias, mahk met miener Mouder af. Wennt no mie gäiht, dann bruhket iet ink nit in de Unkosten te schmieten. Iek well keine Almosen! Domet gong iat ut diar Stuawe, düar de Küeke un dann de Trappe rop no Huldas Kammer. Do schmäit iat siek op Huldas Berre. Iat druchte dian Kopp faste int Küssen, domet at keiner sienen Hiatensnoutschrei hor. Iat mochte schreien, schreien, süß wärt versticket an siener Quol.

„Nu sieg mie blous, mien leiwe Wicht, bat es dann gescheihen?"

Et duere ne Wiele, äger at dat veralteräierte Menschenkind souwiet rüheg was, dat iat diar Hiatensfröndin wat vertellen konn.

„Hei hiat mie Geld ebuan!"

Dat was sie A un O. Do kam iat nit üewer.

Un ungeninne was Anna met diam opgeregten Heini beschäftegt. Dei was ouk rein ut diam Hüseken.

„Tante Anna, glöf du mie wienegstens, dat iek keine Schuld an all diam Unrächte sin. Iek wollt wier guet mahken un nu hewwe iek et doch nit edruapen."

Diam Anna imponäiere dat, dat sei noch Geld hewwen sollen. Wenn seit ock nit bruchen, et was doch immerhien guet met. Bat diam dummen Wichte dann infoll?

Taum äiestenmole in iahrem Liawen verstond dei Mouder iahr Kind nit.

Heini soll doblien taum Jaten. Hei dankere owwer. Ueme alles in diar Welt här hei nun nit iaten konnt.

Indiam kam Hulda dorin. Diam Anna soll ne Stäin vamme Hiaten. Wennt wat butergewüahnleckes gaffte, dann versagte Anna. Et was gerade, ase wenn sien Kopp dat nit här packen konnt. Jat schouf Hulda dorin in de Stuawe un sagte:

Küer du es met me, dat hei wienegstens en biet= ken hie ietet."

Un Hulda küere met Heini. Et gaffte keine lange Büarstellunge un doch, bo se ne Ougenblick äinege Wöhre tehoupe wesselt harn, do har äiner Vertruggen taum andern epacket.

„Jek sin met frouhem Hiaten hie hien ekuemen un nu gäiht et mie sou. Wennk noch wienegstens wüßte, brümme at Nandi miek sou behandelt hiat. Jek sin jo gerade ase vüar dian Kopp eschlahn."

„Draf iek ink ätwas vertellen? Wellt iet mie nit böise sien, wennt ink nit gefällt?"

„Küert men. Noch wäiher at mie Nandi dohn hiat, konnt iet mie unmüegleck dauhen."

„Nandi woll Brout hewwen, un het iahme ne Stäin eräiket."

„Dat es mie te houge. Dat verstoh iek nit."

„Maut iek noch dütlecker wären? Nandi häiget alt üewer saß Johr op dian Mann, dian iat van Hiaten leif hiat. Sien Hiate schreiet no Liebe un iet beiet iahme Geld! Konnt iet ink dann gar nit in son Wichterhiate rindenken?"

„O Guat, o Guat! Jek hewwe iat jo leiwer ase mien Liawen. Draf iek et dann wogen, diam Wichte dovon de küeren, bo souvel Schuld un Unrächt tüscher uns stäiht? Jek hewwe jo glofft, iat verachtere miek ümme miener Ollen willen. Et sind un blitt doch owwer miene Ollen, dat es doch nit ut diar Welt te schaffen."

„Wenn do wat guet te mahken es, douewer hewwe iek kein Urdäil. Dat äine wäit iek owwer, alle Schuld es esühnet un alles Läid wät stille an diam Dage, bo iet dat leiwe Wicht duane an inke Hiate niahmet."

„Wenn iet rächt härn, iek wöllt ink mien Ltawen lang danken. Bu fange iek et owwer ahn, dat iek noch äinmol met iahme küeren kann?"

Dat es ganz äinfach. Iat liet uanoppe op mienem Berre. Met diam Tüge hiat iat siek drop eschmieten, ganz vertwiewelt es iat. Hie es de Schlüetel. Iek hewwe iat afeschluaten. Gott doropp un dat andere muet iet selwer wieten. De twedde Düar rächts."

Do druchte Heini Huldas beide Hänne: „Iek danke ink, o, iek danke ink."

Langsam gong hei de Trappe ropp un schlout de twedde Düar rächts uapen. Do lagte dat leiwe, leiwe Wicht op diam witten Berre. De Hänne hat krampf= haft in de Küssen vergrawen.

„O Hulda, nu es hei fut un iek seihe iahne nü wier. O help mie doch, dat iek et dria!"

„Sie wellt et tehoupe drian, dann heffet beide lichter, du un iek."

Dobie nahm hei dat hülende Wicht duane innen Ahrmen un küssere iahme de Tränen van dian Ougen un küssere dian leiwen Mund, so inneg, so gleuneg, dat iat fast ganz van Sinnen wouer.

„Heini! Du?"

„Du hias miek leif ase frögger?"

„Un dat met diam Gelle was die blous Spaß?"

„Sie wellt nit mähr vam Gelle küeren; denn wenn du miene Frau büs, dann riegelt siek alles van selwer.

Bat mie hört, hört ock die. O Wicht, Wicht! Bat hewwe iek füar Johre ächter mie. Dei Gedanke, hiat miek bolle verrückt emahket, dah du miek veracheres ümme miene Ollen halwer un iek har gar keine Ahnunge, hat se met die mahket harn."

„Liebecken, nu weffe do nit mähr van küeren. Jek hewwe diek un iek holle diek, alles andere küemet füar miek nit mähr in Froge."

„Doch mien Wicht. Träir weffe uns do üewer utküeren. Et fall nix Unklores tüfcher uns fien."

„Du gloffes mie nu iawen nit, da iek die efchriewen hewwe. Du mauft mie dat glöiwen; denn et es de Wohrheit."

„Wenn du et fies, dann glöwe iek et die."

„Jek kannt die owwer nit bewiefen."

„Dat es ock nit nöideg, dien Wohrt genüget mie. Jek glöiwe an diek, afe ant Evangelium."

„Jek kannt owwer felwer nit begriepen. Aeine Kahte oder äin Breif kann verluaren gohn, owwer alle, dat es doch kuem müegleck."

„Jek hewwe miene äingenen Gedanken drüewer. Dat fällt mie nu nachträgleck es wier in. Diene Mouder har domols, bo du im Ahnfange fut wärs, immer fon furbor Gedöine met diam ollen Breifdriager. Du wäis jo dei olle Biarges, dä nohiar utem Amte jaget wouer; hei har fiek, glöiwe iek, allerlei tefchullen kuemen lohten. Hei hiat manegmol üewer ne Stunne bie dienen Ollen efiaten. Womüegleck hiat hei diener Mouder de Breiwe afegafft."

„Do es meguat nix van te fien. O, Mouder, Mou-der! Bat hias du füar Sahken emahket im Liawen."

„Fie wellt fe ruhen lohten, fe es jo nu dout."

Et kloppere. Hulda kam dorin.

„Nu siet mie es, iet Beiden, wellt iet bian ganzen Dag op miener Kammer bliewen?"

„Hulda, Hulda! Nu es alles guet! Et es en Wunder gescheihen!"

„Hewwe iek et die nit esagt, dülen Muargen?

Du olle Schöhpken wolls mie dat nit glöiwen. Nu kuemet owwer doraf. Ungeninne es ouk noch ümmes, dei well siek met ink freuen un dann de Suppe wät uns kolt, odder glöiwet iet vam Leifhewwen alläine wöiere me saht?"

Nu sähten se am Dische alle väier. Anna was ganz düarräin van allem Glücklecksien. De Suppe was jo wal en bietken verschlahn, dat bär owwer nix.

„Wärt nit schöin, wenn sie tehoupe Hochtied härn?" meinere Hulda.

„O jou, bat meines du Heini?"

„Banäh het iat dann Hochtied?"

„In säß Wiaken."

„Aeger nit? Dat duert mie owwer telange", meinere Heini.

„Säß Johr sind rümmegohn. Dei säß Wiaken vergott ouk noch", tröistere Nandi iahne. Iat wär jo am leiwesten düan Owend alt met iahme gohn, füar immer.

Am Nomiddage kam Reinhold Korthus. Dei mochte siek verwündern üewer dei Veränderunge dä met Nandi vüargohn was. Dat kannte me jo bolle nit wier. Dei Backen so rou, ase ne riepen Appel un dei bloen Ougen strohleren un löchteren vam Glücke un Seligkeit.

Se wouren tehoupe trauet, de Küenegin un de Gräfin und dei Wichter ut diar Fabrik dä diar Trauunge biewuahnern, dei wären twäierlei Meinunge. Aeinege meineren de Gräfin met sienem Reinhold wärt schönbeste Paar ewiasen, dei anderen sächen Küeneg un Küenegin wären viel schönder.

Et konn drümme fien bot woll. Se konnen fiek feihen lohten alle väter.

Un bo de Paftouer iahre Hänne inäinlagte un fagte: „Bis daß der Tod euch fcheidet!"

Do was in väter Hiaten datfelwe Gelöbnis: „Trügge bis innen Dout."

Et was ne kleine, ftille Hochtied. Se wollen kein geräufchvoll Feft un fähten biäin in Annas Stuawe, küeren van Vergohenem un Taukünftigem, freuern fiek diar wunderfchöinen Giegenwart un wären glückleck! Glückleck!

Johre find dohtnegohn. Dei beiden Küenegskinder, dei ouk fchlecht biäainkuemen konnen, genau fo, afe dei Küenegskinder im Märchen, dian dat Wahter, bat fei trennere, te deipe was, fei het fiek efungen no Quol un Läid un nu liet dat alles ächter iahne.

Bu hiat dei Küenegshof fiek eändert!

Dian kennt kein Menfche wier, fo fchöin es dei nu.

Dat äiefte, bat Heini ändern leit, dat was dei Stie, bo dei Schüer ftohn har. Dat wouer met an dian Blaumengaren emahket un op diar Unglücksftie wöffen diamächter de fchöndeften Roufen un de findeften anderen Blaumen.

Ne Mufterwirtfchaft was et nu, van binnen un van buten. Van binnen, do fuargere Nandi vüar. Jat har et arben noch nit verlährt un nu wirtfchaftere dei kleine Küenegin in iahrem Rieke un Mouder Anna holp düchteg.

Kahl Küeneg mahkere fiek ouk nützleck, fo viel at hei konn. Hei drunk keinen Schnaps mähr. Dei Johre owwer, bo hei ne drunken har, dei harn iahme de Gefund=ungergrawen. Bo hei no Johr un Dag ftuerf, do ver= miffern fe iahne doch, befunders dei kleine Reinhold und dat Huldacken. Dei konnent gar nit begriepen, dat de Opa nu nit mähr met iahne spielere un bo se horen, dat se dian Ope int Küleken dohn harn, do konnen siek dei kleinen Kinderhiaten kum berühegen.

Dat was jedesmol ne Festdag, wenn Reinhold met siener Frau un sienem kleinen Heinrich dian Küenegs= huaf besöchen. Dei beiden Menschen, dä kein Jugend= land un kein Kindheitsparadies kennen lährt harn, se mahkern siek giegensieteg dian Hiemel op Aehren un dei kleine Heinzelmann was dat Engelken, bat iahne noch gerade fählet har in iahrem Aeihehiemel.

Mouder Anna es ziewenzeg Johr olt ewouren, bo sei van iahren Kindern gong. Ganz stille es sei ine= schlohpen. Owends har sei noch met am Dische siaten, so ase immer un naches was de Dout ekuemen un har se im Schlohpe metenuahmen int Sehnsuchtsland.

Heini und Nandi, twäi Edelmenschen!

Stolz un oprächt gott sei düart Liawen. Im Kleinen un im Grouten trügge. Op iahrer Arbet es Siagen un sou wät dat Küenegriek immer grötter und schönder.

Wenn dei beiden owends op diar Bank sittet, do, bo de wunderschönen Rousen de Luft met iahrem Ge= rüeke erfüllet, dann es et alt passiert, dat Nandi op äin= mol ut deipem Hiaten sagte: O du, du! Bat sin iek glückleck!"

„Un iek, dürch diek! Miene kleine Küenegin!" siet Heini un niemet siene Frau duane inen Armen.

Et es am Aenge.

Twäi harre Köppe.

Böise Wöhre flougen hien un hiar. Schließleck schlaug dai olle Buer, Päiter Daitenbeck, met diar knufften Fuft op dian Disch, dat de Prüeteln houge in de Luft floigen.

„Un iek sie die nu taum leßtenmole, dat Fraumensche küemet mie nit int Hus. Dat könn diar Fabrikenfluakfter sou passen, siek biem ollen Daitenbeck int wahrme Neft te setten. Me söll meinen, du schiameres diek in de Aehre rin, sou deipe dial te griepen, bo du an jeden Finger äin düchteg Buernwicht hewwen könn's. Giftern gaffte mie de olle Hüaller noch te verftohn, du könn's sine Lina krien, iat kraig twünteg doufend Mark bar Geld met un do noch ne Utftüer bie. Owwer näi, min Här Suehn löipet met me Fabrikenwichte dorümme, bat vüar niz hiat un ächen niz hiat, min Suehn kann siek dat leiften, dai hiat jo ock keine Verpflichtungen tieger sine Ollen."

„Hiafte nu utekülert, Vader?" sagte Friz Daitenbeck met rüheger Stemme tau sinen Ollen."

Ganz so rüheg was hei natürleck nit, at hei siek dian Anschein gaffte. Wenn iahne dat, bat iahme sin Vader nuian annen Kopp eschmieten har, ümmes anders esagt har, diame här hei kuaterhand de Knuacken kuat eschlahn, owwer nu mochte stillehollen; denn am äigenen

Bader konn me siek doch net vergriepen. Alles konn hei owwer doch nit op siek sitten lohten, diashalv sagte hei:

„Wenn dat dien leßte Wohrt es Bader, dann es et am besten, iek packe vanowend mine Spindeln un gohe. Anna Sander hiat mien Wohrt un ne Schuft wär iek, wenn iek dat nit höll; un dann, Bader, iek hewwe dat Wicht leiv, van Hiaten leiv. Aein Liawen ohne Anna kann iek mie nit vüarstellen. Dat Anna no diar Fabrik gäiht, es doch keine Schande. Jat es de Oelleste tehus un maut helpen verdeinen. Im Husholt es iat owwer ouck düchteg, dat kannste men glöiwen; denn sin Mouder es ne kränklecke Frau. Anna es et muargens de Aierste un et owends de Leßte.“

Se stönnen vüaräin, Bader un Suehn. Beide grout un bräitschullerig un beide harn dianselwen Zug im Gesichte, hart un entschluaten.

„Wenn du gohn wos,“ sagte dai Olle, „dann goh, iek holle diek nit.“ Domet wäis hai no diar Düar, grade ase wenn me ne Rüen dorut wieset.

Do gong Friß darop no siner Kammer un gaffte siek an packen. Dat Kläterschahp rümere hei lieg, ock de Wäsche ut diar Kummoude, alles där hei biäin in äinen grouten Schluatkuarf. In diam Ougenblicke kam sin Mouder dorin, ne kleine schwiaklecke Frau was dat.

„O Här, Junge, bat giet et dann met die? Brümme hiast du alles innepacket, bo wos du hien?“ frogere sei.

„Fut well iek, Mouder, bohien, wäit iek selwer noch nit. Jek betria diam Bader dian Süll nit äger, bit at ock min Wicht hie willkuemmen es. Mine Häimet es bie Anna.“

„O Junge, Junge! Bat sall dat giewen, met inken harren Köppen? Bliff duach hie ümme minetwillen,“

jommere fei. Dobie letpen iahr de Tränen üewer de
Backen rinn.

„Hüele nit, Mouder," fagte Fritz. „Dai Opregung
es gar nit guet füar diek. Jek gohe jo nit ut diar
Welt un böife fie iek die ganz gewiß nit; denn du
büs an diar böifen Welt kein Schuld. Wenn iek
äin Ungerkuemen fungen hewwe, dann fchriewe iek die."
No diar Tied gong de olle Daitenbeck im Hufe rümme,
afe ne Buern, diam dat ganze dröige Heu naht ewouren
es. De Piepe, bo hei met opftond un met nom Berre
gong, fchmahkere iahme nit mähr. Fahker gong fe
iahm dout, dian Dag üewer. Nu fog hei es äies, bat
dai Fritz füar ne guerre Stütze wiafen was. Do har
hei fiek ümme nix te bekümern brucht, dai holl dian
Krom alläine im Schuß. Hei nahm fiek ne Knecht un
wouer nit dermet färreg; denn dai har revulutzionäre
Gedanken. Hai woll dian Achtftunnendag inföiern, do
fchmäit iahne de olle Daitenbeck dorut.

„Du Fulwammes, du Drückebiarger, du büs te
ful taum Stinken," fagte hei tau diam Knechte. Nu
konn hei alle Arbet wier alläine dauhen, un hei fpuarret,
dat hai doch de Jüngefte nit mähr was. Owwer nogien
diam Fritz, äin guet Wort gien, dat gaffet buach nit,
un wenn alles drunger un drüewer gong.

Et lachte ne Druck ock diam Daitenbeckshufe, fo=
lange de Junge fut was. Am mäieften läit de Mouder
drunger. Am Dage gong fe iahrer Arbet noh, owwer
naches, dann hülere fei fiek fahker innen Schlohp. Se
wouer immer fchmaler im Gefichte, un de Hor wouern
immer witter. Wenn fei van diam Jungen anfangen
woll te küern, dann wouer dai Olle fackgruaf; dann
fchwäig fei ftille ümmet Gemahks halwer.

Ban andern Lüen horen se, dat iahr Suehn siek met Anna Sander bestatt har un dat hai op äinem Guete duane bie Käispe Knecht was. Anna wär ne düchtege Husfrau un ne kleinen Jungen härn se ouck alt.

Et Hiate där diar ollen Mouder wäih im Liewe, wenn se an dian kleinen Jungen dachte.

Wenn se duach äinmol dat Kind seihen könn!

Et gaffte ne rianeregen Sommer, un de Bueren mochen siek rächt tekrien, wenn se alles unger Dahkes hewwen wollen.

Bie Daitenbecks wären Dag füar Dag Dagelöhners. Dat kostere en net Stücke Geld un de Lüe sächen: „Dai olle Dickkopp es nit wies, hai söll sinen Suehn un sin Schwiegerdochter bie siek niahmen, dann här hei Hülpe.

Im Hiarweste fong Frau Daitenbeck ahn te kränkeln. Et was keine bestemmte Krankheit un se rahk et siek selwer nit. Se wouer owwer immer hienfälleger und schließleck leit dai Olle dian Doktor kuemen.

Dai sagte: „Das Herz ist schwach und die Lunge ist angegriffen, Schonung, Schonung."

„Dai hiat guet küern, Schonung! Dai gäiht ock sou, bo emme de Arbet üewern Kopp tehoupe fällt," sachte dai olle Päiter.

Do rapplere siek Frau Daitenbeck wier op. Se gong met aller Gewolt dertieger ahn. Op äinmol klappere se ganz tehoupe. Nu sog dai Olle selwer in, dat se Schonung nöideg har. Hai där se int Berre un pflegere se, so guet at et gong.

Frau Daitenbeck was immer ne stille, rühege Frau ewiasen. Se har in iahrer Aeihe fast nü ne Wunsch eäußert.

Bo nu dai olle Päiter an iahrem Berre faht un dat Höipken Aeiland vüar fiek lien fog, do foll iahme op äinmol in, dat fiene Frau duach äigentleck wieneg in iahrem Liawen hat har un dat hai fe nit op Roufen berret har. Do kräig hai fo ne innere Unruhe. Dat Ge= feuhl kannte hai gar nit.

„Se wät mie wall niamlecke nit afftiarwen, bat föng iek dann ahn? Jek ftönd dann jo ganz alläine in diar Welt."

Se lachte do gerade, afe wenn kein Liawen mähr in iahr wiafen wär, blous wallens kiäck fei iahren Mann ahn, met äinen Blicke fo truereg fo läidmäuteg.

Moren was Heilegen Owend.

Binoh här Päiter Daitenbeck dian Chriftdag ver= giaten. Dai leßten Johre harn fe üewerhoupt nit rächt efiert. Bo Friß noch do was, do was et ganz anders ewiafen. Uewerhoupt bo Friß noch do was!

Dat wären duach fchöine Tien wiafen. Do wußte me duach noch brümme at me liawre.

De Gedanken wälzeren fiek in diam ollen Päiter finem Koppe rümme un bo et Muargen was, do was hei met fiek im Reinen, do wußte hai bat hai woll.

Suer wouert iahme, finen dicken Kopp te böigen, orwer wenn hai fine kranke Frau do lien fog, dann wouert iahme nit mähr fchwor.

Am anderen Muargen kam de Dokter wier.

Hai mahkere äin bedenkleck Gefichte. Schließleck nahm hai fiek dian ollen Päiter biefiet un fagte tau iahme:

„Daitenbeck, Ihre Frau will mir ganz und gar nicht gefallen. Ich glaube, es fehlt ihr der Wille zum

Leben. Mir scheint, sie trägt ein tiefes Leid mit sich herum. Wenn man das Leid von ihr nehmen könnte, vielleicht ginge es noch einmal besser."

„Jek glöiwe se hiat Häimwäih no diam Jungen un no diam kleinen Kinne. Dokter dauet mie dian änzegsten Gefallen und telegrafäiert no minem Suehne. Hai söll kuemen, met siener Frau un diam Kinne. Schriewet derbie, iek höllt ne drümme ahn, dann küemet hai ganz gewiß."

Do gaffte de Doktor diam Ollen de Hand und sagte:

„Sich selbst besiegen ist der schönste Sieg! Ich komme Ihrem Wunsche gerne nach."

Wall fiftegmol käick dai olle Päiter an diam Dage op de Uhr. Hai konnt bolle nit afwachen.

Et was bie säß Uhr rümme, do souher op äinmol ne Schlien bim Huse vüar un ut diam Schlien stäig Fritz. Aeis holp hai siner Frau uit dian wahrmen Dieken rut un dann nahm hai sinen kleinen Jungen op dian Ahrmen. Dai olle Päiter kam bie de Hand. Viel Wöhre mahkere hai nit; denn dat där hei nü, wenn hai veralteräiert was.

„Kuemet dorin, stille, dat de Mouder nix miarket. Aeies mäutent ink ätwas ahnwiarmen, sou kolt druewet iet nit bit Berre gohn", sagte hai.

Ganz langsam wollen se nohiar bie de Mouder gohn. Se göngen op dian Täiwen, domet dai Kranke siek nit erschrecken soll. Dat kleine Fritzken was do ommer nit met inverstohn. Dat Kähleken gaffte siek ant kötern un ant krähn, do was et natürleck met diar Stille verbie.

Dat was ne Freude!

Küeren konn dai Mouder im äiersten Ougenblicke nit; de Stemme versagte iahr dian Denst.

Se druchte dat Jüngelken an siek un holt et sou faste, ase wenn siei im Liawen nit wier luas lohten wöll.

Bat harn siek dai Menschen nit alles te vertellen!

Schließleck meinere dai junge Frau:

„De Mouder maut nu schlohpen, me kann siek ock üewerfreuen." Domet räiker iat Fritz dian kleinen, stramen Bengel un dann mochen dai Mannsläh doruter gohn. Jat bläif bie diar Mouder sitten, bid at se ganz rühheg ineschlohpen was.

Fritz där nohiar ganz gehäimnisvoll. Hai kurme=lere op diam Balken rümme un dann nahm hai de Sianne un gong innen Biarg.

Bo hai wier kam, schlouht hai de Stuawendüer tau. Hai was sou unmäuteg ase ne Kluckhenne met äinem Kühken. De olle Piäter gong im House rümme un rouhkere dat et dampere. De Piepe schmahkere iahm ganz besunders guet. Hai har ne Freude in siek, nit te beschriewen un in diar Küeke hantäire dai junge Frau. Jat har allerhand guere Kröme metebracht un was am backen un am brütscheln.

Am anderen Muargen fiern se bie Daitenbecks glückselegen Christdag. De Mouder lachte im frischbe=trockenen Berre, ne schnäiwitte Nachtjacke met gehäkelter Spitze har iahr dai junge Frau ahnetrocken un do ne fine witte Nachmütsche bie opesatt. Ut iahrem Berre konn sei gerade in de Stuawe kieken. Do stond äin klein Christbäumken met Lechtern un allerhand Flitter=wiark. Dat Dännecken har Fritz füar de Mouder eputzet. Un de Mouder saht oprächt im Berre un iahre Ougen löchteren. Ach bat har sei ne Freude!

Dai olle Päiter stond vüar diam Böimecken un har dat kleine Jungelken op diam Ahrmen, dat woll met finen dicken Patschhänneckes in dai brianenden Lechterkes griepen, un de Großvader lachere met diam ganzen Gefichte.

Bat was hai frouh, dat hai finen dicken Kopp ebocht har!

[Woß du dien *Hiat* twingen?]

Woß du dien Hait twingen?

Becker wollt diam Lindens Anna verdenken, dat iat siek gar nit schicken konn? Op äinmol ut diam Glückshiemel te stüaten un siek dann wir sotten op diar Ahre terrächte te fingen, dat kann nit maneger, un Lindens Anna konnt ouk nit. Iat saht do, ase äin Höipken Unglücke op diam Holtkasten, tieger diam Vernüsse. An diar blolienen Schürze, dä iat har, was bolle kein drötige Stieken mähr, ganz nat was se van allen Tränen. Wenn sonne Tränenquelle nit fast unversiegbar wär, dann söll me glöiwen, Anna här üewerhoupt nit mähr hülen konnt; denn iat där Dag un Nacht nit anders, siet diar Tied, bo se sienen Ernst doruterdreugen.

Äin Glücksjohr blous har iat met sienem Manne verliawen drofft. No langem Wachen, et wären sou viele Hingernisse dertüscher kuemen, wären sei beiden endleck biän, un wenn Ernst ock blous Knecht bi diam rieken Bueren Feldhuaf was, un wenn iahr Nest ock blous äin klein Bäckesken was, dat scharre nit. Sei wären glückleck, glückleck!

Dann kam dat Schreckleke. Feldhuafs Piard har dian Ernst vüar dia Buast eschlahn, met solker Wucht, dat iahme dat Blaut ut Nase un Mund ekuemen was. Hei har sotten de Besinnunge verluaren un dout harn se ne diar jungen Frau ebracht. De Noberslüh harn iahr müegleckste dohn, dat Anna te berühegen. Se loffen jo, iat härt innen Kopp ekrien un viel här ock nit dranne fählet. Met sienem Manne was iahme jo alles enuahmen; denn Kinder har iat nit un siene Ollen wären ouk beide dout.

Dei rieke Feldhuaf was in diar Versiekerunge un do was hei frouh tau; denn wenn hei wiagen düeser Sahke innen Geldbühl emocht här, dann wärt jo äiweg nit guet egohn. De Geldbühl, dat was diam Bueren siene empfindleckste Stie.

Anna kräig ut diar Versiekerunge äinege dusend Mark. Iat mochte verschiedene Ziels ungerschriewen un domet was füar dei anderen dei Ahngeliagenheit erledegt. Feldhuaf meinere sogar, iat här äin guet Geschäft emahket, souviel Geld verdeinere hei in tien Johren nit.

No säß Wiaken meinere de Feldhuaffsche: „Bu süht dat ut, Anna, hiaste die alt üewerlagt, baste beginnen wos? Diene Wuahnunge muet sie bruhken, de Schweizer sall drinne wuahnen. Du könns diek jo no uns vermeien. Et päsfet grade so; denn unse Ida well siek beftaren. Du kris noch fif Dahler mähr ase dat, will at du öller büs. Uewerlieg et die es."

„Iek bruhke nix te üewerlien", sagte Anna. „Inke Wuahnunge konnt iet krien, wenn iet miek nu alt dorut dauhen wellt. No ink teihe iek ommer nit; denn et könn passäieren, dat iek ink dat schwatte Piarredier doutschläug oder vergiftere. Wenn iek dat Dier seihe, dann dräget siek mien Inwennege rümme." „Du büs nit wies, du küers ächen ut me Koppe", sagte de Feldhüaffsche, domet gong se dorut un schmäit de Husdüar tau, dat se sänöh ut dian Schlöipen floug. Nohiar sagte se tau iahrem Manne: Dat dumme Mensche söll siek an de Arbet gien, dann vergöngen iahme de Grillen. Et es jo truereg genaug, iat hiat owwer doch dat viele Geld ekrien. Denk es, tiendousend Mark!" Dei Buer gaffte siener Frau rächt. Wenn se ock süß mäiestens twäierlei Meinunge wären, wennt siek ümmet Geld drägere, dann tröcken se an äiner Liene.

Anna pock siene Spindelkes biäin. Et was nit allteviel; denn se wären jo midden im Nestbuggen störet wouern. Bat iat owwer har, was terrächte, dat was van suer versparten Groschens ahneschaffet.

Iat was in all diar Tied noch nit wier bie de Lüh egohn, iat was jo so terieten un wund inwenneg. Nu mochte ait siek owwer no ner Wuahnunge ümmeseihen. „Et es jo so äinerlei, bo iek bliewe, am leiwesten wär iek dout", dachte iat bie siek selwer.

Äines Dages kam dat Kiepenlowis dorin no iahme. Dat har Huasengaren, Längen, färrege Huasen un gestrickte Ungerkamisols te verkoupen. Dat meinere dann ouk: „Anna bat woste nu beginnen?" Do vertallte iahme Anna met hülen, dat iat ut sienem Hüseken möchte un nit wüßte bohien.

„Sie es stille Wicht", sagte Lowis, „iek glöiwe, dat iek wat Passendes füar diek hewwe, gedüllege diek es äinege Dage."

De Wiake drop kam Lowis wier. Iat kam extro wiagen Anna nochens deiselbe Strecke; denn wenn Lowis buter siner Handlerigge noch ne Dahler Geld verdeinen konn, dann leit iat siek de Meuhe nit verdreiten. Ock nu wollt twäi Fleigen met äiner Klappe schlohn. „Ut diar Suarge wären sie rut", sagte iat tau Anna. „Wenn du mienem Roe folges, dann kannste womüeglleck dien Glücke mahken. Du maust blous Diene Hülerigge dran gien, Du sühs jo bolle ut, ase de dürre Tied."

„Mien Glücke", sagte Anna, „liet op diam Kiark=
huawe met kuatgeschlahener Buast, dat wät nü, nü wier
lebendeg un bu iek utseihe, dat gäiht nümmes wat ahn.
Jek well im Liawen keinem mähr gefallen."

Lowis dachte bie siek selwer: „Dat sall siek wal
fingen, küemet Tied, küemet Rot."

„Sie vernünfteg", sagte iat, „Du büs doch kein
Kind mähr. Mei achentwünteg Johren wäit me doch,
bat dat Liawen op siek hiat, un wenn Du die de Ougen
ut diam Koppe hüles, dat helpet die nix. Du maus in
ne andere Giegend, dann vergiets Du Dien Unglücke
äger un dann mauste de Hänne voll Arbet hewwen, kein
Tied maut Die taum Begrubbeln bliewen, dann gäiht
et ock wier biater met Die. Denk es, wenn Du noch en
Kleinet derbie häs, dann wärt noch viel schlimmer, dann
wärste ahnebungen un häs keine luase Hand. Jek
hewwe Die ne Stie utemahket, wat ganz seines. Du
bruhkes blous dian ganzen Krom ase Hushöllersche te
beopsichtigen. Twäi Miagde sind do, füarde suere Ar=
bet. Et es ne grouten Burenhuaf, duane bie Hagen.
De Frau es alt sied twäi Johren dout. Met dian Hus=
höllerschen het se owwer kein Glücke hat. Twäi sind
bis nu do wiasen, dei harn owwer blous de Friggerot
un de Bestarerigge im Koppe, do hiat se dei Buer sute=
jaget. Hei well siek nit wier bestaren. Jek hewwe
iahme nu van die eküert un iahme vertallt bu düchteg
Du wärs. Hei brüchte nit bange te sien, Du wärs nit
hierotslusteg, Du vergätest dienen Ernst im Liawen nit.
Diene Sahken kannste alle metbrängen, hei well die
twäi Stuawen liegrümen. Besinn diek blous nit te
lange", mahnere Lowis; „denn no diam Stieken lekket
siek maneger de Finger."

Anna besunnte siek hien un hiar. Schließleck sog

iat ommer felwer in, dat iat fiek opraffen möchte. Jat
gaffte diam Lowis drei Mark füar fiene Bemeuhunge
(tien Mark har dat van diam Bueren krien) un dann
gaffte iat fiek ant inpacken, ümme fiene Stie ahntetrian.
Dat Leßte kam noch un dat was iahme et fchwöddeste,
de Affchäid van fienes Mannes Graf. Op diam Kiark=
huawe, duane an diar Hiege, et was et leßte in diar
Riege, do fchleip Annas Mann fienen leßten Schlohp.
Dat hei fo duane an diar Hiege lagte, dat där Ann
ganz befunders wäih. „Grade afe wennt ne Selbftmör=
der wär, ganz butenahn het fe ne dohn", fo klagere
iat. „De Kiarkhuaf es bolle voll, jedes Stieken maut
utenußet wären", har iahme de Douengriawer fagt, dat
was iahme ommer kein Trouft.
    „Wenn dat Dier dian ollen Feldhuaf dout efchlahn
här, dei wär nit butenahn ekuemen, dat wäit iek fieker."
    „Dei hiat ock ne äigene Begriafte", fagte de Douen=
griawer. Do woll Anna füar fiek un fienen Mann ouk
en äigen Stieken koupen, iat har fo dat Geld van diar
Verfiekerunge. Et gaffte ommer nit; denn dat leßte
Feld op diam Kiarkhuawe was bolle voll. Jat föll fiek
fpäter op diam niggen wat koupen, wouer iar vertröiftet.
    Et was Hiarweftdag. Dat Louf was alt bolle alle
van dian Böimen, et rufchere wenn me drunger hiar
gong. Ne finen kollen Niawel voll doraf. Hei fatte
fiek grade afe Pählen in Annas fchwatten glänzenden
Hoor. Jat miarkere gar nit, dat iat naht wouer. Afe
en Bild van Stäin, fo ftond iat am Grawe van fienem
Manne. Ne Struhk van löchendrouen Georginen, de
leßten ut fienem kleinen Giartken, har iat op et Graf
elagt. Jat ftond alt bolle ne halwe Stunne do, kein
Aenge konnt fingen. Bat wouer iahme de Affchäid doch
fo fuer. De Douengriawer was in diar Nöchte am

136

krofen. Hei fog dei junge Frau do ftohen un fchurre am Koppe. „En Dout kann fiek dat ahrme Menfche hualen bie diam ungefunnen Wiar. Do kann me out fien: „Trügge üewert Graf", purmlere hei innen Backen. De Klocken föngen ahn met lüen. Et foll wier enner begrawen wären. Do fchout Anna innäin, nu kamt es äies wier bie fiek felwer. Met meuhen Schrien gong iat vam Kiarkhuawe nom Bahnhuawe äinem niggen Liawen intien.

Dei Buer vam Biarkerhuawe, Wilh:lm Kuathus, ftond vüar fienem Hufe un käik de Schufäih no. Hei har de Uhr in diar Hand un fagte: „Wenn de Zug keine Verfpätunge hiat, dann möchten fe nu hie fien. Dei junge Buer was grout, ftämmeg un bräitfchullereg. Van Gefichte was hei nit gerade fchöin. Ne bräie, kantege Stärne un Ougen har hei im Koppe, do konn hei ümmes met düar un düar feien. Stohlhart was fien Blick, taum bangewären. Met fienen Ougen kummedäiere hei et ganze Gefinde. Hei bruchte gar nit viele Wöhre te mahken.

Hei behandlere fiene Lü gut, diashalf höllen fe fiek trots fiener Strenge guet bie iahme. Hiarmen, dei äiefte Knecht, was alt diateg Johr op diam Biarkerhuawe, dei droffte alt wallens ne Backe voll metküeren, diam fagte dei junge Buer nix. Hei herre dei junge, will at dei olle Kuathus ouk noch liawre. Dei was owwer alt fiet Johren lahm un kam nit mähr van fiener Kammer.

Hiarmen was no diar Bahn fchicket wouern, hei foll dei nigge Hushöllerfche afhualen. Gerade kam hei üewer de Schufäih te jagen. Wenn Hiarmen op diam Kutfcherbocke faht, dann was hei an fiener richtigen Stie. Keiner konn fo fchneideg vam Bocke föihren afe het. „Na nu, Du küemes jo alläine", fagte Wilhelm Kuathus tieger fienen Knecht, „es fei dann nit metekuemen?"

„Jek hemme blous dian Schlutkuarf metebracht. Sei woll te Faute kuemen. Se har fieker noch ätwas in diar Staht te dauen."

Bo Hiarmen nohiar im Stalle dian Schwatten utschirrere kämen Life un Minna, dei beiden Däiernen ouk dorin. Se wären fo nifchgierig un freigen dian Hiarmen üewer dat nigge Fräulein ut. „Et es kein Fräulein, et es ne junge Wiedefrau", fagte Hiarmen. „En nett abbetietleck Mensche es et. Wunderschöne fchwatte Hoor hiat iat, wenn dei alle echt find, dann got fe bolle bis op de Aehre, fouviel kenn iek ouk van dian Langhöregen. Blous ätwas biater möchet utfeihen, iat es fo witt im Gefichte un dann hiat iat fo fchöine, brune läidmäutege Ougen." „Hör op Hiarmen", fagte Life, „tebriek Die de Tunge nit. Du hias wal Füer fangen un dabie hiafte dat frümde Mensche kuem efeihen. Dat find Mannslüh! Wenn fe lange Hoor un fchöine Ougen feihet, dann find fe fotten ut me Hüfeken, äiner as de andere."

„Nu wät et ommer bolle Tied, daß Du dorut küemes, füß lot iek diek es op dian Befmen — Du wäis jo Befchäid, Du olle Schandplofter." Do fprung Life met lachen dorut. Jat har immer Spaß, wenn't dian ollen Hiarmen optrecken konn.

Indiame kam Anna Linde op diam Biarkenhuawe ahn. Wilhelm Kuathus nahm iat in diar Husdüar in Empfang. Hei bout iahme fröndlecken Willkuemen, dat het, hei fagte fo, fien Gefichte bläif ernft un verfchluaten, dann nöidegere hei iat dorin in de Wuahnftuawe.

„Brümme het iet dian Wagen nit enuahmen?" frogere hei.

„Will at iek bange was väär diam schwatten Piarre."

„Bat, iat sind bange vüar Diers? Jek här ink mähr Kurasche tauetrugget."

„Jek hewwe alle Diers gärne, blous die schwatten Piarre mag iek nit seihen, dann kriege iek et Biewen. En schwat Piard hiat mie mienen Mann dout eschlahn", sagte Anna. Jet woll noch mähr sien, iat brachte owwer kein Wohrt mähr dorut. De Tränen stönnen iahme in diam Ougen.

„Nix füar unguet", sagte Wilhelm un räikere iahme de Hand. „Dat hewwe iek nit ewieten. Lise kann ink inke Stuawe wiesen, bo iet vorläufig bis inke Sahken kuemet, inne wuahnen sollt. Wenn iet es met inken äigenen Möbeln inerichet sind, dann wät iet ink huapentleck hie häimesch feuhlen. Uewer alles andere weffe tiegern Owend küeren."

De äiesten Dage liawre Anna ase im Droume. Sat har souviel Arbet, taum Nodenken kam iat nit. De Küakerigge un de Pflege van diam ollen lahmen Manne, dobie de Opsicht üewert Ganze, dat füllere sienen Dag voll un ganz ut. Wenn iat dann owends nom Berre gong, woll iat noch an sienen Mann denken, et was iahme gerade, ase wenn iat iahme Unrächt edohn här, wenn iat siek in Gedanken nit met iahme beschäftegt har, de Ougen föllen iahme owwer tau, un faste schleip iat bis taum anderen Muargen.

Dat guerre Jaten, dei geriegelte Tätegkeit un vüar allen Dingen dat Läidvergiaten mahkeren ut Anna äin ganz ander Mensche. Sat wouer voller un runner un roue Backen kräig iet ouk. „Taum ahnbieten", sagte

dei olle Hiarmen, un dei mochet wieten; denn hei was
ne grouten Frauenkenner. In diar Riegel sagte hei:
„Se douget alle nit, dei Langhöregen, ne falsche Suate
es dat." Dian Anna gong hei owwer ungern Ougen
hiar, do har hei ne Narren ane friaten.

Stille un gelohßen gong Anna düart Hus. Iat
konnt met allen guet, blous met diam jungen Bueren,
do wußet nit, bot ahne was. Hei har iahme äin füar
allemol esagt, hei wöll met Husholtsfrogen nit be=
läfteget wären. In dian Butenbetrieb har iat siek nit
te kümmern, dat besuargere Wilhelm Kuathus alläine,
do leit hei keinen biekieken. Hei was sien äigener
Inspektor. Se sögen siek mäistens blous op Mohltien,
dann wouer owwer wieneg eküert. Wenn hei nit buten
op sienen Ländern was, dann saht hei in siener Stuawe
un schräif. Anna dachte manegmol bie siek selwer:
„Brümme mag dei junge Buer wal so stille un ver=
schluaten sien? Hei hiat doch alles genaug. Soune
wunderschöinen Huaf, do beneidet iahne sieker noch ma=
neger ümme. Am Gelle fähleret iahme doch ouk nit,
dat kann me wal seihen, hei es bestänneg am vergröttern
un am buggen. Of hei siene verstuarwene Frau wal
nit vergiaten kann? Merkwürdeg es et doch, dat in
keiner Stuawe äin Bild van diar jungen Frau hänget
un ock süß erinnert emme nix dran, dat hie alt äinmol
ne Husfrau schollet un wollet hiat."

Det olle lahme Mann uan op siener Kammer har
Anna ganz besunders int Hiaten schluaten. Hei sagte
luhter mien leiwe Wicht tieger iat. Anna was owwer
ock sou besüargleck ümme iahme, ase wenn sien äigene
Vader wiasen wär. Iat stallte iahme dat Iaten immer
sou prot, dat hei guet verdrian konn. Hei har sonne
empfindlecken Magen un bieten konn hei ouk nit mähr.

140

Owends konn dei olle Mann schlecht infchlohpen, dann fatte fiek Anna fahker noch en Stünnecken met diar Strickhuafe bie iahne, oder iat laus iahme en Kapittel ut diar Bibbel vüar. Dat har hei ganz befunders gärne.

Dei olle Kuathus har füar fien Oller, bei was bolle achzeg Iohr, noch ne rächt regfamen Gäift. Manege Stunne har hei in fienem Krankfien met liafen taue= bracht un dei üewrege Tied har hei fiek fiene Liawens= gedanken emahket. Hei har füar fien Oller fähr fcharpe Ougen un äin fien Gehör. Bat im Hufe paffäiere, dat hor un fog hei alle, wenn hei ock lahm in fienem Stauhle uanoppe faht. En bietken duatereg was hei. Wenn hei int Bertellen kam, dann konn hei kein Aenge fingen. Anna was nit nifchgiereg. Wenn iat wollt här, dann här iat dian ollen Mann uthören konnt, dat foll iahme owwer nit in.

Trotzdiame wouer iat maneges gewahr, bat iahme te denken gaffte. Ainmol fagte dei Olle: „Frögger, bo dei junge Frau noch liawre, do was et hie nit fo ftille afe nu. Do wouern Bifiten hollen un Bifiten gohen, dat gong hie rut un rin, afe im Duwenfchuate. Do es mie manegmol anges un bange wiafen. Iek dachte immer, düet niemet kein guet Ange. Dat Geld wouer förmleck tau Finfters un Düaren rutefchmieten. Unfe junge Frau, fie wellt fe ruhen lohten, dai poß nit hiehien. Iat was ne Fabrikantentochter ut Bar= men. Iek här viel leiwer efeihen, wenn Wilhelm fiek äin Buerenwicht hie ut diar Giegend enuahmen här; denn op fonem Buerenhuawe maut Mann un Frau immer met dian Aieften vüarop fien, wenn alles klappen fall. Wilhelm was ock muargens ümme fiewen alt bie diar Hand, dei junge Gnädige fchleip owwer bis niegen. Dobie was iat fo gefund, afe ne Fifch im Wahter. Dat

dat op de Duer kein Stand holt, dat sog iek im vüarrut. Iek hewwe miek owwer nit dotüscher mischet; denn iek dache, wenn iat mienen Jungen leiw hiat, dann sall iat siek wal rümmedrägen. Jat hiat siek owwer nit rümmedräget, im Giegendäil, iat vernolötegere siene Pflichten immer mähr. Midden im Heubeud reisere iat nohus un hie gong et drunger un drüewer. Iek hewwe noch nü sou ne schlechte Opwahrunge hat, ase in diar Tied. Iek hewwe alt ganze Nächte im Suargenstauhle siaten, will at se vergiaten harn, mie int Berre te hel= pen. Dat äine kann iek blous nit begriepen, dat de Dout van siener Frau diam Wilhelm sou nohe gohn es. Iek an mienem Ange hewwe nit drüewer hülen konnt. Dei Junge es van Dage noch so ernst un truereg, ase wenn sei gistern äies estuarwen wär. Hei holt mie nit so viel stille, süß sägte iek iahme es gehöreg de Mei= nunge."

„Dat dauet leiwer nit, Vader," sagte Anna. Vader wouer bei olle Kuathus im ganzen Huse neumet.

„Alles well siene Tied hewwen, ock dat Läid. Iek kann mienen Mann ouk nit vergiaten. Wallens hewwe iek ne Piene in mie, iek könn dann hartop schreiem. Wenn iek et gar nit mähr utholle, dann föiher iek et Sunndags in miene olle Häimet. Ne Stunne hewwe iek Tied, am Grawe van mienem Manne te stohn, dann maut iek met diam Zuge wier terügge. Iek well doch hie nix versümen. Im Ahnfang hew iek immer soune Troust do fungen. Et deut mie blous so furbar läid, dat mien Mann so an äinem Ange liet. Wenn doch ändleck dei nigge Kiarkhuaw inewigget wöier, dat iek iahme do oppe äin Stieken koupen könn."

Anna har soun Vertruggen tau diam ollen Manne. Wat iat süß keinem sagte, iahme konn iat alles vertellen.

Wenn iat uanoppe faßt, dann konnt in leßter Tied pafstären, dat dei junge Buer ouk dorop kam. Anna ftond jedesmol op un gong doraf. Schließleck foll diam Wilhelm dat op un hei meinere tau fienem Vader: „Brümme löivet fei jedesmol fut, wenn iek kueme, es fei bange vüar mie?"

„Iat es äine ganz gebildete Perfoun, dat wäit, bat fiek gehört. Du büs üewerhoupt ne Spaffegen, keine tien Wöhre küers du met diar jungen Frau dags= üewer, un dobie es et fo nöideg, dat fei wallens ätwas Fröndleckes hört. Sei es ätwas deipfinneg verahnloget. Dei fchrecklecke Dout van iahrem Manne hiat ne Schat= ten üewer iahren Wiag efchmieten. Du föß diek ouk ätwas oprappeln. Me föll meinen, du häs nu lange ge= naug etruert."

„Hiat fiek Frau Linde bie die üewer miek bekla= get?"

„Dat glöiwes du doch felwer nit. Iat küert met grouter Achtunge van die. Du wäis wal, dat iek äin fien Gehör hewwe. Iek kann ock hören, wenn du nit küers."

„Vader, Vader," fagte Wilhelm, „wenn du nit fo olt wärs, dann föll me glöiwen — —"

„Glöiwen hie, glöiwen do. Iek hewwe dei junge Frau leiw, dat du et wäiß. Et könn wal mien Doch= ter fien. Sei hiat fo leiwe fafte Hänne. Du föß es feihen, bu dei miek owends int Berre deut. Kein Föllecken es im Laken. Neuleck, bo iek en Hauften fo fchlimm har, do es iat midden in diar Nacht ekuemen un brachte mie gleunegen feuten Täi. Dat wäiß du natürleck nit, becker wöll die dat vertellen. Iat es üewregens van guerrem Hiarkuemen. Sien Vader was Poftbeamter."

„Un sien Mann was Knecht", sagte Wilhelm do=
tüscher.

„Sall dat en Vorwurf sien? Dann deus du mie
läie. Sien Mann es ne Buerenjungen bie Hiarsche
dien. Hei was de änzegste Suehn un gloffte dian
Kuaten no sienes Vaders Doue te kriegen. Dei Vader
kräig omwer op sienen ollen Dag noch Fröihjohrsge=
danken un bestarre siek wier. In Tied van drei Joh=
ren wären twäi Noküemlinge, beide Jungens, do. Nu
was et noch ne groute Froge, becker dian Huaf später
kräig, un Ernst Linde was ganz vernünfteg, dat hei
siek ase Knecht, hei was äigentleck Verwolter, vermerre.
Anna har iahme Trügge luawet, bo hei dei rieke
Buernsuehn was, et wär nit schöin ewiasen, wennt
unger dian veränderten Verhältnissen andern Sinnes
ewouren wär. „Jek här Nout un Dout met iahme
drian. Fie harn uns doch leiw", sagte iat tau mie."

Dei olle Mann küere siek ganz innen Jewer. Hei
har in schlohplosen Nächten manegmol drüewer noe=
dacht, bu et wär, wenn dei junge Frau wier van iahne
göng, un will at hei dian Gedanken gar nit luas wouer.
diashalw küere hei äines Owends met Wilhelm drüewer.

„Du söß diek wier bestaren, du kanns doch nit
äiweg lieg un luas bliewen. Diene besten Johre got
dohien un schließleck stierwet dei Kuathusfamilge ut.
Jek glöiwe, dei Niggus Hiarmen hiat en Ouge op
Anna schmieten, hei küemet in leßter Tied so sahker
un süht siek no mie ümme un jedesmol, wenn Anna
hie uan bie mie es. Dei kam doch frögger nit so
manegmol. Dei fischet nit ächterm Dieke."

Dat har dei Olle schöin inesiamet. Wilhelm er=
tappere siek nu manegmol op dian Gedanken an dei
junge Frau. Frögger was hei iahr luhter ut diam

144

Wiage gohn un nu sochte hei iahre Nöchte. Hei kannte siek bolle selwer nit wier.

Anna was im Garen wiasen. Iat har de äiesten jungen Iarfen asceplucht, dat soll en lecker Middags= iaten giewen. Bo iat nu üewer dian Huaf gong, do stond de Piarrhändler ut Hagen do. De Halsterknecht fouher ne driesten Schwatten op diam Huawe rümme. Wilhelm Kuathus un dei olle Hiarmen stonnen derbie. Im Verbiegohen hor Anna, bu Wilhelm sagte: „Iek koupe dat Piard nit. Iek well ink sogar mienen Schwatten verkoupen."

„Bat, unsen Schwatten?" reip Hiarmen. „Dat wät doch wal niamlecke nit wohr sien. Iek föiher met kei= nem andern, dat es miek äin dauhen. Dei beiden biän, dat wär äin Gespann! En schönderet gäffet in diar ganzen Ummegiegend nit."

„Iek kueme im Loupe düeser Wiake verbie un be= seihe mie dat andere Material, bat iet het. Wenn iet twäi Brune, mientwiagen ock twäi Fösse het, do hew iek Interesse anne."

Anna dachte in sienem Sinne: „Bat, hei well dian düeren Schwatten verkoupen, brümme deut hei dat wal?"

Hiarmen was dei ganze Wiake so verkahrt ase ne Wandlus. Hei konn owwer nix dranne ändern. Dian Schwatten mochte hei sutbrängen un twäi drieste Brune brachte hei met. Ne lange Tied gong dertau, äger at hei met diam Tusche tefrian was. „Wennk noch wieneg= stens wüßte brümme, at dei Schwatte sutemocht här. Hie kannk mie keinen Bias op mahken", schannte hei dian äiesten Owend im Stalle.

„Tebriek die dian Kopp nit drüewer", sagte Wil= helm, dä dat Schännen ehort har. „Iek dauhe nix ohne Grund."

Et was äin gesiagnet Johr. Et har tau rächter
Tied eriant un nu schäin de Sunne so lecht un so
wahrme, et was en Wiar, ase wennt de Buern extro
füar siek emahket härn. Dat Heu was geschwinde
rinebracht; denn op diam Biarkenhuawe gong alles
maschinenmäßeg. Et gaffte ne kleine Pouse, taum ut=
schnuwen. Dat het, blous buten op dian Feldern.
Doinne, im Huse, gaffet jeden Dag deiselbe Arbet un
Anna was täteg van et Muargens fröih, bis et Owends
lahte. Iat was im Fröihjohr et letzte tehäime an sienes
Mannes Graf ewiasen un nu mahkere iat siek im
Stillen Gedanken douewer, dat iat dian Verstuar=
wenen so vernolöteget har. Iat har diam ollen Vader
dervan esagt, dat iat gärne am nächsten Sunndage der=
hien wöll. Dei hat diam Wilhelm vertallt un Wilhelm
sagte owends, hei kam gerade dorop, bo iat dian Ollen
int Berre där, do konn iat nit rächt futloupen: „Iek
hewwe üewermoren in Meinerzen tedauhen. Vader siet,
iet wöllen am Sunndag dorop. Richet ink ätwas in,
dann konnt iet metföihren."

Anna souher met. Brümme wollt dat ock nit
dauhen? Iat gloffe owwer, Hiarmen här kutschäiert
un nu kam iat ut diam Verwündern nit rut. Hiar=
men schirrere dei beiden Brunen vüar dian Ledder=
wagen un dian Schimmel vüar de Kutsche. Nu kam
Wilhelm dorut met brunen Kamaschen, dunklem Lo=
dentüge un passendem Haue. In diam Tüge, bat iahme
so knapp, so prall saht, sog hei ut, ase ne Großagrarier,
un dobie was hei doch äigentleck nix anders ase ne
däftegen Suerlänner Bueren. Domet sall owwer nit
esagt sien, dat dei letzte Suate wieneger wärt es, ase
dei äieste.

Anna har ne lichten schwatten Mantel ahne un

en schwat Krepphäueken oppe. In diar Wiake, bie diar Arbet, har iat Waschkläier ahne, et Sunndags owwer draug iat immer noch sien Truertüg. Wat anders ahnetrecken, dat här iat nit üewert Hiate bracht. Nu saht iat in diar uapenen Kutsche. Et was so wunderschöin Wiar, de Büegelkes süngen un ut dian Giarens, dä an diar Schusäih lächen, stäig ne leiwlecken Gerüehk van Blaumen. Silwerwitte Wölkskes schwiawren am bloen Hiemel, et sog ut, ase wenn schnäiwitte Düwekes douan rümmesluagen härn.

Anna was in äinem Taustanne, iat begräip siek selwer nit. Wenn iat frögger no sienes Mannes Graf efouhert was, dann har iat immer sonne läibmäutege Sehnsucht in siek, wenn iat siek am Grawe richteg utehület har, dann wouer iahme lichter. Düet Sehnsuchtsgefeuhl har iat äigentleck nu nit in siek un wenn iat siene Gedanken ock twingen woll, an dian Douen te denken, immer wier mochte iat dian Mann ahnseihen, dä do so sieker vüar iahme op diam Bocke saht, de Tüegels in dian brungebrannten kräftegen Hännen. Iat stallte Berglieke ahn, dei föllen owwer tau Gunsten des Verstuarwenen ut. Ernst Linde was ne utgesocht schöinen Mann ewiasen, stark und kräfteg. Hei har bie dian Garde-Kürassieren edeinet. Te denken, dat sou viel Schöinheit un Kraft nu im Grawe vermodere, iat schuedere bie diam Gedanken.

Af un tau wouer opesatt. Dei Schimmel mochte utschnuwen. Wilhelm frogere jedesmol, of iat irgend ätwas wöll. Anna schurre am Koppe, iat dankere. Äinmol schickere hei iahme ne guerre Tasse Koffi dorut un en andermol ne leckeren seuten Likör. Anna wiarre, et holp iahme owwer niz. Viel eküert wouer nit op diam Hienwiage, et mahkere siek ock van selwer; denn hei mochte siek jo jedesmol rümmedrägen, wenn hei en paar Wöhre sagte.

Wilhelm brachte iat bis annen Kiarkhuaf. Hei stäig met ut un gong met iahme dürch dei Kiarkhuafspote. Iat dachte bie siek: „Bat well hei, hiat hei ouk ümmes hie lien?" Wilhelm schäin siene Gedanken te rohen. Hei wouer selwer ätwas verliagen. „Iek hewwe hie ne Frönd lien, met diam iek tehoupe deinet hewwe. Iek well es seihen, of iek ne nit finge." Domet gong hei links un iat rächts.

Nu stond iat am Grawe. Et was schöin terächte mahket, met Moos bewaffen un dunkelrouen Geraniums droppe. Iat woll nu blous an sienen Ernst denken; iat konn owwer de Gedanken nit twingen, niddemol Här was iat üewer siene Ougen. Dei göngen no links, do stond dei junge Buer an äinem Grawe, dian Haut in diar Hand. Iat drägere siek rümme, iat woll ne nit seihen.

„Düet es ne verluarnen Gang, wär iek doch alläine gohn", dachte iat bie siek. Ganz untefrian was iat met sief selwer. „Hie liet inke Mann?" frogere Wilhelm Kuathus. Hei stond op äinmol tieger iahme.

„Jou, hie an diar Hiege. Beckert nit wäit, dei söll glöiwen, hei här siek wat ahnedohn, so duane liet hei butenahne", sagte iat bitter. De Tränen kämen iahme, iat schiamerre siek üarndleck.

„Do muet iet nit üewer hülen", sagte hei, siene Stemme har op äinmol ne wahrmen Klang. „Bo ne Verstuarwenen liet, es heileg Land, te Stie hiat do nix met te dauhen. Bat helpet et schöndeste Iarwbegriabnis, wenn me nit met reinem Hiaten derhien gohen kann und wenn Liebe dat Graf nit pfleget."

Et war gerade, afe wenn ne Schatten üewer sien Ge=
sichte gohen wär, hei sog op äinmol viel öller ut, afe süß.

Met tränenfuchten Ougen käik Anna iahne ahn.
Bat har dei Mann? Jat was doch immer diar Mei=
nunge, hei könn siene Frau nit vergiaten un nu där
hei soun Küeren. Uewer dian ganzen Häimwiag mochte
iat siek douewer besinnen. In Meinerzen mahkere hei
siene Geschäfte geschwinde af un dann fouhern se wier
retour. Dei Schimmel leip ganz gemütleck dohien, hei
har schienbor Tied genaug. Et wouer langsam düster,
de Löchte brannte alt. Son drückend Stillesien lagte
op allen beiden. Wilhelm fong schließleck ahn te küeren.
Hei meinere op äinmol ganz unvermittelt: „Vader es
bange, iet göngen äines Dages, hei konn do bolle nit
vüar schlohpen. Blit doch im ganzen bie uns.“

„Dat liet an ink, wenn iet met mie tefrian sind,
dann bliewe iek gärne.“

„Wellt iet ink dann nit wier bestaren?“

„Bestaren? Näi, nü! Jek kann mienen Mann nit
vergiaten.“

„Jet sind uapen un ährleck, Anna, iek danke ink.
Un doch woge iek et, ink te frogen: Wellt iet miehne
Frau wären? Jek froge nit ümme miek. Denn Liebe
kann me nit twingen. Et gäiht mie blous ümme mie=
nen ollen lahmen Vader.“ Hei har de Tüegels in äiner
Hand un met diar anderen gräip hei no Annas bie=
wegen Fingern. Et gong iahme düar un düar, bo
iat dian Druck van diar kräftigen Männerhand spuarre,
teglieker Tied kräig iat soune wunderbore Ruhe in
siek. Jat dachte an dian ollen Mann, dei iat so nöideg
bruhken mochte un iat dachte, du kris wier ne Häimet.
Ut düesen Gedanken rut, sagte iat äinfach: „Wenn iet
ink ne Aihe met Achtunge, owwer ohne giegensietege

Liebe denken konnt, wenn iet domet tefrian find, dann jou, in Guades Namen."

Hei druchte iahme de Hand, dat iahme de Finger wäih därn. „Jek danke die! Bat fall fiek de Bader freuen." Dann kietlere hei dian Schimmel, dä bolle am Infchlohpen was, es gehöreg met diam Schnacken=fchnouer. Do leip dei Galopp un in ner guerren Stunne wären fe tehus.

Hiarmen kam iahme op diam Huawe intien. Hei was fo veralteräiert, de Stemme verfchlaug iahme bolle. „Guat fie Dank, dat iet ändleck do find. De Bader hiat ne böifen Ahnfall ekrien. Jek hemwe dian Dokter alt ehualet, hei es uan op diar Kammer."

Wilhelm fprung vam Bocke. „Riff dian Schimmel af, hei es naht efchwett," domet ielere hei int Hus. Bo hei no diar Kammer kam, ftond Anna alt bim Bader vüarm Berre. Dei lagte do kolt un ftief, hei konn kein Glied mähr wiegen.

„Es geht zu Ende," fagte dei Dokter. „Es ift ge=kommen, wie es vorauszufehen war, Gehirnfchlag."

Wilhelm bogte fiek üewer fienen Bader. Et konn jo nit müegleck fien, dat hei alt dout was.

„Bader," fagte hei. Siene Stemme har fonne lei=wen Klang, et gong Anna düar un düar.

„Bader, Anna wät miene Frau. Hörft du, Bader? Du has dat jo fo gärne. Jat gäiht nu nü wier fut."

Noch äinmol fchlaug dei olle Mann de Ougen uapen.

Sog hei dei Beiden an fienem Berre ftohn?

Was et nit, afe wenn ne frouhen Schimmer üewer dat follege inäingefallene Gefichte gohen wär?

Düar ne Tränenfchleier fögen Wilhelm un Anna dat olle leiwe Gefichte immer fchmaler un fpitzer wären.

Gong do nit ne Luftzug düar de Kammer? Et was kein Finster uapen un doch schuderen beide. Set spuarren de Douesnöchte.

— Vader Kuathus was dout. —

Dei Dokter was alt fut. Hei kam siek nu üewerfleuteg vüar.

„Fie muet dian Nobers Beschäid sien, dat se Vader bohret," sagte Wilhelm. Hei konn bold nit küeren van Läidmaut.

„Datt weffe nit dauhen," sagte Anna. „Vüar äinegen Dagen har iek Vader owends int Berre dohn, do sagte hei: „Wicht, wenn du mie et Berre mahkes, dann kann iek immer so guet lien." Diarümme well iek iahme ock et leßte Lager protstellen."

Do satte siek Wilhelm op dian Stauhl un nahm sien ollen douen Vader op dian Schouten. Anna wosche ne un trock iahme en lienen Hiemed met schwattem Namen, sien Brüggams= un Douenhiemed, ahn. Dat Berre betrock iat met frischen witten Betüagen un sprerre de Douenlaken drop. Dei olle Mann lagte do, ase wenn hei stille am schlohpen wär. Ganz sachte gong Anna dorut un Wilhelm was met sienem douen Vader alläine.

Johrelang was Vader Kuathus nit mähr bie de Lü ekuemen un nu kämen se van wiet un siet ümme iahne de leßte Ahre antedauen. Soune langen Liekenzug un souviel Kränze har noch niddemol de Amtmann, dä vüar kuartem stuarwen was, ehat. Op diam grouten Rüzech kämen se noch äinmol alle biäin, ock dei rieken vüarnähmen Verwandten van diar äisten Frau wären ekuemen. Se mustern Anna so kritisch, ase wenn se härn sien wollt: „Woß du diek hie int wahrme Nest setten?"

Wilhelm har van fienem Verlöbnis noch kein Wohrt efagt, ock tieger Anna was hei noch nit wier op dat Thema terüggekuemen, dei Truertied poß nit dovüar.

Am andern Dage was Anna op diar Kammer. Sat leit de Miagde nit dobie, denn folange at dei Vadett liawre, har iat fiene Kammer immer felwer in Uardnunge hollen, un nu bo hei dout was, konn iat nit verdrian, wenn andere Hänne met diam Verftuarwenen fienen Sahken ümmegöngen. Ganz vüarfichteg pock iat alles ahn, domet at fo nix kapot göng. Sat har grade dat Piepenreck in diar Hand, dat woll iat met diam Stuafdauke afputzen, do kam Wilhelm dorin. Hei fog fchlecht ut, fienes Vaders Dout har iahne gehöreg ahnepacket.

„Vat hiaft du füar ne Meuhe hat, in dian leßten Dagen. Sek kann die dat gar nit wier guet mahken," fagte hei.

„Miene Pflicht hewwe iek edohn, nix widder, do bruhket iet gar keine Wöhre üewer te verleifen."

„Set? Vat fall dat? Sek meine, fie wären äineg?" frogere hei.

„Sie wellt uns vandage nit giegenfietig wäh dauhen. Denn inke Hiate es noch wund un mie deut et ouk bitterläih. Diashalb bruhket fie uns owwer nix vüartemahken un uns Twang ahntedauhen. Sek hewwe ümme Vaderswillen fo efagt. Hei es nu dout un dei Grund es hienfälleg. Sek har mie dat ouk lichter vüarftallt, ne Aihe nämleck, ohne Liebe. In dian drei Dagen, bo Vader buan Ahren ftond, do find mie allerlei Gedanken ekuemen. Set konnt inke Frau nit vergiaten un iek mienen Mann nit. Liawen dränget owwer taum Liawen, wenn dei Douen immer tüfcher

12

uns ſtott, dann wät keiner van innerleck wahrme. Konnt
iet ink ſoune Aihe vüarſtellen? Jek nit."

„Wellt iet van mie gohn, Anna? Sall iek dann
ganz verlohten ſien? Jek füge miek in alles; denn
twingen well iek diek — ink nit." In ſiener Stemme
was Bitterkeit un Anges.

„Et kann bliewen, at et vüarhiar was. Jek well
nit äger gohn aſe bis iet wat paſſendes an miene Stie
het, un nu ſiet mie nit böiſe. Glöiwet mie, et es füar
uns beide ſou am beſten."

Tränen har iat in dian ſchöinen brunen Ougen.
Doutunglückleck ſog iat ut.

„Jek ſin ink gewiß nit böiſe, Anna. Dat äine maut
iek ink owwer ſien, trotzdiam at iek mie taueſchwuaren
hewwe, üewer miene Aihe met miener verſtuarwenen
Frau nit te küeren, wenn iet glöiwet, iek här ſei noch
nit vergiaten, dann ſied iet im Irrtum. Et giet Fälle,
bo me ennen alt im Liawen vergietet. Bat iek ink
nu vertelle, hewwe iek noch keinem Menſchen, nidde=
mol mienem Vader, vertallt. Dat ſall ink ne Bewies
ſien, bu iek ink vertrugge. De Schmach mienes Liawens
decke iek ink uapen. — Miene Frau was mie nit trügge!
Sei hiat miek ächtergohn johrelang. Miek har ſei nuah=
men, will at iek ne guerre Partie was. Bo iek ächter
dat gemeine Spiel kam, do woll iek ſei ut diam Huſe
jagen, aſe ne Rüen. Ne Höggeren üewernahm owwer
et Richteramt. In wienegen Dagen was ſei geſund un
dout. Op diam Douesberre hewwe iek iahr vergaſt, do=
met at ſei rüheg inſchlohpen konn. Mien Hiate mußte
owwer nix van Vergiewung. Van Dage liet dat alles
ächter mie, aſe ne böiſen Droum. Miene Frau liet noch
niddemol op unſem Jarfbegräbnis. Jat woll no Barmen
begrawen wären. Mie was dat rächt. Sien Graf hewwe

iek diamächter nit wier besocht. Et liet blous an ink Anna. Wenn iet vergiaten konnt, dann es nix mähr im Wiage."

„Jek kann nit", sagte iat un gong met hülen dorut.

Am Owend saht iat op siener Kommer. Dat Bild von sienem verstuarwenen Manne stond vüar iahme op me Dische. Ernst Linde stond do, in siener Kürassieruni= form, ase dat äiwege Liawen. Siene Ougen käiken so lusteg, so ungerniahmend in de Welt. Dian Schnurrbart har hei siek edräget, dat et ne Stoht was. Dat ganze Gesichte glänzere förmleck van Guetmäutegkeit.

Anna konn de Ougen nit van diam Bille wängen. De Tränen mahkeren iahme et Gesüne unklor. Et kam iahme vüar, ase wenn siek dat Bild verändert här, et nahm Wilhelm Kuathus siene Züge ahn. Dei bräie kantege Stärne, dat energesche Kinn, dei fastgeschluatene Mund un dann dei düsteren Ougen, dä emme düar un düar sögen. Do stallte Anna dat Bild wier op de Ku= moude. „Jek hewwe kein rein Hiate mähr. Jet denke jo mähr an dian Lebendegen, ase an dian Douen", sagte iat füar siek hien. „Hewwe iek dann sou äin wankel= mäuteg Hiate? Domols an diam Unglücksdage hewwe iek mie taueschwuaren, iahme äiweg trügge te blien, iahne nü, nü te vergiaten, un nu sind noch keine twäi Johr verfluaten, bo se ne mie dout ins Hus brächen, un nu denke iek alt an ne anderen. Jek well mien Hiate twingen, iek well mienen Schwur nit briaken." Met diam fasten Väarsatze schleip iat ändleck in.

Anna gaffte siek dei foigende Tied redlecke Meuhe, sien Hiate im Twange te hollen. Jat dachte an jede Anzelheit, dä iat in diam Glücksjohre met sienem Manne verliawet har. Nix ase Lecht un Sunne, kein Wölksken was an iahrem Äihehiemel ewiasen. Ernst har iahme

154

jedes Stäinecken ut diam Wiage rümet. Sei harn in iahrem Hüttken eliawet, ase Kinder im Paradiese.

Brümme mochte dat Schicksal met ruhen Hännen dat Glücke stören?

Jat har siek jo langsam dermet asefungen un was innerleck rüheg ewouren. Nu kam iahme dat Schicksal owermols üewern Wiag un rouher iahme dat Hiate ganz düaräin.

Se göngen siek giegensieteg ut diam Wiage, dei beiden. Blous am Dische sähten se tiegeräin. Wenn Wilhelm dann nom Jaten en paar Wöhre met iahme küere, rüheg un sachleck, dann kloppere Anna dat Hiate so ungestüm, ase wennt här dorutspringen wollt.

Dat was ne Taustand!

Jat wiarre siek met Hännen un Bäinen tieger dat üewermächtege Gefeuhl un konn doch nit Här drüewer wären. Glückleck was iat un unglückleck te glieker Tied.

„Un wenn iek iahne würleck leiw hewwe, bat nützet mie dat? Hei feuhlet doch nix füar miek, süß frogere miek wal noch ens.“

Im November was et un bitterkolt dobuten. De Ähre was klingelhart efruaren, do fouher Anna es wier in siene olle Häimet. Jat har, so meinere iat, Häimwäih nom Grawe un dann woll iat ock dei Stie es wier opseuken, bo iat so glückleck ewiasen was. Jat har de Miagde gut instruwäiert, dei konnen es ne halwen Dag ohne iat protwären.

Im Juge was et ouk kolt un stiefefruaren kam iat an diar Station ahn. Nu mochte iat noch ne Stunne= wiages loupen, äger at iat an Ort un Stie was. Jat gong quär üewer de Felder, iat woll nit, dat iahme üm= mes begiegnere.

Bat kam iahme dat alles so früemd, so unhäimleck

vüar. Do ftond dat kleine Bäckesken. Har iat in diam Hüttken würkleck äin ganz Johr innewuahnet?

Dei Strouhdack hong bolle op diar Ahre. De Finsterkes wären met Moos tauestoppet un de Verpuß was allerwiagen afebröckelt. Verfallen fog dat Ganze ut. Anna käik ock in dat Giartken tiegerm Hufe.

Bu fog dat blous ut?

Niddemol rümmegrawen wären de Bliake. De Bikesftöcke ftönnen noch drinne. Alles verkuemen un vernolöteget.

Anna knofte fienen Mantel fafte tau un kahr wier ümme. Bat woll iat äigentleck hie? Erinnerungen opfrifchen? „Sin iek nit dumm?" dachte iat bie fiek. „Anftatt de Giegenwart te geneiten, un Huapnunge op de Taukunft te hewwen, fpinne iek miek in de Vergangenheit in. Jek kieke terügge, ftatt vüarut. Jek könn vandage Wilhelm fiene Frau fien, iek könn", un bie diam Gedanken üewerleipet iat gleuneg häit, „womüegleck alt äin Kind hewwen." Jat gong op äinmol mol fou gefchwinde, afe wenn fe ächter iahme wiafen wären.

Nu ftond iat op diam Kiarkhuawe an fienes Mannes Graf. Jat woll fiene Gedanken twingen un konnt doch nit hingern, dat fe nom Biarkenhuawe göngen. Of Wilhelm ock dian Koffie wal terächen Tied ekrien har, of fe ock nit vergäten, in fiener Stuwe dat Füer im Gange te hollen. Dumm was et, dat iat äines dian wien Ummewiag emahket har, füß här iat dian nächften Zug taum Häimeföihren benußen konnt. Nu konn iat ftunnenlang am Bahnhuawe fitten. Jat här fiek jo te erkennen gien un met diar Bahnhuafswäierzfrau en Pröhleken hollen konnt, de Sinn ftond iahme owwer nit derno.

Wenn iat frögger vam Kiarkhuawe kam, dann drägere iat siek noch wallens ümme un schmäit noch ne leßten Blick op dat Graf. Nu gong iat owwer düart Dor ohne siek ümmeteseihen. So schnor at iat konn, ielere iat nom Bahnhuawe. Ungerwiagens begiegneren iahme twäi Frauen.

„Was dat nit Lindens Anna?" meinere dei äine.

„Jek glöiwe min Guat et was et. Donnerjo, bat hiat siek dat bekrien. Bat es dat fien im Tüge. Jat deut jo gerade, ase wennt uns nit kännte. Dat was doch süß nit so stolz", sagte dei andere.

Anna hor un sog niz. Jat dachte blous: Wär iek doch op diam Biarkenhuawe bliewen. Do säht iek wo= müegleck nu met diar Strickhuase tiegern Uan un˙ hie loupe iek in diar Welt rümme.

Jat was so unterfrian met siek selwer. Düese No= middag soll iahme dat innere Stillesien brängen, un bat har hei iahme bracht? Dei Gewißheit, dat siene Häi= met iahme früemd ewouren was. Alle Sehnsuchts= un Häimwäihgedanken wären met äinemmole stille wouern.

De Wind hafte siek un de Hiemel wouer schwat van Wolken.

Nu song et ahn met stürmen un wielen. Anna dachte met Schrecken an dei twäi Stunnen, dä iat noch te Faute te gohen har. In Hagen stäig iat ut. Dat was äin Gedränge un Gehaste. Jeder woll geschwinde unger Dahkes sien.

Bo iat ut diam Bahnhuafsgebügge rutkam, do stond do ne tauen Kutschwagen. Was dat nit de Kutsche vam Biarkenhuawe? Ganz gewiß. Hiarmen saßt op me Bocke un knallere met diar Pitsche.

„Dat driape sie jo", sagte Wilhelm Kuathus. „Nu schloht sie twai Fleigen met äiner Klappe."

Hei kam van diar anderen Siet üewer de Strohte. De Löchte schmäit iahren Schien gerade op sien Gesichte. Dat glänzere je üardentleck vüar Freude.

„Hiat hei wal ne kleinen sitten?" dachte Anna; denn sou har iat iahne noch nü eseihen.

„So sie net äies suargen, dat sie ätwes Warmes krit?" frogere hei. „Jek sin so hungereg ase ne Löiwen. Sied Middag hewwe iek noch nix mier ehat."

„Brümme dat dann nit?" frogere Anna.

„Wil at iek sotten no Middag van Hus egohen sin. Jek har dian Hiarmen taum Afhualen bestallt, ich dachte mie nämleck, dat iet met düem Zuge kämen."

„Dat konnen iet doch nit wieten. Jek kueme doch süß immer ne Zug äger."

„Dian Zug hewwe iek afepasset. Nu kuemet hierin, dat sie es en Bietken te liawen krit. Hiarmen stränge af un drink die ennen." Domet trock hei Anna an diar Hand met dorin in dat Hotel, bat diam Bahnhuawe giegenüewerliet.

Do säßten se nu, in sonner gemütlecken Ecke, an äinen kleinen runnen Dische. Anna was ganz verliagen, iat schinäire siek, ase en jung Wicht.

„Bat so sie iaten, bo het iet Lust tau?" frogere hei.

„Et gäiht ümme ink, bat iet am leiwesten het", sagte iat.

Do gaffte hei siek ant bestellen, Gebackenes un Gebroenes un ne Flasche Rüdesheimer dobie.

„Jet het wal Geburtstag", meinere iat.

„Geburtstag nit, owwer ne frouhe Stunne, dei hewwe iek. Tebus konn iek et äinfach nit uthollen. Jek sin sotten ächter ink ringegohn. De ganze Biarkenhuaf es mie läid, wenn iet nit do sind. Wicht, glöw et mie (et es hie gewiß nit d᷊ Stie, Liawensfrogen te beküren,

tehus wiekes du mie orwer immer ut), iek fin met mie
te Roe gohen Dag un Nacht, iek wäit et jo, dat du miek
nit lien mauft. Könns du et nit troz diame met mie
probäiren? Jek well diek op dian Hännen drian. Du
faß et keine Stunne berüggen. Jek hewwe diek jo fo
leiw. Wäiß du Anna, iek kann dei Wöhre nit fo
fuarmen, dat es mie nit egaft. Miene Liebe well iek
die bewiefen jeden Dag, wenn du blous „jo" fies."

„Jo", fagte iat, nix widders. Jat här ümme de
Welt nu nit mähr küeren konnt. De Kellner kam ock
gerade un brachte dat Jaten un dian Wien.

Jaten und drinken, wenn dat Hiate biaßend voll
es, dat es äigentleck ne Taumutung. Of fe viel oder wie=
neg giaten un drunken harn, dat wuffen fe nohiar felwer
nit mähr, blous dei Kellner fchmunzelere; denn dat
Drinkgeld was butergewüahnleck guet utefallen.

Et ftürmere un wägere dobuten, dat me här keinen
Rüen dorut jagen follt. Dovan kamt ock gewiß, dat
Anna im tauen Kutfchwagen fo duane an Wilhelm
ruchte. Hei har iat noch füarfüargleck in ne wahrme
Dieke hüelet un dian Ahrmen lagte hei ümme iat.
Brümme woll hei dat ock nit dauen? Hiarmen hor un
fog jo nix, dei har genaug ümme de Hand, op dei
Strohte un dian Schimmel te achen, et was jo hucken=
düfter dobuten, un dann, iat har jo ock „jo" efagt.

Bo iat nu fo duane bie iahme faht, do fong iat ahn
te küeren. Jat vertallte diam Mann an fiener Siet van
dian inneren Kämpfen dä iat düarmahket har, van diar
grouten Enttäufchung, dä iat dülen Nomiddag erliawet
har.

„Jek was vüar mie felwer op diar Flucht. Mien
Hiate woll iek twingen, diam Douen de Trügge te
hollen. Jek glofte, wenn iek an fienem Grawe ftönd,

dann här iek Trouft un Maut taum Widderliawen
efungen, owwer näi, iek mochte blous immer an diek
denken. Dei Sehnfucht no die, was ftärker afe mien
Wille. Wenn dat Sünde es, dann mag fe mie Guat ver=
giewen, iek hewwe miek harre genaug ewiart, nu hör
iek die."

„Liebecken", fagte hei, „wäiß du, bat iek alt lange
dacht hewwe? Süh es, unfe Jarwbegräbnis es fo
grout, dat räiket noch füar unfe Nokuemen. Fie lot
dienen Mann ümmeberren. Hei fall do nit länger on
diar Ahnwand lien. Tieger Vader es noch foune fchöine
Stie. Du bruhkes mie dann nit immer futteloupen wenn
du fien Graf pflegen wos. Dat dauet fie beiden dann
tehoupe. Jo?"

Do fol iat iahme ümme dian Hals un hülere van
Freude.

„Hias du miek alt lange leiw?" frogere iat.

„Jek hewwe diek leiw ehat, van diar äieften Stunne
ahn, bo iek diek fog. Glöiwes du dann, Wicht, iek här
dian Schwatten füß verkofft? Dat hiat mie Hiarmen
vandage noch nit vergaft. Du folls owwer nit jedes=
mol an dien Unglücke erinnert wären, wenn du dat
Dier föges."

„Met miener Liebe well iek die dat wier guet mah=
ken, dat glöf men." Met häiten Küffen druchte iat dian
Siegel op dat Verfpriaken.

Dat Wiar wouer immer duller. Et fogte dobuten
annen Lüen. Diam Hiarmen wouert frie wat unge=
mütleck, douan op diam Bocke.

Dei beiden glücklecken Menfchenkinder im Wagen,
dei miarkeren nix. Sei wären jo nit op diar Ahre, fei
wären im Hiemel.

Woß du dien Hiate twingen?
Du kanns et nit.
Wil at dei heilge Liebe
Doch Sieger blit.

Woß du dien Hiate twingen?
Bat denkes du?
Du finges ohne Liebe
Doch keine Ruh.

Woß du dien Hiate twingen
In Quol un Nout?
De Liebe üewerwinget
Sogar dian Dout.

Van ollen Lüen.

Dat witte Hus met dian blitzeblanken Finsters lagre midden im Garen; un in diam Garen, do wossen de schöndesten Blaumen, dä me siek denken kann. Im Fröihjohr: Schnäikiekelkes, Dusterliergen, Stärnenblaumen, Schlüetelblaumen in allen Farwen un Schattäirungen un nohiar, Pinksvillätten, äinfache un dubbelte. Im Sommer, wenn de Sunne met aller Macht schäin, dann löchteren däi Villätten, dei Füerliergen, un dei bloen un gialen Fischgestiate un Rousen blaumeren in diam Garen, ne Unmenge. Dat was ne Gerüehk un ne Farwenpracht! Do mochte emme dat Hiate bie frouh wären.

Wenn de Hiarwest kom un dat Louf an Böimen un Strühken vam greun int goldfarwege üewergäiht, dann stönnen dei Astern un Levkojen, dei Reseden un Ringelblaumen, dei Dahlien un Georginen in all iahrer Schöinheit un Buntfarwegkeit op Bliaken un Rabatten. Jedes Bläumeken har siene äigene Schöinheit, sienen äigenen aparten Duft un siene äigene Fuarm, un alles poß in dian Garen, in diame dat witte Hus, met dian blitzeblanken Finsters, stond. Ne schöine, met Greun bewassene Veranda was ümme dat ganze Hus rümmebugget un dat was guet; denn sou konnen dei ollen Frauen, däi in diam Huse iahren Liawensowend taubränget, tou jeder Dagestied en sunneg oder en schatteg Stieken fingen, but ne gerade poß.

162

Ock nu fähten iahrer twäi biäin op diar Veranda. Dei Sunne fchäin iahne fou fchöin wahrme op dian ollen Rüggen, dat där dian twäi Wiewekes richteg guet. Dat öllefte, met dian fchnäiwitten Hooren un dian fröndlecken Ougen im follegen Oltfrauengefichte knüppere fiek dian Säilenwiarmer luas.

„Et wät mie meguat te wahrme. De Sunne meint et hellfche guet düen Dag", fagte iat tau diam ollen Jüfferken, bat afe en Höipken Unglücke vüar iahme op me Stauhle faht.

Dat Julchen trock fiene verwaffenen Schullern noch ätwas fchäiwer un meinere: „Mie es et nit te wahrme. Jek freife immer. Jek möll, at iek dout wär."

„Quaterigge, dout gohn kannfte immer noch. Du faß et noch guet hewwen op dienen ollen Dag. Hie, liawefte noch äimol wier richteg op. Bo iek vüar fief Johren hie int Altersheim kam, do gefollt mie ouk ahnfangs nit rächt. Dat was mie alles fo früemd, fo ungewuahnt, un dann, iek har Häimwäih no Kindern un Kindeskindern."

„Dat kannk nit begriepen, dat diene Kinder diek hiehienedohn het. Harn dei dann kein Stieken füar iahre olle Mouder üewreg?"

„Ach, Julchen", fagte Male, „dat verftäihfte nit biater. Bo iek miek beftarre, dat es nu alt fiefteg Johr hiar, do mochte iek met miener Schwiegermouder tehoupeliawen. Fie het fe twünteg Johr bie uns ehat. Bat iek in dian Johren uteftohen hewwe, dat kannk keinem Menfchen vertellen. Fie wären immer twäierlei Meinunge. De beften Johre find mie van mienem Liawen dohien egohn. Krank was iek, van fchier Aerger= nüffe. Domols gloffte iek, fei här immer Unrächt ehat un iek immer Rächt. Bandage owwer, wennk fo üewer alles nodenke, dann maut iek mie sien: Du hias diar ollen Frau manegmol Unrächt edohn. Dat Oller süht de Welt immer met ganz anderen Ougen ahn, ase de Jugend, un dann, dat Oller hiat de Erfahrunge. Dai Jugend well owwer van diar Erfahrunge nix wieten. Sei wiart siek met Hännen un Bäinen tieger dei Belährunge. De Jugend well jo immer met me Koppe düar de Wand. Dat Aine hewwe iek ut diam Tehoupeliawen met miener Schwiegermouder elährt: „Olt un jung päffet nit biäin."

„Dien ölleste Junge hiat doch ne Fabrik un en schöin fien Hus. Do häfte doch guet bie bliewen konnt."

„Dat här iek. Hei was im Ahnfange ock en Bietken böise, dat iek int Altersheim woll. Bo iek iahme owwers alles vüarstallte, do gaffte hei mie rächt. Süh es, Wicht, dei Junge hiat en grout herrschopleck Hus. Jek passe do nit rin. Et verkährt do viel fine Lü un se giet ock fahker Gesellschoppen. Dat bränget dei Stand so met siek. Verpflichtungen, siet mien Junge dotieger. Wenn me öller wät, dann hiat met gärne stille ümme sek rümme. Wennt owwer Bisiten oder Gesellschopp gaffte, dann stond et Hus alt acht Dage vüarhiar op me Koppe un acht Dage nohiar harn se dermet te dauhen, alles wier in Uardnunge te brängen. In diar Tied was iek ne im Wiage. Se sächent nit, iek fauhl dat owwer."

„Dann wär iek an diener Stie no diam Gustav, dienem twedden Jungen egohn", meinere Julchen.

„Dat siefte so. Jek sin ock manegmol do ewiasen. Dei hiat owwer dei groute Schlächterigge. Do konnt se ne olle Frau schlecht bruhken. Wennk noch ätwas här helpen konnt. Jek hewwe owwer sid Johren de Gicht innen Hännen un kann kein Däil mähr fastehollen. Jek hewwe jo frögger immer bie andern Lüen waschen un schrubbet. Van diar scharpen Louge kritt me schließleck de Glieder voll Gicht. Bo mien Mann stuerf, do wären de Kinder no chklein un de Schwiegermouder mochte iek ouk met ungerhollen."

„Un dien Dochter, bat dian Beamten hiat? Dat hiat doch keine Kinder. Kann diek dat dann ouk nit bruhken?"

„Doch, dat woll miek gärne bie sek niahmen. Unse Anna es immer fähr guet tieger miek ewiasen. Jat hiat ne schöine Wuahnunge, de reinsten Puppenstuaen. Bat fall iek olle Mensche do? Anna un sien Mann mahket viel Reisen un Wanderturen. Wenn iek nu binne wär, dann nähmen se Rücksicht op miek un bläiwen womüegleck tehus. Dat kannk es gar nit verdrian. Un dann, mien Schwiegersuehn es en bietken vüarnähm. Dei küert nit viel met mie. Hei hiat so viel im Koppe, siet Anna."

„Un Lina, dat Jüngeste?"

„Dat wuahnet in Berlin. Jat hiat met siener Familge sien krabbeln. Sien Mann hiat Malhör im Geschäfte hat. Dei konnt keinen Jater derbie bruhken. Wennk Geburtsdag hewwe, oder wennt Christdag es, dann denket se ower an miek un schicket mie en Pakäit. Dei andern wuahnet hie jo duanne bie. Dei kuemet manegmol un beseuhket miek. Se bränget mie immer wat Guerres mit. Du sühs jo, de guerren Kröme gott mie nit op. Wiakenlang vüarhiar freue iek miek, wenn se no mie kuemet. Wär iek binne in diar Hushollunge, dann möchen sei womüegleck sou unger mie lien, at iek frögger ünger miener Schwiegermouder. Nu es bie uns alles äine Liebe un äine Äinegkeit. Jek bruhke miek nit üewer dei Fählers te ärgern, dä sei mahket un sei bruhket keine Rücksicht op miek te niahmen. Sou es uns allen eholpen."

„Bat hiaste dann nu van dienen Kindern? Do hiaste se met Meuhe un Nout opetrocken, halfdout hiaste diek earbet im Liawen un nu büste im Altersheim. Jek sin doch frouh, dat iek lieg un luas ebliewen sin."

Gewiß hewwe iek viel Last un Suarge met dian Kindern hat, bo se klein wären, owwer ock viel Freude. Vandage sin iek glückleck, dat se üarndlecke Menschen wouren sind. De Hauptsahke es, dat et dian Kindern guet gäiht. Du glöiwes gar nit, bat dat füar ne Mouder füar ne Berühegunge es. Süh, wenn miek unse Hiarguat vandage afräupet, dann sin iek prot taum stiarwen. Van ganzem Hiaten dankbor sin iek, dat iek gesund was un miene Pflicht hewwe dauhen konnt. Ganz besunders dankbor sin iek füar dian lechten Liawensowend, dian iek hie ehat hewwe. So wiet, at miene ollen Ougen räiket, seihe iek wat schöines. Süh blous dobuten dei prachtvollen Rousen, ächen op diar Rabatte, dei düsteren, met dian rouen, sammetnen Bliaren. Jek meine wallens, düet wär de Ahnfang vam Paradiese. Viel schönder kann do ouk nit sien".

„Ach", sagte Julchen, „bat büs du en spasseg Mensche. Bat du nit alles sühs. Rousen giet et doch allerwiagen im Sommer, un wenn du hie tefrian büs, dann begriepe iek diek nit. Et küemet mie vüar, ase wenn me hie inespunnen wär. Dat Jaten gefällt mie ouk nit. Bat was dat düen Middag füarn Speul. Junge Jarsen sollen dat sien no miener Meinunge. Jek hewwe owwer kein Jarste drinne fungen. Jek glöiwe, dei, dä do ümmen Kuakepott gott, dei schümet es äies et Fette van diar Suppe. Dei sind ümmesüß nit so dicke, so geil."

„Wicht, Wicht, mahk keine Revoluzutoun hie. Vanmiddag was et Jaten jo nit so ganz besunders. So

jung Krom gäiht immer so biäin im Potte un dann, es
dat dann sou wichteg, wenn et Jaten es äinmol nit guet
utfällt? Dat es mie frögger manegmol passäiert."

„Jek verlange üarndlecke Opwahrunge. Dofüar
hewwe iek mien guerre Geld betahlet. Wennt mie im
Liawen nit so drieterege gohn här, dann könn iek mie
vandage selwer helpen. Dann können se siek im Alters=
heim wat hausten lohten. Fiefdousend Dahler har iek
mie biäinespatt; denn iek sie vätteg Johr unungerbruaken
no andern Lüen gohn un hewwe do näget. Jek dache
immer, du woß sparsam sien, dann hiaste im Oller wat
te liawen. Do mochte mie dat dumme Malhör passäiren.
Mien ganze Geld hew iek verluaren, un do konn iek
wier van vüar ahnfangen te sparen."

„Dien ganze Geld hiaste verluaren? Bu hiat dat
dann tauegohn?" freig Male voll Metläid.

„Ach", sagte Julchen, un sien Gesichte wouer van
Schiamde ganz rout, „iek küere do nit so gärne van.
Jek wellt die owwer vertellen, bu dat kam. Also: Jek
hewwe alt johrelang bie Lüders enäget. Du kenns doch
Lüders, dat groute Tüggeschäft in diar Staadt. Dei
harn do ne netten Verköiper im Laden. Dei was tieger
miek immer ganz besunders fröndleck un bu dat dann
so gäiht im Liawen, wenn emme dat dumme Gefeuhl, bo
de Lü „Liebe" tieger siet, üewerküemet, dann es me
gerade ase wenn me nit gescheut wär. Jek gloffte, dei
junge Mann här miek ouk leif ehat, anders konn iek
mie sien Beniehmen tieger miek nit erklären. Jek
dumme Mensche har miene schäiwen verwassenen Schul=
tern ganz vergiaten. Hei woll en Geschäft ahnfangen
un dann soll iek siene Frau wären. Teäies woll hei
owwer en sieker Fundament ungern Bäinen hewwen.
Jek bout iahme mien Geld ahn, domet at hei siek

felbſtännig maken konnt. Hei nahm dat Geld, miek leit hei orrwer ſitten. Hei es in de Welt egohn un iek hewwe nü mier wat van iahme hort un eſeihen. Jek kann mie vandage noch de Hoor ut diam Koppe rieten, wennk dran denke. Me ſöllt jo nit glöiwen, dat et ſou ſchlechte Menſchen in diar Welt giet."

„Sie ſtille, Wicht, ärgere diek nit drüewer. Unſe Hiarguat hiat et gewiß güet met die meinet. Wenn dei Mann ſoune ſchlechen Charakter har, dann här hei diek in diar Aihe gewiß ſchlecht behandelt. Becker wäit, baſte dann noch alles häs beliawen mocht. Wenn met Geld verlüſet, dat es ſchlimmſte noch nit.

„Jek wöll, iek här dienen Sinn. Du wäß met allem viel biater prot aſe iek."

„Wenn me am Liawenſänge vam Liawen niꝗ elährt hiat, dann hiat me nit guet opepaſſet", ſagte Male. Do= met ſtond iat op un gong innen Garen. Bie diar Ra= batte, bo dei dunkelrouen Sammetrouſen oppe blörren, bläif iat ſtohn. Met ſienen biewegen, witten Oltfrauen= hännen ſträik iat ganz ſachte üewer dei keuhlen Blaumen= bliar. Jat konn ſiek nit ſaht ſeihen an diar Pracht.

Im Huſe gong de Klocke. Et gaffte Owendiaten. Do gong iat wier dorin un ſatte ſiek met dian andern an dian langen Diſch. Füar jeden har iat en leif fröndleck Wohrt. Jat ſtond ſiek met allen guet. Jat was leifleck tieger alle un nahm innegen Ahndäil an iahrer Freude un iahrem Läid.

Dei ollen Frauen, dä im Altersheim biäin wären, harn jo alle en meuhſealeg Liawen ächter ſiek. Do was dat Lowis, dat har twäi Männer un fief Kinder in diar Ahre. Jat konn faſt ut dian Ougen nit ſeihen, ſouviel Tränen har iat verguaten, füar Hiateläid. Un dann dat Lore, bat diateg Johr de Stutenkiepe drian har. Dat bar fienen Mann bie äinem Unglücke verluaren. Drei Kinder wären iahme jung afeftuarwen un twäi wären verduarwen. Uewer bei beiden leßten konn un konn iat nit rüewerkuemen. Jat wochte op en Liawenstäichen van fienen verfchollenen Kindern un konn naches nit fchlohpen van Unruhe.

Menfchenfchickfal! En Wunder es et, dat fchwahke Frauenfchullern nit drunger tebruaken find.

An äinem Mittwochowend was et, do faul fiek Male nit guet. Am anderen Owend es iat ganz rüheg inefchlohpen, ohne Kampf. Dian fröndlecken Zug har iat im Doue noch im Gefichte. Jat lagte do fo fried= leck, afe wennet efchlohpen här. Males ftiarwlecke Uewer= refte wouren van dian Kindern nohus ehualet. Dei ölleste Suehn har ne Jarfbegriafte, do wouer iat oppe begrawen.

Im Altersheim ächterleit iat ne groute Lücke. Nu harn dei ollen Frauen keinen mähr, dä fiek met iahne freuere un fei tröiftere im Trueregfien.

Frieden, äine Chrifttagsgeschichte.

In diam grouten väierstöckegen Huse wuahneren ne Tropp Lüh. Arbäierfamilgen wärent in diar Hauptsahke. Will at sou viel Hushollungen doinne wuahneren, diarümme hong ock dei Wäschgebalken Dag füar Dag, de ganze Wiake lang voll nahte Wäschge. Me mochte unger diam nahten Tüge hiarkruhpen, wenn me no Malchen Sundermanns Kammer woll. Dat waß nu gerade nit so besunders schöin un ne netten Indruck mahkere et ouk nit. Wenn me ommer dei griesgestriekene Kammerdüar uappen där, dann bläif me van Verwündernisse op diar Schwelle stohn, will at me sou wat gemütleckes un häimeleges nit ächter diar Düar vermutet har. Ne Disch, Stäuhle, en Stäuhlecken, en grout Berre met ner schöinen gehäkelten Spreie droppe, ne Nägemaschine, en Schiapken un ne kleinen Garderobenhalter, dat waß et ganze Möbelmang. Dat Inrichtunge waß ahrmsialeg un duach, alles flixtere un blänkere van Proppersien un Mollegkeit.

Büar diar Nägemaschiene saht Malchen Sundermann. Do saht iat dian ganzen Dag, bis deipe in de Nacht rin. Iat nägere Schürzen, Hiember, Blusen un äinfache Kläier füar en Geschäft in diar Staht. Nu vüar Christdag har iat ganz besunders viel te dauhen. Ne hougen Houp Schürzen mochte iat noch prot nägen, iat har kum so viel Tied, dat iat siek ätwas te iaten färreg stellen konn. Op diar Ahre spielere met allerlei

Läppkes un nem kleinen Püppken dat kleine Lieschen. Dat Wichken waß diam Malchen sien äin un alles. Do liawre iat füar un do rackere iat siek füar af. Dat Wichken har de schuld, dat iat keine Häimet un keine Ollen mähr har. Un duach konn dat Kind nix dertau.

Malchen Sundermann waß van diam Wiage afge= rohn, dian de Welt dian „Tugenpfad" neumet. Ne ganz kleinen Fähltriet blous, un duach zerstörere hei iahme de ganze Jugend, jo, et ganze Liawen. De Mou= der dei leiwe, schwahke har iahme vergafft. De Bader, owwer met siener unerbittlecken Strenge, dei jagere iat dorut. Jat mochte siene Sahken packen, niddemol Af= schäid droffte iat van diar kränklecken Mouder niahmen.

„Raus, raus", reip dei olle in siener Ähre verletzte Mann. Bu de Bader üewer souwat dachte, dat här Malchen wieten mocht. Jat hat duach so manegmol ehort, bu de Bader in ähnlecken Fällen urdäilere.

Drei Johr wären sietdiamme vergohn. Malchen waß an diam Owend ase irrsinneg vanhus eloupen. Op diam Bahnhuawe hat siek innen Zug esatt un waß in de nögeste groute Staht efouhert. In diar Tied gaffet noch keine Wohnungszwangswirtschaft un diashalf ge= reit et diam verlohtenen Wichte ock, sotten en Unger= kuemmen te fingen. Jo, iat waß verlohten, van sienen Ollen un ock van diamme, dä iat in düese Schande bracht har. Anfangs meinere iat, et här uttem Liawen loupen mocht. Bo iat owwer gewahr wouer, dat dei, diam iat vertrugget har, ne ganz schlechen Menschgen waß, do holp iahme de Stolz drüewer wiag. Bo dann sienes Liawens Noutstunne kam, dä iat so ganz alläine, ohne Mouder un ohne äinen metfeuhlenden Menschgen düar= kämpfen mochte, do har iat blous diau äinen, dian än= zegsten Wunsch:

„Guat, niem miek van diar Welt." Bot owwer Owend wouer, do lagte an siener Buast son klein molleg Wichken. Siedenwäike witte Höarkes hat un en klein seut Schmuckelmünnecken. Do waß Malchen so glückleck, ase wenn se iahme alle Schätze diar Welt int Berre lagt härn.

Nu liawre Malchen met sienem Kinne un füar sien Kind. Guat har iahme ne heilege Opgabe opegafft un iat nahm et ernst, met düeser Opgabe.

Guet waß et, dat iat sein propper nägen konn. So wouert iahme nit suer Arbet te fingen. In diam Ge=schäfte, bo iat füar nägere harn sett geschwinde rut, dat iat ne geschickte Hand har, so därn se iahme dann immer dat met, bat am genauesten holt un do wouer immer ätwas mähr füar betahlet. So har siek dat äinsame Wicht im Loupe diar Tied de Inrichtunge kofft un ock noch maneg Däil derbie, bot siek de Kammer gemütleck met mahken konn. Bat har iat in dian leßten Wiaken nit alles biäinedrian füar dat kleine Lieschen! Ne kleinen Spieldisch har iat ekofft, en Schöhpken met witter Wolle un ock noch en Püppken, bat de Ougelkes uapen und tau mahken konn. Diam Püppken har Mal=chen en rosa Kläiecken enäget un ne Haut van witter Spitze mahket. Nu freuere iat siek selwer ase en Kind, will at iat sien Kind glückleck mahken konn.

Un doch, jedes Johr ümme düese Tied har iat ne Unruhe, en Läidgeseuhl, en Häimwäih in siek, bo iat nit tieger ahn konn. Dann stond de Häimet, dat kleine Hüseken am Bahndamme, bo sien Vader dei olle Isen=biahner met diar Mouder inne wuahnere, vüar sienen Ougen. Dei Vader ne pflichttrüggen, äinfachen strengen Mann, har duach souviel Guetheit in siek, un düese Guet=heit waß ganz besunders in diar Adventstied, kuat vüar

Chriſtdag bie iahme taum Utbrüehke kuemmen. Dann waß hei ſelwer met taum Kinne wouern. Hei har füar Frau un Kind immer allerlei Uewerraſchungen ehatt.

Bu mochen dei beiden Ollen dei vergohenen Chriſtdage verliawet hewwen?

Ach, iat har jo kuem ſou viel Tied, terrächte notedenken. Iat mochte nägen un immer wier nägen. Wenn dat Riaken an diar Nägmaſchiene es ne Ougenblick ſtille ſtond, dann wouert iahme richtig unhäimleck. Dian grouten Houp Schürzen mochte iat bis Middag noch färreg hewwen. Dann mochte iat ſiek owwer noch guet tegangehollen. Guet waß et, dat dat kleine Lieschen keine Ahnſprüche ſtallte. Dat kleine Flaßköppken konn ſiek ſtunnenlang met ſiek ſelwer beſchäftegen. Iat där ſien kleine Püppken in ne olle Schauhſchachel un mahkere dat Berre im Dage ungetallte Mol.

Endleck waß Malchen prot. Iat at geſchwinde en Bietken met diam Kinne tehoupe, där dat Wichtken innen Schlohp un dann gong iat un liewre ſiene Schürzen af. Bo iat im Geſchäfte aferiaket har, gong iat noch iawen in de Hauptſtrohte. Iat woll ſeihen, bat et Chriſtkinnecken uteſtallt har un woumüegleck noch ne Kleinegkeit koupen. Bo iat ümme de Strohtenecke kam, wär iat bolle van äinem rüewerſprungen wouern.

„Süh do! Dat es jo mienſeile Sundermanns Malchen. Nä Wicht, ſüht me diek ouk es wier? Bat fängeſte ahn? Bu gäiht et die?" freig dei Mann. „O danke, bu ſöllt gohn. Me maut te frian ſien. Bu gäiht et diener Frau un dian Kindern? frogere iat. Dei Mann waß ut Malchens Häimet. Hei har en Tüg- un Spezereigeſchäft tehus un Malchens Ollen köffen viel bie iahme.

„Uns gäiht et guet. Met dienem Vader es et läider nit ſo beſunders. Hei kann nit drüewer kuemen, dat

dien Mouder so plöpleck stuerf. Ganz spasseg es hei
wouern" — in diam Ougenblicke kam de Elektrische un
dei Mann sprung drin. „Lott die guet gohn Wicht",
reip hei bim Instiegen.

Et waß diam Wichte temauhe, ase wenn de Hiemel
op iat esallen wär. Jat leip un sprung de Lüh bolle
rüewer. Bo iat op siener Kammer ahnkam, do soll
iat vüarm Berre inäin un hülere taum Guaterbarmen.
Ne lange Wiele lagte iat sou un dann kam op äinmol
ne innerlecke Ruhe, en Kraftgefeuhl üewer iat. Et waß
iahme gerade ase, wenn sien doue Möiderken iahme dian
Wiag ewiesen här. Ganz dütleck har iat et ehort midden
in sienem Hülen, iat kannte duach Mouders Stemme.

„Goh no dienem Vader, hei hiat de Hiatensdüar nu
uapen, min Wicht."

In diär düstren Stuawe saht dei olle Sundermann,
dian griesen Kopp har hei in dian Hännen vergrawen.
Hei saht do un sunnte und sunnte un har dobie ne
innerlecken Kampf te bestohn. In drei Johren har
hei Tied ehat üewer menschlecke Versählungen und Ju=
gendverwirrungen notedenken. Ueweralle, bo hei bie
Menschen kam, do hor hei, dat irgendwat in diar Fa=
milge waß. Äiner waß mäiestens dertüscher, dä siek
selwer un dian andern wäih där. An keiner Stie sung
hei en rein Glücke. Schuld un Fählers, Lichtsinn, Un=
duldsamkeit und Lichtglöiwegkeit schmäiten iahre Schat=
ten üeweralle. Füar maneges waß iahme im Loupe
diar Johre en Verständnis opegohn. Sien Hiate har
siek eändert. Hei sog met dian Ougen diar Menschen=
liebe un hei wußte, dat hei vüar sienem Hiarguat nit
bestohn konn. „Becker hiat miek taum Richen insatt?"
freig siek dei olle Mann in stillen Stunnen. „Hiat miek
unse Hiarguat verurdäilet? Hiat hei mie diashalf mie=

174

nen leiwen Aihekameraden enuahmen, will at iek mien
äigen Fläisch un Blaut verstott hewwe?"

In leßter Stunne har hei siener Frau eluawet, siek
no diam Wichte ümmeteseihen un siek met iahme te ver=
drian. Dat har iahme ne Kampf ekoss[et, iahr dat te
luawen un nu saßt hei do un besunnte siek, bu hei sien
Verspriaken inlöisen könn. Hei wußte jo noch nidde=
mol bo iat waß.

Gong do nit de Husdüar uapen? Kam do nit
enner düar dian Flur? Dei Olle stoņd op, stahk de
Lampe ahn, dä buam Dischge hong un dann woll hei siek
dobuten ümmeseihen. Do kam ätwas op ne tau, son
klein Lillipüttken im rouen Mäntelken met me rouen
Müschgelken, bo blonde Löckskes ungerhiarkäiken. Un
dat kleine Menschgenkinnecken leip op dian ollen Mann
tau un holt siek faste an sienen Fäuten. Dei kräigent
Biewen in siek. Hei mochte siek oppen Stauhl setten
un dat kleine Dingen kroup iahme sotten oppen Schou=
ten un lagte dian Kopp anne. Malchen bruchte gar nit
viel te sien. Dat kleine Lieschen har de Brügge schlahn
van äinen Hiaten taum andern.

Am andern Muargen brannten in diam kleinen
Isenbiahnershüseken de Lechter am Christboum. Dian
har dei Olle owends lahte, bo dat kleine Plappermüh=
lecken ändleck stille stond, noch ehuallet un epußet. Dei
olle Mann har met sienem Kinne Frieden eschluaten,
de Häimet stond iahme wier uapen. Nu waß Frieden
im Hiaten — un Frieden op Ahren!

Maria Stäins Sünde.

Et hong ne düstere Wolke buan diam Stäinshuawe. Se har alt lange drügget, un an äinem Sommernomidbage gong dat Gewitter luas.

Kaspar Stäin, dei Buar vam Stäinshuawe, gong unrüheg in diar Stuawe op un dial. Hei was soiawen ut diar Staht ekuemen un do harn se iahme so viel nigges vertallt, dat iahme de Galle sähno üerwer loupen was.

„Kuem iek me drächter, dann flüget iat dorut, do kannt siek op verlohten. Wennt noch ne Buernjungen wär, minetwiagen ock strackfut ne Fabrikarbäier, dann wärt noch äin dauhen, owwer ne Kumälgenspieler. Hiat dat Fraumensche dann gar kein Ahrgefeuhl im Liewe? Soiawen es mie de Bäckers Anton begiegnet. „Nu Vader Stäin", sagte hei so splieteg, „sind iet in diar Staht ewiasen? Het iet dian Schwiegersuehn spielen seihen?" „Bat Schwiegersuehn, bat spielen?" frogere iek so dumm. Do gafte siek dei Anton ant lachen und meinere so drietreg: „Dat es äinerlei, inke Hulda well owwer es de Rasse veredeln. Ne Theaterspieler het iet doch noch nit in diar Familge hat. Uewregens Kasper, nix füar unguet, inke Hulda hiat ne netten Gefallen; denn se siet, et wär ne pickfinen Kähl. Jat woll jo immer gärne ennen te Piarre. Nu hiat iat wat vüaraf un iet konnt, wennt wellt, immer ümmesüß int Theater gohn."

Do hewwe iek diam Bäckers Anton ennen an de Muhle gaft, dat iahme de Tiane rappleren. Wenn hei wat well, dann kann hei miek dervüar fingen, dei Grout= hals. Bo blit Hulda rümme? Iek hewwe iahme duach Beschäid eschicket, iat söll dorop kuemen. Guat sie iahme gnädeg, wenn wat wohres an diar Sahke es."

Marjanne Stäin, Huldas Mouder, biewere an allen Knuaken; denn wenn Kasper in de Bousheit gereit, dann kannte hei siek selver nit. Wenn Marjanne ätwas diplomatisch ewiasen wär, me hiat jo äinege Frauen, dä so schlau sind, dann här iat dian Opperegten met guerren Wöhren berüheget. Iat gaffte siek ommer ant lamän= täieren un schannte noch härder ase Kasper.

„O Här, o Här, bat muet de Lü wal sien? Wenn dat Schultens Male gewahr wät, dat driet uns düar Land un Kiarspel. De Lü het sou alt so viel an diar Muhle hat, dat sie unse Hulda in Pangsioun eschicket het."

„Dat was ouk sonne Infall van die", schannte Kasper, „Rosinen hiaste me innen Kopp esatt un dann, dei Löiperigge int Theater jede Wiake. Bildunge soll iat lähren, na wachte, iek strieke iahme de Döine ut diam Koppe."

Bie dian leßten Wohren was Hulda Stäin dorin ekuemen. Iat schout inäin, bo iat dian Vader sou schännen hor. Hulda was äin grout schöingewassen Wicht. Dat Gesichte was nit besunders schöin, wenn me ommer dei langen goldblonden Flechen un dei bloen, deipgrünnegen Ougen sog, dann sollen emme dei unregel= mäßegen Gesichtszüge gar nit widder op.

„Bat soll iek, Vader?" freig iat.

„Dat saste wal sotten gewahr wären. Kuem es hie duane bie miek un kiek mie es in de Ougen, un dann de Wohrheit gesagt. Hiast du wat met me Kumälgen= spieler te dauhen?

„Jou Vader", sagte Hulda un satte dian Kopp innen Nacken.

„Wat?" Kasper un Marjanne reipent teglieker Tied.

„Do sall dann doch äin Gewitterdonnderkiel drin= schlohn! Jou siefte?" Dobie pock hei dat Wicht annen Schullern un schurre iat hie und hiar.

„Vader", sagte Hulda, „brümme büs du dann sou böise? Du kenns iahne jo gar nit."

„Wiane?"

„Dian Schauspieler Harry Walter, mienen Brüg= gam. Jek lohte nit van iahme, dat schwiar iek die tau. Läie wöier et mie dauhen, wenn iet nit inverstohn wären, iek sin owwer siefuntwünteg Johr un lohte mie do nig inne sien."

Dat gafte ne Kampf tüscher Vader un Dochter un böise Wöhre wouern in diar Opregunge sagt. Wöhre, dä bim Erinnern noch no Johren ase Füer brianet. Marjanne kreitere ouk dotüscher, anstatt anäintebingen met vernünftegem Küeren, hissere un stüekere iat noch derbie. Et fählere nit viel dranne, dann här Kasper Stäin siene vollwassene Dochter schlahn. Doüewer kam Emil, Huldas änzegste Broer dorin.

„Wat es dat hie vüar ne Ummestand? De Lü blit so op me Wiage stohn."

Bo hei nu hor, bot siek ümme handlere, do meiner hei ouk: „Hulda, Hulda, dat üewerlig die owwer doch noch äies terächte. Sou Schauspielers, dat es mäiestens lichtsinneg Volk. Dei fleiget van äiner Blaume no diar anderen un nippelt hie un nippelt do. Jek glöiwe nit, dat dat wat füar diek es, sou wat Unsiekeres."

„Du meines et guet Emil", sagte Hulda un de Tränen flöiten iahme üewer de Backen raf. „Jek kann owwer nit mähr terügge, wenn iek ock wöll."

Do schreiere Marjanne hart op: „Du Fraumensche, du, du . . ." iat woll noch wat sien, de Stemme schnappere iahme owwer üewer, dann gräip iat met beiden Hännen ant Hiate und soll rüewer.

Emil draug sien Mouder, sei was äin klein licht Persöinecken, int Berre. Hei kannte dat, wenn se soune Taufall kräig, dann mochte sei kolle Opschliage op et Hiate hewwen. Denn sei hat alt sied Johren met diam Hiaten te dauhen. Opregunge was Gift vüar sei, sou sagte de Doktor.

„Dien Mouder brengeste in de Ahre, du — — (me kann dat fläzege Wohrt nit wier gien, bat Kasper Stäin in siener Opregunge sagte).

„Niem dat Wohrt terügge, Vader", reip Hulda, iat biewre an allen Gliedern.

„Wenn du noch nit bolle mahkes, dat du mie vüar Ougen diene küemes, dann vergriepe iek miek an die. Dorut met die! Nit mähr seihen weck diek!"

Do gong Hulda dorop no siener Kammer. De Tränen kämen iahme met Gewolt. Uewert Berre soll iat un hülere, dat iat schnuckere. „Bat nu?" frogere iat siek immer wier. „Ase ne Rüen jaget se miek dorut, bat hewwe iek dann verbruaken? Jek hewwe ne Mann leiw, dä nit van unserer Art es. Hei pässet nit bie uns, dat wäit iek selwer. Fröget do owwer de Liebe no? Emil krit doch de Fabrik un dian Kuaten später. (Stains, dei olle un dei junge, harn son klein Fabriken= wiark tegange, Kleinisenwaren wouern do fabrizäiert. Frögger was et blous ne kleine Schmitte wiasen, Emil har owwer alles vergröttert un nu beschäftegeren se

äinege Arbäiers. Op diam Kuaten konnen se drei Käuhe
hollen. Arbet harn se do also in Hülle un Fülle.)
Wenn iek ock ne guerre Utstüer hewwe un womüegleck
später noch ätwas iarwe, diaswiagen hiat Harry miek
owwer nit leiw, dat wäit iek ganz bestimmt. Jek maut
met iahme küeren, hei maut mie roen un helpen."
    Hulda nahm nu ne grouten Reisekoffer un gafte
siek ant inpacken. Wäsche, Tüg un Schauh un äinege
Kleinegkeiten, dann trock iat sien Sunndagskläid ahn,
där ne lichten Mantel drüewer, satte en klein äinfach
Häueken op un stahk sien Sparkassenbauk in de Taschge;
bat was dat guet, dat iat immer sou espatt har, äinege
dousend Mark har iat biäin, dei sollen iahme nu guet
kuemen.
    Emil un de Vader wären in Mouders Schlohp=
stuawe, diashalf konn Hulda ungesehen ut diam Huse
gohen. Bo de Husdüar ächter iahme taufoll, do was
et iahme gerade, ase domols dian äiesten Menschen, bo
se ut diam Paradiese driewen wouern. Jat bäit de
Tiane opäin, ümme dian Schrei te ungerdrücken, dä
iahme üewer de Lippen woll. So schnor at iat met
diam schworen Koffer konn, gong iat üewer dian Huaf
un dann langes dian Garen. Dei Tränen mahkeren
iahme alles düster vüar Ougen, et was grade, ase wenn
iat ne dichten Schleier vüar siek ehat här. Trotzdiam
mochte iat owwer noch äinmol innen Garen kieken. Dei
Garen, dat was süß sien äin un sien alles ewiasen. Bu
manegen Schwäitdruapen har iat drinne verguaten. Kein
Spitzken Unkrut was drinne un Kröme wössen do, so har se
keiner rüm un dümme. Butenlanges wären schmale
Blaumenbliaker met dian schöndesten Blaumen, dä me
siek denken konn. Rundümme de Laube wössen Schling=
rousen, un Rousenböimeckes stönnen op dian Ecken

annen Bliakern. Dei Roufenduft har ock de Schuld, dat Huldas Sinne fiek äines Naches verwäiert harn, bo iat met fienem Leiweften in diar Laube fiaten har. Roufenduft un häite leidenschaftlecke Wöhre harn iahme dian Willen elähmet.

Berüggere iat dei glückdürchlöchte Stunne?

Näi, iat berüggere nix.

Langes de Kauhweihe gong iat. Life, Bleffe un de Goldblaume lächen do im faftegen Grafe un käueren. Se harn fiek dicke faht efriaten; denn dat Gras was fo houge, me härt mägen konnt. Bo Hulda verbie gong, ftönnen fe op, fe gloffen, iat här fe häime hualen wollt. Se ftähken dian Kopp dürch dian Tun un iat fträik ne noch äinmol üewer dat glänzende Fell.

„Becker melket ink wal düen Owend, wenn iek nit do fin?" dachte iat wäihmäuteg.

Twäi Stunnen mochte iat noch te Faute gohen bis no diar Staht. Iat här jo met diar Bahne föihren konnt, de Ungeduld dräif iat owwer vüaran un de Zug fouher äies lahte am Owende. Dian schmalen Fautpad schlaug iat in, dä dürch de Felder no diar Schüfäih fouher. Dei Stäinshuaf lagte nämleck affiets vam Wiage, im Wiefendahle. Noch äinmol käik fiek Hulda ümme un nahm dat leiwe Häimetsbild in fiek op. Äin Bild taum molen was et, dat groute propere Stäinhus met dian fpeigelblanken Finfters. Dei Sunnenftrohlen föngen fiek in dian Ruten, dat was äin Löchen un äin Flixtern. De ganze Häimet fog ut, afe wenn Gold drüewer hangen här. Un Hulda ftond do, de Ougen voll Tränen un't Hiate voll Läid un Anges.

Anges har iat vüar dian nächften Stunnen; denn iat fchiamere fiek vüar dian te trian, dei iat in düefe

Loge bracht har. Wenn hei iat nit met uapenen Uhr=
men in Empfang nähm, hei konn wallens soun afwie=
send Gesichte opsetten, sou van uan raf konn hei ümme=
sen ahnkieken. O, iat was fienfeuhleg. Bo sei et leßte=
mol biäinewiasen wären, do har iat iahme sagt, et
wär Tied, dat hei met sienem Bader küere, sei dröffen
nit mähr lange wachen, do har hei soune afwiarnde
Handbewiegung emahket, grade ase wenn hei wat Lä=
stiges här verjagen wollt. Gar keine richtege Antwort
harre tahme gaft. Alle Bedenken har hei iahme wiage=
küssel.

Wärt doch Owend, dat iat bie iahme wär.

Dei Koffer wouer diam Hulda je länger, je schwöd=
der. Hei trock iahme de Uhrmen bolle ut dian Gelen=
ken un doch was iat frouh, dat iahme nümmes begieg=
nere, dat iat nit Rede un Antwort stohen mochte. Ne
Ougenblick woll iat siek es annen Schuhsäihauwer set=
ten. Iat konn äinfach nit mähr. Do hor iat op äin=
mol Schrie op siek tau kaumen. Hulda drägere siek
rümme. Iat woll diam jungen Wichte, bat do kam,
nit int Gesichte kieken, dat Wicht kam ommer op iat
tau un lagte siene Hänne üewer Huldas Ougen.

„Roe, becker düet es," sagte iat met leiwlecker
Stemme.

„Maria, du?" reip Hulda un soll diar Fröndin
ümmen Hals. „Jek glöiwe, diek schicket mie unse
Hiarguat, iek sin jo bolle am vertwiweln."

„Bu sühs du ut? Bat het se die dohn, du ahrme
Dingen?"

Maria Boß was Huldas beste Fröndin un Emil
Stäins Brut.

„Wenn du wüsses, wenn du wüsses, Maria, du ver=
achteres miek," sagte Hulda. Iat druche sien tränen=
nate Gesichte in Marias Hänne.

„Jek verachte diek nit, un wenn du ennen doutesdlahn häs. Jek wäit, dat sie wal taum oprichen, owwer nit taum richen in diar Welt sind. Vertell mie es, bat diek drücket, dann wät et die lichter."

Do vertallte Hulda diar Fröndin van sienem Liebesglücke und =läid. Jat vertallte van diam böisen Strie un dat iat nu keine Häimet mähr här.

„Sieg es Hulda," meinere Maria, „meineret dian Brüggam ährleck met die? Sie nit böise, dat iek sou dumme froge, et es blous, will at hei Schauspieler es. Me hiat do alt so allerlei van ehort."

„Wenn iek dat sieker wüßte, dann wär iek rüheger. Mie sind in diar leßten Stunne Bedenken ekuemen. Emil twiewlere ouk drane. Düese Owend bränget de Entschäidunge, dann wäit iek, bo iek ahne sin."

„Jek möchte die jo äigentleck böise sien," sagte Maria. Jat sträik dobie met sienen kleinen fasten Hännen Huldas Hoor terächte, dä unger dem Häueken luas ewoueren wären. „Du büs miene leiweste Fröndin un teglieker Tied wäste miene Schwärgersche, un doch hiaste mie van allediame nix vertallt. Es dat rächt? Wenn mie souwat passäiere, dat könnk begriepen, will at iek ganz anders veranloget sin, ase du. Jek sin nit so schworbläuteg. Bu es dat tauegohn, dat düese Liebe diek sou ut Rand un Band ebracht hiat? Du käikes doch süß keine Mannslüh an. Dei Junges sächen jo immer, du häs dienen Namen nit ümmesüß, du häs ne Stäin, bo en anderer en Hiate här. Wäiste noch? Beckers Anton woll diek es äinmol van diar Kiarmisse nohäime brängen. Do hiaste diek häimlecke futemahket un iahne do stohen lohten.

Dei hiat nohiar kein guet Hoor an die lohten.

Bu büste äigentleck an düen ekuemen?"

„Vüargen Winter was in diar Staht äin Theater,
do hewwe iek iahne taum äiſtenmole ſeihen. Hei ſpie=
lere do in äinem Stücke de Hauptrolle. Iek ſin jede
Wiake äinmol drin egohn. Iek mochte dat. Bat miek
dohien dräif, was ſtärker, aſe mein Wille. Nu gäſten
dei Spielers düen Sommer äinegemole äin Gaſtſpiel,
do ſin iek wier derhien egohn. Nit ümme dat Spiel,
näi, ümme iahne. Iek konn iahne nit vergiaten. Siene
Stemme, ſien Spielen. Dag un Nacht was ſien Bild
vüar mienen Ougen un ock im Droume ſog iek nix
anderes. Will at iek iahne nu immer ahnkäik, iek konn
jo gar nit anders, begiegneren ſiek unſe Ougen ſchließ=
leck. Hei ſagte immer, miene Ougen wären Magneten,
dei härn iahne ahnetrocken. Selege Stunnen kämen
nu füar miek. Hei brachte miek häime, denk die es,
twäi Stunnes Wiages! Un bat hiat hei mie alles
eluawet! De Stärnen vam Hiemel woll hei mie raf=
hualen, wenn iek iahme hören wöll. Iek hor iahme,
met Leib un Seele. Iek was jo nit mähr iek. Blous
in iahme liawre iek noch. Me ſiet wallens, et wär aſe
ne Sturmwind, et häfte emme met Gewolt van diar
Ahre un dräg emme bis innen Hiemel. Dat well iek
die ſien, Maria, un wennt hiemet am Ange ſien ſöll,
wenn hei miek nit niemet, wenn iek düet Glücke, bat
hei mie gaſt hiat, met diam Doue betahlen ſall, iek
berügge nix,“ ſagte Hulda.
    „Hie kannk nit van metküeren,“ ſagte Maria.
„Wäiſte, dien Brouer Emil, dei giet mie nix teroen op.
Hei es immer egol guet un egol leiwleck tieger miek.
Wallens, wenn hei ſo rüheg tieger mie hiargäiht, dann
könn iek ne ſchürren un düaräindauhen. Du bruhkes
gar nit dran te denken, dat bie uns äinmol wat paſſä=
iert, kolt aſe ne Rüenſchnute es hei. Äigentleck es et

jo guet jou; denn wenn fie beide brännten, dann jöllt wal ümmetied en jchöin Füerwiark giewen. Wäifte Wicht, iek kann blous diene Mouder nit begriepen. Jahr äigen Fläifch un Blaut doruttejagen, do hört doch alt wat tau. Hiat dei Frau dann kein Hiate?"

„Sei es immer jou spajjeg ewiajen. Mien Bader hiat ouk nix te lachen bie iahr hat. In dian Johren hiat jei et ant Hiate un an de Nerven ekrien un domet et ganze Hus drangjaläiert. Wenn nit alles no iahrer Piepe danzere, dann krit jei ne Taufall. Alles maut jiek ümme iahre Krankhet drägen un iahr twedde Gedanke es: Bat jiet de Lü? Du wäs ouk noch wat utftohen, wenn du aje Schwiegerdochter int Hus küemes."

„Bat jiet dann Emil dotau? Löt dei jiek ouk jou am Bänneken leihen? Hei es doch achtuntwünteg Johr," frogere Maria.

„Unje Emil es nit strietjüchteg. Hei kannt ganz guet met iahr. Hei deut iahr owwer ock allen Willen. Dian hiat jei viel leiwer aje miek."

„Jek glöiwe, Emil es ne olle Huaje, na, iek well ne wal munter mahken. Doch nu kuem Wicht, jüß wät es uns te frouh Owend. Jek woll no unje Anna. Düeje Nacht bliewe iek bie diame. Dian Koffer weffe es tüfcher packen. Süh do, dat driape je jo. Do küemet Benders Jup met diam Mialkwagen. Diame weffe en klein Drinkgeld giewen, dann niemete uns metjamt diam Gepäcke met."

Op dei Art kämen dei beiden Wichter noch vüar Düfterwären in diar Staht ahn. Je nöger at je ant Ziel kämen, defto ftiller wouer Hulda. Maria woll

iat met ſiener Küerigge opmuntern, et greit iahme
omwer nit, do ſträihk iat iahme terleßt ganz ſachte
üewer dei kollen ziedregen Hänne, aſe wenn ne leiwe
Mouder iahr Kind berüheget.

Es was ne wahrmen Juliowend, diam Hulda
gong omwer ne kollen Schueder üewer de Hut.

In diar Bahnhuafsſtrohte har dei Schauſpieler
Harry Walter äin möbläiert Zimmer. Hulda ſagte
omwer: „Fie wellt wachen, bit at et düſter es. Jek
ſchināire miek, am lechten Dage dohien te gohn. Fie
wellt dian Koffer ſolange hie ſtohen lohten un äies
in de Stahdt gohn, dotüſcher wät et ſo langſam
düſter.“

„Täies weffe es ſuargen, dat Du es en Bietken
te liawen kris. Du ſühs jo ut, aſe wenn Du ümmefallen wölls. Jek wät hie ne Konditorigge, do krit
me ſo guerren Koffi.“

Hulda gong met, iahme was alles äin dauhen.
Jat har blous dian änzegen Gedanken: Bat bränget
die de nächſten Stunnen? Bo blis du düeſe Nacht?

In diar Konditorigge wären kleine Marmordiſchel-
kes. Jedes Diſchelken ſtond in ſonner Niſche ganz
verſtoppet. Dat was ſo rächt wat füar twai, dä gärne
alläine ſien wollen. Dei beiden Wichter ſätten ſiek in
de ächeſte Niſche, do konn ſe keiner ſeihen. Et wären
omwer widders keine Lü drinne. Op äinmol hor me
munter utgelohten Lachen. Ain Här un ne Dame kämen
dorin. Dei ungerhöllen ſiek ſo unſchinäiert, aſe wenn
ſei ganz alläine in diar Welt ewiaſen wären.

„Alſo morgen reiſen wir, Liebſter. Gott ſei Dank,
daß wir aus dieſem Neſt herauskommen! Weißt Du,
Schaßerl, es iſt wirklich eine Zumutung, daß wir die-
ſen Banauſen hier Kunſt verzapfen müſſen. Da ſind

mir die Rheinländer doch lieber. Paß auf, heute abend himmelt Dich Deine Hulda wieder mit ihren wasser= blauen Augen an, ich mein immer, ich müßt mich tot lachen, wenn ich dieses Bauernmädel sehe," sagte dei Dame, dobie lachere sei hellop.

„Bist wohl gar eifersüchtig auf diese Unschuld vom Lande, Mausi? Laß dem Tierchen doch sein Pläsier= chen. Gib mir lieber einen Kuß, den ersten für heute", sagte dei Här.

Bie diam äinen Kuffe bläif et nit, dat konn me do ächen in diar Nische, bo dei beiden fähten, ganz dütleck hören.

„Loh miek dorut, iek erfticke," fagte Hulda. Jat was fou witt afe Kalk an diar Wand.

Maria fog dei Fröndin ahn, un do gong iahme äin Lecht op. Jat biewre van Empörunge.

O, dei Schuft, dei Schuft. Jek gohe dovüar hien un fchlohe ne frack int Gefichte."

Maria här dat in fiener impulfiven Art ganz ge= wiß edohn. Do was Hulda owwer deijenege, dä dian Verftand nit verlous. „Kuem, mahk die de Hänne nit drietereg. Fie wellt gohn."

Huldas Stemme lurre grade, afe wenn me an ge= sprungen Glas fchlöt un doch, bo iat an diar Nische verbie gong, do draug iat dian Kopp fo houge, afe ne Küenegin.

Maria was et owwer nit müegleck, fou verbie te gohn. Bo iat an dian beiden verbiekam, dä do fo zärtleck am fchmufen wären, do fagte iat: „Der größte Schuft im ganzen Land, das ift und bleibt der — Komödiant — Harry Walter."

„Was unterftehen Sie fich?" brufere dei Schau= fpieler op.

„Genügt es so nicht, dann will ich es Ihnen schriftlich geben. Im Übrigen, wenn Sie mich belangen wollen, Maria Voß ist mein Name. Ich bin die Freundin der Unschuld vom Lande", domet gong iat dorut.

Bat dei Schauspieler sagte un bat hei dachte, me wäit et nit. Of iahme nit doch de Schiamede int Gesichte stäig?

Of siek nit dat bietken Gewieten, bat hei har, bie iahme mellere?

Dobuten pock Maria Huldas Hand ganz faste un dat was nöideg; denn dat groute starke Wicht biewre an allen Gliedern. Se göngen no diar Bahne.

„Bo woß Du met mie hin? O Guat, es dann hie nirgends äin Wahter, bo iek inspringen kann? Lo miek luas, iek kann, iek well nit mähr liawen."

Hulda was ganz buter siek. Iat wußte nit, bat iat küere un där. Guet was et, dat Maria dian Kopp nit verlous. Iat mochte op alles achtgiewen in diam Gedränge; denn de Zug stond taum Afföiheren prot. In Hagen mochten se utstiegen un nom anderen Bahnsteige gohn. Bis dohien har Hulda in äiner Ecke im Kopee esiaten. Kein Laut was üewer siene Lippen ekuemen. Iat sog ut ase ne Lieke so wit, ganz verstäinert was iat.

„Kuem, Hulda, dat sie dian anderen Zug noch krit", sagte Maria.

„Bo woß Du met mie hien? Mahk die doch nit sou viel Ummestänne ümme miek."

In diamselwen Ougenblicke kam op diam anderen Geleise ne Schnellzug ahn. Här Maria do nit so guet opepasset, dann wär wat Schreckleckes passäiert; denn Hulda sprung ase irre op un woll siek unger

dian Zug schmieten. Maria was owwer op alles ge=
faßt. Sat laus in diam Gesichte Huldas ase im
uapenen Bauhke. Läid, Schiamde un Vertwiewelung
stond do ganz dütleck oppe schriewen. Diashalf holt
iat dat unglücklecke Wicht met beiden Hännen terügge.
Hulda kam wal taum Fallen, owwer tieger dian Zug
un nit drunger. De Lü harnt kuem emiarket, se gloffen,
dat Wicht wär uteglieten.

Bo se ändleck im Zuge sähten, do harn se en
Kupee füar siek alläine. Maria har ock twedde Klasse
löiset, blous ümme unschinäiert te sien. Nu satte iat
siek duane tieger dat ziedernde Wicht un nahm diame
siene iskollen biewegen Finger in siene kleinen, fasten,
liawenswahrmen Hänne.

„O, du du! Bat wolles du mie ahndauhen un
die selwer? Kuem, hüle diek ut, un dann well iek die
ock vertellen, bo iek diek hienbränge. Du schlöhpes
vanowend un wenn du wos, jeden anderen Owend
im wäiken Dunenberre, do garantäier iek die vüar.“

Hulda schurre am Koppe. „Häs du miek doch ge=
währen lohten, dann här iek nu alt alles üewerstohn.
Stell diek doch es blous an miene Stie. Keine Ollen,
keine Häimet, keine Liebe un ock keine Ahre mähr!“

Sat schreiere dat leßte förmleck dorut un dobie hülere
iat, taum Guatserbarmen.

Maria kämen die Tränen ouk. Sat nahm siene
Fröndin duane innen Ahrmen un sachte leiwe, tröst=
lecke Wöhre tieger iat.

Bo Hulda siek es richteg utehület har, do was iat
rüheger un nu sagte Maria: „Wäiste, bo iek diek hin=
bräge? No Möihne Linde in Iserlouhne. Paß es op,
bat dei siek freuet!“

„Meines du? Jek glöiwe nit, dat fie diar geliagen kuemet, denk es, bat dei olle Frau in dian leßten Johren alles metemahket hiat, dei es doch sieker reinewiag vertwiewelt."

„Du kenns Möihne Linde nit, süß wöiers du anders küeren."

„Sei hiat in Tied van drei Johren iahre drei erwassenen Kinder un ock dian Mann verluaren. Ihren heilegen, lebendegen Guadesglouben, dian hiat sei owwer behollen. Dei giet iahr Kraft taum Drian un taum Widderliawen. Bo iahr tejohren dat leßte Unglücke üewerkam, de Oihme was in diar Fabrik verunglücket un kuate Tied drop estuarwen, do sin iek met miener Mouder fotten derhin efouhert, ümme sei te tröisten. Möihne Linde was owwer sou gefaßt, alles uardnere se ahn tau diar Begriawnisse un äger at de Sarg tau emahket wouer, gong sei noch äinmol dorin in de Kammer, sträihk diam Douen sachte üewer dei ingefallenen Backen un sagte: „Schlohp guet, Gott= lieb, op Wierseihen."

Mouder un iek mochen douewer so furbar hülen, do pock sei uns beide an diar Hand, gong met uns dorut un tröistere uns — sei uns!

Sie het tehus immer Möihne tieger sei esagt, se was äigentleck blous Mouders Nichte. Ban unser gan= zen Verwandtschop es sei mie owwer et allerleiweste. Nu kuem, Wicht, drö ige die et Gesichte af, sie muet fotten utstiegen."

Ne Stunne drop säßten dei beiden Wichter in Möihne Lindes gemütleckem Stüawen in Jserlouhne. De Möihne, en olt Wieweken tüscher zäszeg undziewen= zeg, was so unmäuteg, ase ne Kluckhenne met äinem Küken. Bat brachte se nitt alles op dian Disch: Selwst=

gebackenen Puffert un allerhand Hartgebäcke, schöine Mandelbeschütter un Burgerbritzeln.

„Möihne, Möihne, bat strenges du diek ahn. Bu kümemeste an alle dei guerren Sahken?" frogere Maria.

„De Lü sind alle so guet tieger miek, de äine giet mie hie wat un de andere do. Büarge Wiake har iek mienen Geburtsdag, do was et reinewiag te dull un te arg. Bat es dat guet, dat iet ekuemen sind, süß wären mie dei Kröme noch dröige woueren", sagte de Möihne so schelmesche.

Bo se nu dian Koffi oppe harn, do sagte Maria: „Möihne, sie het en grout Ahnlien an diek. Jek wöll, du könns uns helpen."

„Gärne, wennt in mienen Kräften stäiht. Bat es dann?"

Maria vertallte nu, bu et diam Hulda gohn har. Ban sienem Häiteläid, sienem Unglücke un siener Vertwiewelunge.

Do stond dat olle Möiderken op, trock dat hülende Wicht an siek un sagte: „O, bat sin iek frouh, dat du dian Wiag no mie efungen hias. Du saß hie ne Häimet hewwen, du ahrme Kind. Bat meinet et de liebe Guatt doch so guet met mie. Düese Dage was iek wallens sou verdreitleck, will at iek nix mähr te pflegen un te suargen hewwe. Ganz üewerfläuteg kam iek mie vüar in diar Welt. Bat es dat guet, dat du hie büs."

Do horen Huldas Tränen op met fleiten. Ganz stille un tefrian wouer iat inwenneg un anderndags konn Maria berühegt no häime föihern.

Kasper Stäin har ne schlechte Nacht ächter siek. Hei har bold gar nit eschlohpen un dat kam nit fahker bie iahme vüar. Am andern Muargen mahkere hei äis im Stalle gedohn, dat har Hulda süß immer besuarget, un dann trock hei sienen niggen bloelienen Kiel ahn, satte de houge siedene Kappe op un gong in de Staht. Hei gong ouk te Faute, ase Hulda dages vüarhiar. Dei äieste Zug was alt fut un dei twedde souher äies die Middag rümme. Et was sähno tien Uhr, bo hei in diar Stahdt ahnkam. In äieste beste Wäierzhus gong hei rin, bestallte siek sienen Schnaps un frogere dat Wicht am Büfett so niawenbie, bo dei Schauspieler Walter wuahnere. Dat Wicht mußte guet Beschäid, iat schwiarmere füar iahne. Hei wuahnere ganz in diar Nöchte, an diar äinen Siet van diar Strohte.

Kasper Stäin drunk sienen Schnaps ut, betahlere un gong in dat Hus, bat iahme dat Wicht ewiesen har. Im Huse bruchte hei nit lange te frogen, fotten vüar an diar Düar links im Gange stahk ne Kahte, Harry Walter stond droppe.

Kasper kloppere wuchteg ahn. „Herein", reip enner met Lachen. En Ougenblick drop stond Kasper in diam Künstler sienem Zimmer. Do was ne Düarräin inne. Keine Katte här do ne Mus inne fangen konnt. Disch, Stäuhle, Sofa, Berre un de Ahre, alles was vollekrämelt, voll Tüg, Wäsche, Huasen, Schauh, Häue un Bäuker un mirren drinne stond dei berühmte Mann un was am inpacken.

Kasper Stäin bläif in diar Düar stohn un stieplere siek op sienen Krückenstock.

„De Buegel schienet jo utfleigen te wellen, do kueme iek jo noch gerade ter rächten Tied", sagte hei.

„Wie, bitte? Ich verstehe nicht", sagte dei Schauspieler. Hei satte en frie wat dumm Gesichte op.

„Jek sin Kasper Stäin, verstäihste miek nu Büegelken? Bat hiaste met mienem Wichte ahnefangen?"

„Ich möchte denn doch sehr bitten. Das ist eine Angelegenheit, die nur Ihre Tochter und mich angeht. So viel ich weiß, ist Ihre Tochter mündig. Übrigens habe ich ihr kein Eheversprechen gegeben, wie käme ich dazu. Ein Künstler wird immer unfrei, wenn er sich Ehefesseln anlegt. Doch das verstehen Sie wohl kaum. Wer die wahre Kunst kennt, der weiß, daß sie keine anderen Götter neben sich duldet. Wie gesagt, ehelichen kann ich Ihre Tochter aus diesem Grunde nicht."

„O, du verfluchter Kummälgenspieler! Du Spiegel= biarger! Also sou süht de Sahke ut! Do sall dann doch en Gewitterdonnerkiel drinschlohn."

Domet gong Kasper ne Schriet in de Stuawe rin, kräig siek dian Schauspieler am Kanthaken un ver= suahlere iahme mit sienem dicken Eickenjuljus dermaßen et Achterväiel, dat diam Hören un Seihen vergong. Schreien konn hei nit, will at Kasper iahme dian Rockeskragen so duane ümme de Struate trock, dat iahme et Ohmluak bolle tau gong. Hei hor nit äger op, bit at hei blo ahneloupen was. Do leit hei iahne äies wier luas. „Sou, dat wär erledeget un wenn de mie widders wat wos, dann kannste miek dervüar singen", domet gong Kasper Stäin dorut. Et was iahme üarnd= leck lichter temauhe. Ase wenn hei ne persöinlecke Schmach asewaschen här.

Sou geschwinde har dei Schauspieler noch im Lia= wen siene Spindeln nit biäinepacket. Met diam Mid= dagszuge souher hei alt fut. Dian ollen Kasper ge= richtleck te belangen soll iahme gar nit in; denn wenn siene Kollegen un Kolleginnen düet gewahr ewouren wären, dann här hei sienen ganzen Nimbus verluaren. Et kam iahme guet, dat hei siek nit nahkeneg op diar

Bühne te präsentäiren har, dann härn de Lü en blo
Wunder eseihen.

Dei Episode „Hulda Stäin" hiat dei Kummälgen=
spieler im Loupe diar Tied vergiaten, an diam ollen
Kasper siene Handschrift dachte hei owwer no Johr
un Dag noch an.

Et gaffte nit mähr, Marjanne mochte Hülpe hew=
wen. Dei Mannslüh versümeren in diar Fabrik te=
viael, wenn se immer im Huse rümme kluckeren. Dobie
harn se in diar Fabrik vollop te dauhen. Se ställten
sogar noch Lü in.

„Du maus vüaranmahken met diar Bestiatnisse",
sagte Marjanne tieger Emil. Jat har van Maria hort,
dat Hulda bie Möihne Linde in Iserlouhne guerre Op=
nahme fungen har. Dorophien vertallte iat tieger Schul=
tens Male un tieger jeden, dä no Hulda frogeren, se
härn dat Wicht tau diar widdern Utbildunge futedohn.
Et wär ock am besten sou; denn wenn Emil siek bestarre,
dann käm ne junge Frau int Hus. Nägen un Tauschnien
söll iat noch lähren. Met düem Vertelleken stoppere
Marjanne dian nieschgierigen Nobersfrauen de Muhle.
Of iat selwer im Hiaten ouk rüheger was, bo iat
wußte dat Hulda en Bliewen har? Me söll glöiwen,
et wär me ne Stäin vam Hiaten efallen; denn et es
doch keine Kleinegkeit, wenn ne Mouder nit wäit, bo
se iahr Kind rümme hiat. Miarken leit iat siek nix,
im Giegendäil, wenn de Rede op dat Wicht kam, dann
konn iat stek in de Bousheit küeren, wenn se unger siek
wären. Maria dachte manegmol: Dat sall miek ver=
langen, bu iek met iahr prot wäre. Wenn sei owwer
glöiwet, iek leit miek van iahr ungern Disch dauhen,
dann es sei schäif ewickelt. Guet weck tieger se sien
un miene Pflicht weck dauhen. Wenn iek miek be=

ftahre, dann well iek Frau fien un ock dofüar äfthe=
mäiert wären. Se wät wal nit glöiwen, fe kräig an
mie ne billige Däine.

Emil Stäin un Maria Voß harn fiek alt vüar twäi
Johren de Ringe gaft. Tehoupe gohen wären fe alt
wal fäß bis fiewen Johr. Dei Ollen beiderfiets harn
fo gärne hat, dat iahre Kinder biäinkämen. Maria
har dian Emil leiw un Emil iat ouk, alfo ftond diam
Biäinkuemen nix im Wiage.

Emil, ne grouten ftrammen Burfchen, Kasper Stäins
Ebenbild, was van Natur nit fo gruaf afe fin Vader.
Stille un guetmäuteg was hei. Ne trüggen Schluaker
was et. Wallens mahkere hei fiek owwer doch Ge=
danken. Siene Maria un fin Mouder, dei pöffen fchlecht
tehoupe. Marjanne kränkleck, kreitereg, niüargeleck, met
Guat un diar Welt immer untefrian un Maria liawens=
frouh, ftrackköppeg, fienes Wärts fiek bewußt un ock
ätwas äigenfinneg. Wenn dat men guet gong, met dian
beiden.

Dian äieften Sunndag, bo Maria afe junge Frau
im Stäinshufe was, do gong de Kreiterigge alt luas.
Teäies et muargens. Maria was guettied opeftohn.
Jat har alles gedohn emahket, de Käuhe molken, dian
Koffi kuaket, Verren utelagt, de Suppe opeftallt, kuat
un guet, iat har fiek gehöreg tekrien. Jat gong dorop
no fiener Kammer, un bo iat doraf kam, do har iat et
Sunndagskläid ahne, van duftegem Muffelin was dat,
met bloem Sidenband ganäiert.

Wenn iat fiek fou fin emahket har, dann was Maria
futeften ne Schöinheit. Jat was van middeler Grötte.
Alles was rund un molleg an iahme. Ain pikant Ge=
fichken har iat, met brunen Schelmenougen. Uewer=
alle har iat Schöinheitskülekes, „Grübchen" fiet me do

tieger. Im Becke, innen Backen, wenn iat lachere, op dian Hännen und im Handgelenke. Et schöndeste wären dei krusen Hoor. Dei Farwe was ganz wunderbörleck. Wenn de Sunne drop schäin, dann löchtern dei Hoor ase gespunnen Routgold, süß wären se glänzend brun. Ne richtege Hoorfrisur konn iat siek bolle gar nit mahken. Dei kruse Hoorfülle leit siek schlecht inne Fuarm twängen. Diashalf mahkere iat siek äinfach twäi Flechen un lagte dei ase ne Kranz ümmen Kopp un dat leit iahme gerade am allerbesten.

Maria kam also im Sunndagsstohte van diar Kammer. Jat har dian Haut oppe un et Gesangbauhk in diar Hand.

„Emil, küemeste bolle? Et wät Tied", reip et.

„Bat sallt dann giewen?" frogere Marjanne. Dat saht do noch am Ungerrocke met diar Berrejacke am Koffidische.

„In de Kiarke weffe, Emil un iek."

„Bat? Midden in diar Arbet woßte in de Kiarke?"

„Et es Sunndag. Tehäime sin iek jeden Sunndag int Duarp in de Kiarke gohen. Bat te dauhen was, hewwe iek edohn un dat andere dauhe iek, wannk wierkueme. Jet seihet jo mal nam Kuakepotte. De Suppe es droppe un de Apel sind eschallt."

„Dei Kiarkenlöiperigge jeden Sunndag, wäs de doch wal nit ahnfangen wellen, do heffe owwer doch kein Tied tau. Noch niddemol de Küeke hiaste opewuschen."

„De Küeke hewe iek gistern owend, bo alle im Berre wären, noch ens ewuschen, twäimol in äinem Dage wät wal genau sien. Sunndags schrubbe iek owwer nit, grundsätzleck nit. Dat Kiarkengohen lohte iek mir nit verbeien un nu adjüs Mouder, bis nohiär," bomet gong Maria dorut.

Dat was de äieste Striet.

„Bat siefte dann nu?" sagte Marjanne tau sienem Kasper.

„Dat striehket mienseile nu alt de äieste Vigge= liene."

„Paß op, et küemet noch sou wiet, dann hewwe iek üewerhoupt nix mähr te sien. Horste bat iat sagte? Et Sunndags schrubbe iek grundsätzleck nit. Dei nigge= moudeschen Fraulüh, dei mahket siek et Liawen lichter. O Här, o Här, wennk doran denke, bat iek mien Liawen earbet hewwe, Sunndags un Wiarkedags." (Dat was nu nit wohr. Iat billere siek dat blous selwer in. Kummedäiert har iat frie wat im Liawen un Arbet lien lohten. Dat drofste iahme owwer nüm= mes sien; dann här iat ne Taufall ekrien.)

„Dei Sülterigge et Sunndags es ock mienseile nit nöideg. Iat Fraulüh mahket blous de ganzen Dielen ful", knurrere Kasper. Hei har nit guet eschlohpen. Dat där hei in letzter Tied, so lange at dat met Hulda passäiert was, fahker nit. Hei har wallens son Ge= seuhl in siek, dat leit iahne nit ter Ruhe kuemen. Manegmol lagte hei siek dei Froge vüar: „Büs du nit te hart ewiasen tieger dien äigen Fläisch un Blaut?" Owwer nogiewen, dat gafte et nit.

„Mientwiagen konn sie in diar Driete verkuemen. Iek sie nix mähr."

Wenn du blous stille schwäiges, dann wär uns alltehoupe holpen", dachte Kasper. Iahme gefoll dei junge Frau ganz guet. De Arbet gong iahr van diar Hand, kuaken konn iat sähr guet, iat was üewerhoupt in allem düchteg, un dann, iat har ock ne schöinen

Stüber Geld metebracht, do konn de Fabrik met vergröttert wären.

Op diam Wiage in de Kiarke meinere Emil tau
fiener jungen Frau: „Bat es luas? Hiafte wat met
diar Mouder hat?"

„Ain Däil well iek die fien", fagte Maria, „wenn
iek met diener Mouder wat hewwe, dann fechte iek dat
alläine met iahr ut. Du wäs mie wal fouviel truggen,
dat iek iahr kein Unrächt dauhe un dann, iek fin diene
Frau un nit inke Mahd. Bat iek dauhe, dauhe iek ut
miener Aigenheit, ut frien Stücken, füar diek, füar
miek un füar diene Ollen. Tau diar Arbet twingen
un kummedäieren lohte iek miek nit. Du faß diek
owwer nit dertüfchen mifchen. Jek well die nit klagen;
denn iek niahme ahn, daß du in diar Fabrik Suarge
un Arbet genaug hias. Da faß die owwer ock nit de
Ohren van diener Mouder vollhangen lohten. Sie
tieger fei guet un holt miek leiw, anders verlange iek
niz van die."

„Du wäs et met miener Mouder nit licht hew=
wen", fagte Emil un druchte Marias Hand. „Niemt
die nit fo te Hiaten un denk, et es ne fchwiaklecke
Frau. Wenn du alläine met iahr färreg wäs, dann
fin iek frouh. Jek maut jo op beiden Schullern drian."

Bo dei beiden ut diar Kiarke kämen, do wären fe
richteg hungereg. Wenn fe owwer glöffen, de Mouder
här et Jaten färreg ehat, dann wären fe im Jrrtum.
Marjanne har fiek üewerhoupt nit annen Kuakepott
ekahrt. Et foll iahme jo gar nit in. Brümme was
dann de junge Frau im Hufe. Maria fagte niz. Im
Ougenblicke har iat en düchteg Füer im Herde un in
Tied van ner guerren halwen Stunne ftond et Jaten
fiz un färreg op me Difche. Sogar fchöinen greunen

Zaloht met Schmand droppe har iat noch derbie
emahket. Dei Mannslüh äten afe de Hätthäckers un
Maria ouk. Blous dei Ölsche nit. De Suppe was
iahr te fett, de Zaloht te suer un de Apel schmahkeren
ouk nit. Düet wären keine Apel op de Schüetel, se
wären nit miahleg genaug. Emil käik siene Maria
ahn, afe wenn hei här sien wollt: „Mahk die nix
drut."

„Hef keine Suarge", lacheren dei brunen Dugen
van siener Frau. Do was hei berüeget.

Nomiddags schümere Marjanne in diar Kücke
rümme.

Bo Maria siene groute Husholtsschürze afdär, do
meinere iat: „Bunäih küemet dann de Waschgekietel
drop? Wenn du van muargen et Tüg vüarwaschen
häs, dann wärt nu alt bolle am kuaken."

Ganz rüheg sagte Maria: „Moren waschge iek
vüar un moren nommiddag kuake iek de Wäschge."

„Dann küemeste jo Dienstag äger ant waschen.
Bie uns es Moude, dat et Mundagsmuargens ümme
säße de Wäschge an diar Bleike liet. Du woß doch
keinen niggen Riegel ahnfangen?"

„Mouder", sagte Maria, „sind de Stäins Heiden,
oder sind et Christenmenschen? Miene Ollen tehäime
het dian Sunndag immer taum Ruhe= un Fierdage
mahket. Et wouer blous dat edohn, bat unbedingt
nöideg was. Mien Mouder sagte: „Op diar Sunn=
dagsarbet ruhet kein Siagen", un mien Mouder was
ne fromme Frau. Et Sunndags was et bie uns
tehäime ganz anders, afe et Wiarkdags. Do wouer
de Disch alt et muargens ganz schöin edeckt. Dei bun=
ten Blaumenköppkes ut diam Glasschape wouern drope=
stallt. Dat Geschirr, bat sie in diar Wiake brüchen,

kam Sunndags nit op dian Disch. Fie Kinder harn
unse guerre Tüg ahne un Bader sienen schwatten
Lüsterrock. Mäiestens har Mouder ne schöinen Puffert
oder Wofeln ebacken, wallens ock ne grouten Platen=
kauken. Dian ganzen Dag üewer was bie uns ne
richtege Fierdagsstemmung. Dei Sunndage tehäime,
bo miene leiwe Mouder noch liawre, vergiate iek im
Liawen nit. Jek hewwe immer edacht, wenn iek es
bestadt wär, dann wöll iek mienen Lüen ouk sou
schöine Sunndage mahken."

Marjanne leit dei junge Frau kuem utküeren, nu
meinere iat sou spitz: „Also du wos de Wäschge nit
kuaken? Dann hiat Schultens Male taum äiestenmole
im Liawen dat Plasäier, dat iat de Wäschge äger an
diar Bleike hiat ase sie. In twünteg Johren, so lange
at Schultens ächter unsem Kampe bugget het, es dat
noch nit passäiert. Miek fallt owwer äindauhen sien.
Jek bruhke miek jo nit te schiamen."

„Lot guet sien, Mouder", sagte Maria. „Dei
Schiamde well iek noch leiwer drian, ase dian Gedan=
ken: Du hias dian Sunndag taum Waschgedage
mahket. Kuem, sie nit so böise. Lieg diek en Stün=
neken dohien un nohiar decke iek uns dian Koffidisch
in diar Laube, ganz gemütleck weffet uns mahken."

„Unwiese Fraumenschge", purmlere Marjanne innen
Backen, damet gong iat int Stüaweken, ümme ne
Innungen te hollen.

Dage un Wiaken göngen rümme un alles gong
sienen gewuahnten Gang. Et vergong owwer kein
Dag, bo dei beiden Fraulüh im Stäinshuse nit ächter=
äin kämen. Et kam diar jungen Frau doch guet, dat
iat Kurasche un en dick Fell har. Maneger hät bie
Marjanne keine säß Wiaken utehollen.

Marjanne was owwer ock met Tueren de reinſte Xantippe. Ummegängleck was iat blous, wenn iat im Berre lagte un Piene har. Dann was iat frouh, wenn Maria beſüargleck ümme iat rümme gong. Was iat owwer iawen wier bie diar Hand, dann was diar Döiwel wier luas.

Maria har äigentleck ne frouhmäutege Natur, wallens was iat owwer doch ſo häimlecke unteſrian.

Bat har iat ſiek nit alles van diar Äihe vüarſtallt? Was iat äigentleck jung beſtadt oder nit?

Emil was jo guet. Immer egol fröndleck. Hei har iahme noch nü äin unmüegleck Wohrt eſagt. Rüheg un gelohßen gong hei dagsüewer ſiener Arbet no, in diar Fabrik un op diar Buerigge. Owends roukere hei ſiene Piepe, laus de Zeitunge derbie un dann göngen ſe tehoupe nom Berre. Dat was aſe en Uhr= wiark, äinen Dag aſe en andern.

Wenn hei es äinmol am Dage unverhofft dorin ekuemen wär, wenn hei iat es äinmol tüſcher diar Tied innen Ahrmen nuamen här, dann war iat üewerglück= leck ewiaſen.

Brümmere brannte hei nit wallens lichterlouh?

Jat har doch ſon häit Hiate.

Miarkere hei dat dann nit, dat Liebe un Leiden= ſchopp bie iahme wallens üewerhand nähmen?

Hei har immer deiſelbe Temperatur, lauwahrme.

„Dat alſo es dei vielbeſungene Äiheſtand,“ ver= ſpottere Maria ſiek häimlecke ſelwer. „Krach met diar Schwiegermouder, arben, arben un wier arben. Un dat Hiate, bunäh kam dat tau ſienem Rächte?“

Unteſrian was iat, keine innere Freudegkeit was in iahme. Möihne Linde har iahme ne Breif eſchrie= wen. Hulda was ſchwor krank ewiaſen. Läid un

Opregung harn dat füß fou gefunne Wicht annen Grawesrand ebracht. Jat har immer fon Grauen, foune Anges vüar diar kuemmenden Tied ehat. Bat junge Frauen in häiter Liebe erfehnet, do har iat met Schrecken un Abfcheu an edacht. Diarümme was et guet, dat dei Krankheit alle Spuren verwifchet har. Sou wöffe ock wier äger Gras üewer dei böife Ge= fchichte. Hulda wöll, fobold iat wier richteg gefund wär, im Krankenhufe ne Kurfus afe Privatpflegerin düarmahken. Dann fchräif Möihne Linde noch, Maria föll doch es kuemen. Hulda här fou Verlangen no iahme.

„Bat hiafte füar ne Breif ekrien?" freig Marjanne.

„Möihne Linde hiat efchriewen. Hulda es fchwor krank ewiafen. Jek well doch en Sunnowend es der= hien föihren, Sunndag kueme iek dann wier", fagte Maria.

„Becker melket dann de Käuhe un becker deut dann dei andere Arbet? Sou ohne widders drouteloupen, dat giet doch mienfeile nit," fplietere Marrjanne.

„Reg diek nit op, Mouder", fagte Maria. „Unfe Jda kann dei Dage hie hien kuemen un de Arbet dauhen."

„Bat es dat doch ne Frau", dachte iat füar fiek. „Hiat dei dann äigentleck kein Hiate? Nu hört fe, dat iahr Kind krank ewiafen es. Se frögget owwer noch niddemol derno. Un do maut iek miene Jugend bie vertrueren." Maria har wallens Dage, dann was iahme et Liawen fo läid, afe Stäinerdrian. Bo iat et Sunnowends no Jferlouhne fouher, do där fei iahme noch niddemol ne Gruß met. Blous Emil, dei fagte: „Goh owwer nit met lieger Hand derhien."

Dat was ne Freude, at dei beiden, Maria un Hulda, siek wiersögen. Hulda was schmal ewouern, viel
finder was iat, ase süß.

„Jek sin sou glückleck, ase wennk im Hiemel wär.
De Möihne verwienet miek bo se kann. Et giet op diar
ganzen Welt keine Frau, dä biater es, ase sei. Jek
wellt iahr owwer ock wier guet mahken, ne schöinen
Liawensowend sall se bie mie hewwen," sagte Hulda.

Bat har Hulda nit alles te frogen? Nom Bader,
no diar Mouder, no Emil, no dian Käuhen. Jede
Kleinegkeit van tehäime intressäiere iat. „Bu wäßte
met diar Mouder färreg? Se es wallens so wunder,"
meinere iat.

„Dien Mouder es ne spassege Frau. Jek kannt
schlecht bie iahr driapen. Fie beiden stott de mäiste Tied
op diam Kriegsfaute. Wäiste Hulda, wenn iek alles
vüarhtar ewieten här, dann här iek mie de ganze Be-
staerigge doch noch üewerlagt. Et es jo gerade, ase wenn
nu alles am Ange wär. Gar keine Freude hiat me
mähr."

„Ja, büs du dann met Emil nit glückleck?" frogere
Maria.

„Hei hiat diek doch leiw, dat wäit iek ganz sieker
un noch nü hiat hei en ander Wicht ehat, ase diek. An
Mouders Äigenheiten mauste diek nit stören. Paß es
op, wenn es ent Kleinet do es, dann büste üewerglückleck", tröistere iat de Fröndin.

Maria schurre am Koppe. „En Kleinet," sagte iat,
„do sind noch keine Utsichten tau do. Doüewer hiat
dian Mouder ouk alt so fahker stichelt. Sei glöiwet,
fie härn ne moderne Äihe. Sei hiat lüen hort un wäit
nit, bo de Klocken hanget. Nu maut iek dat bie jeder

Geliagenheit hören. Jek könn wallens futloupen, sou läid es et mie op diam Stäinshuawe."

„Teiet doch alläine, du un Emil. Dat Hus es doch so grout, do konnt doch drei Familgen inne wuahnen," meinere Hulda.

„Du meines et guet, Hulda," sagte Maria un im Stillen dachte iat: „Dat es jo dat schlimmste nit, bat miek drücket. Met diar Olsche wöll iek noch wal prot wären. Jek wäit jo selwer nit, bat mie fählet, ne Unrast, ne Untefrianheit, ne Verdreitlekeit hewwe iek in mie, dat dränget un driewet in mie, ne groute unge= stillte Sehnsucht dria iek met mie rümme. Keinem kann iek et vertellen, et verstäiht miek jo doch nümmes."

„Maria", sagte Hulda, „süh nit so verdreitleck drin. Dei paar Stunnen, dä sie biäin sind, weffe uns nit ver= bittern. Wenn sie Koffi drunken het, dann gohe iek es met die düar de Stahd, un wiese die de Iserlouhner Sehenswürdigkeiten. De Möihne kuaket uns in diar Tied äin schöin Owendiaten un dann mahket sie uns ne gemütlecken Owend."

„Bat sind iet glücklecke Menschen," sagte Maria, bo se nohiar biäinsähten.

Möihne Lindes Wuahnstüaweken was owwer ock te molleg. Sou wat gemütleck Friedvolles lagte üewer diam Ganzen. Dat olle Menschelken met dian silwer= witten Hooren, hat sou viel Läid edrian har im Lia= wen, dat de schwahken Schullern siek unger diar Last ebogt harn, dat gong doinne rümme un sog met sienen leiwen guerren Ougen so fröndleck, so kindleck drin, dat et dian beiden ganz wahrme ümmet Hiate wouer.

Nu gäfften se siek ant vertellen. Dann mußte de äine wat un dann de andere. Wenn so Fraulüh es int Duatern kümet, dann konnt se gar kein Ange fin-

204

gen. Diar Möihne un Hulda fähleret an nix. Denn Möihne Linde sträik Stiewetüg füar andere Lü. Dat har sei alt siet Johren edohn. Sei har iahre faste Kundschop. Hulda har guet Lähr ahnenuahmen, iat konn iahr alt guet helpen. Wenn iat nu noch ne Krankenpflegekursus metmahkere un nohiar af un tau ase Krankenpflegerin te dauhen har, dann konnen sei noch Geld üewreg hollen, meinere Hulda. „Sie driat dann jeden Monat wat no diar Sparkasse, dat sie im Oller wat het, ock Möihne."

„Küer du blous noch nit vam Oller," sagte de Möihne, „Du fänges jo es äies ahn met liawen."

„Me hiat Johre, dei tellet dubbelt," sagte Hulda, un ne Schatten lagte siek üewer dat blasse Gesichte. Do küere de Möihne ganz wat anders. Sei lenkere vüarsüargleck diam Wichte siene Gedanken van diar bitteren Vergangenheit af.

Maria miarkere dat sotten. „Bat hiat dei olle Frau füarn golden Hiate. Huldas Läid hiat sei noch met bie iahr Suargenpäckelken eladt un dobie gütt sei iahres Hiatens ganze Liebesfülle üewer dat Wicht ut. Wenn Maria an dian Stäinshuaf dachte, dann gong er iahme kolt üewer de Hut. Brümme was dei Mouder nit ase Möihne Linde? Ach, bat wöll iat se leiw hewwen, wenn sei äinmol van Hiaten fröndleck tieger iat wär. Iat nahm siek faste vüar, tehäime van nu ahn ganz leiwleck tieger dei olle Frau te sien.

Am andern Dage, et was Sunndag, fouher Maria wier nohus. Iat har diam Emil ganz genau esagt, met beckerem Zuge iat in Hagen ahnkäm, nu gloffte iat, hei wöier iat do afhualen. Dei Ougen käik iat siek bolle ut diam Koppe, et was owwer kein Emil te seihen. Ock in Oberbrügge, bo iat utstäig, was keiner. Nu

mochte iat noch dreiväiel Stunne te Faute gohn, ganz
alläine. Bange was iat nit, dian Wiag kannte iat jo
im Düftern.

„Brümme mag hei miek wal nit afhualen? Et es
doch et äieftemol folange at fie beftadt find, dat iek
üewer Nacht uteblien fin. Et es doch Sunndag, hei
verfümet doch keine Arbet drümme," fo dachte iat,
innerleck ganz verärgert.

Gerade, bo iat dian Fautpad infchlohn woll, dä
üewer de Felder nom Stäinshuawe fouher, kam Ida
Boß, Marias Süfter.

Ida Boß was äinege Iohr öller afe Maria. Iat
was owwer noch nit beftadt; denn die Mannslüh wol=
len fchlecht ahnbieten. Iat har nämleck en ungeheuer
grout fräch Muhlwiark. Süß was iat düchteg un
fläzeg was iat ouk nit.

„Brümme gäihfte dann nu alt wier? Iek gloffte,
Du wärs düefe Nacht noch bie uns ebliewen, frogere
Maria iat.

„Iek well doch leiwer bim Düwel fiener Beftemouer
üewer Nacht bliewen, afe bie diar ollen Hucke. Sieg
es, es dat Menfchge düar de Tied nit wies? Iek
glöiwe nit, dat iat fe alle am Striepen hiat. Ununger=
bruaken hiat fe mie van die de Ohren voll ehangen.
De Stäinshuaf wär die nit vüarnähm genaug, du
wölls allerlei niggemoudefche Döine inföihren. Wenn
fei diek gewähren leit, dann häfte ümmetied alles op
en Kopp efatt. Et Sunndags könn de Driete faut=
houge lien, du nähmes owwer keinen Schrubbefchlunz
in de Hand un Kinder wöllfte oek nit hewwen. Nuiawen
woll Emil diek afhualen. Hei woll die bis Hagen
intienföihern. Sou frouh was hei, dat du bolle wier=
kämes. Dei Ölfche gaffte fiek owwer ant kreitern, et

wär nit nöideg, dat Afhualen. Emil trock siek owwer
troßdiame ahn un woll gohn. Do fong sei op äinmol
ahn met schreien un schlaug met Hännen un Bäinen.
Sie lächen se op et Berre un Emil mochte Opschlia
mahken. Gohen konn hei do nit, hei har et richteg met
diar Anges ekrien. Wäiste Maria, bat iek do esagt
hewwe? Iek sog doch, dat alles blous Verstellunge
was. Iek sagte tieger Emil:

„Dat sind keine Herzkrämpfe, mahk die niz te dau=
hen. Dei hiat unse sialge Mouder so fahker krien un
äinmol es sei drinne bliewen. Düet es blous knieder
Bousheit un Verstellunge. Diene Ölsche söll siek wat
schiamen. Un wäiste bat do passäiere?

Dei Ölsche sprung op, ut diam Berre, schmäit mie
dian nahten Dauhk int Gesichte un schannte, dat iahr
de Stemme bolle ümmeschlaug.

Un iek gong do stohn un lachere. Iek konn mie nit
helpen, iek mochte lachen.

„Süste nu Emil, dat iek rächt har", sagte iek tau
deinem Manne. Emil es üewregens ouk en Stiefliar,
hei wäit jo nit, of hei kolt oder wahrme es. Füar miek
wär dat niz. Doch nu maut iek mahken dat iek häime
kueme. Wenn du es wier verreisen wos, dann kannste
mie wier Beschäid sien. Iek sin nit bange vüar diam
ollen Tahnebriaker", domet gong Ida sienes Wiages.

„O Här, o Här", dachte Maria. „Nu hewwe iek
owwer niz te lachen. Do hewwe iek mie sou viel
Guerres vüar enuahmen, nu es dat alles wier niz."

Emil har buten, vüarm Huse op diar Bank esiaten.
Bo hei iat kuemen sog, do gong hei iahme intien.

„Bat es dat guet, dat du wier hie büs. Iek woll
diek afhualen, et gaffte owwer nit. Mouder kräig wier
ne Taufall", sagte hei.

„Jek wäit et, Jda hiat et mie vertallt."

„Dei beiden, Jda un de Mouder paſſet ſchlecht te=
houpe."

„Dei maut noch äger gebuaren wären, dä bie dien
Mouder päſſet", ſagte Maria bitter. Jahme was et
temauhe, aſe wenn iahme dei ganze Stäinshuaf op dian
Nacken föll.

Bo ſe nohiar uanoppe tehoupe im Berre wären,
do vertallte Maria van Hulda un Möihne Linde, bu
dei beiden ſo glückleck tehoupe liawren.

„Dat es guet, dat freuet miek. Jek hewwe mie
frie wat Gedanken ümme dat Wicht emahket", ſagte
Emil.

„Jou, hiaſte dat? Jek hewwe ganz gewiß bis nu
eglofft, iet Stäins härn üewerhoupt kein Hiate."

„Bu küemeſte do dann tau?"

„Do frog noch no. Bie ink wät me ſo üewerhoupt
nit wahrme. Me früſet im Sommer un me früſet im
Winter. In düem Huſe fählet de Liebe un bo dei nit
es, do es ſchlecht wuahnen", ſagte Maria. Dobie hülere
iat ganz vertwiewelt int Koppküſſen. Do ſung Emil
taum äieſtenmole, ſolange at hei beſtatt was, häite,
leidenſchoplecke Wöhre, ümme ſiene Frau te berühegen
un Maria ſchleip am Hiaten ſines Mannes in, aſe en
glückleck Kind.

Am andern Muargen, bo iat innen Stall kam,
ümme te melken, do kroſere dei olle Kasper alt im
Stalle rümme. Dat har hei ſüß noch nü edohn un nu
wußte Maria, dat de Unruhe ümme ſien Wicht dian
ollen Mann nit ſchlohpen lohten har.

Frogen där hei iat nit. Dat läit iahme de Kopp
nit. Maria erbarmere ſiek owwer üewer iahne un ver=
tallte iahme alles. Bo iat ſagte, dat durch dei ſchwore

Krankhet alles wier in Uardnunge kuemen wär, do konn me miarken, dat diam ollen Kasper ne Stäin vam Hiaten foll. Dat Schlimmeste was also nit inedruapen. Nu was hei berüheget.

Maria har siek vüarnuahmen, diar ollen Frau rächt leiwleck intien te kuemen, bo sei omwer biedehand kam, un iahr nuarkege Gesichte opsatte, niddemol „Gun Muargen" sagte se, do wouert iahme doch rächt suer. Trotzdiame frogere iat: „Bu gäiht et? Jet het jo gistern wier int Berre mocht. Hiat de Piene ätwas nohe= lohten?"

Do har Marjanne blous op ewachet. Jat gaffte siek ant schännen üewer Jda. Wöhre trock iat ut, dä kein Suedriewer in de Muhle päcket. Do gong Maria dorut. Jat woll siek nit met iahr testrien. De Tied gong dohien. Ain Johr riegere siek ant andere. Sif Johr was Maria nu alt bestatt. Ach, iat kam siek wallens vilar, ase wennt de siefteg alt op me Nacken ehat här un dobie was iat kuem diateg. Dei innere Un= tefrianheit, dei groute Sehnsucht, dobie dei Schicka= näierigge, van diar Olsche, dat alles mahkere iat so un= glückleck. Souwiet was iat nu alt, dat iat siek gar nit mähr tieger Marjanne oppemäiere. Jat gong dian ün= gersten Wiag. Et gong iahme bolle ase Emil, dei woll ouk immer siene Ruhe hewwen.

Bie Winterdage was frögger op dian Buerenhüawen immer ne groute Bisieterigge Moude. Dann wouern Kröme opedischet, dat de Dische bolle brähken. Ainer dät immer andern un wenn Schultens Male Puffert un Uglekrabben bock, dann konn me drop riaken, dat Stäins Marjanne noch Knackwoffeln un Bombösekes opstallte. Dobie gaffet seute frische Bueter, Huaneg, gekuaketen Käse un selwstgebacken Fienbrout. Dat

wouer im Kaffen backen un schmahkere afe de schöndefte
Kauken. So, dei Bueren in diar Tied, dei ltawren nit
schlecht dervan. Bie Stäins was düetmol de Bifiete.
Schultens Male vertallte alt taum tweddenmole dat
iahre Lina nu alt twäi Kinder här. Ne Jungen un in
Wichken. Dat Wichken wär ne richtegen kleinen Engel,
sagte iat so stolz.

Schultens Lina was noch nit solange beftatt, afe
Maria un im Stäinshufe was noch immer de Weige lieg.

Male gaffte siek so fien ant sticheln. Iat woll diar
jungen Frau nit wäich dauhen; denn im Grunne mochte
iat dat Maria guet lien. Diam Male fählere blous dei
richtege Hiatenstakt. Bat bie Marjanne Bousheit un
Tücke was, dat was bie diam Male Dummheit. Achterm
Dische, imme Sofa saht diam Schaulmefter fiene Frau,
en leiw fröndleck Mensche. Iat was ne Großstädter un
konn siek im Suerlanne schlecht terrächte fingen. Un=
gefähr en half Johr wuahnere iat in diar hiefegen Gie=
gend met fienem Manne. Iat fauhl siek owwer noch
nit häimesch. Dat gäiht jo dian mäiesten Früemden so,
dei Schaulmeftersche verftonn dei platte Sprohke nit
guet, souviel miarkere fei owwer doch, dat dei beiden,
Male um Marjanne üewer Maria tegange wären. Sei
stond diashalf op un gong no diar jungen Frau in de
Küeke.

Maria mahkere noch wier frischen Koffi; denn bie
souner Vifieterigge wät frie wat guerren Koffi dorine=
tüttert. Dian Fraulühen wät jo bie diar Duaterigge de
Muhle immer so dröige. Teäies küere Frau Horft, so
herre diam Schaulmefter fiene Frau, düet un jenes met
Maria. Schließleck meinere fei: „Es ist doch schade, daß
Sie noch kein Kindchen haben. So ein Kleines bringt
erst rechtes Leben ins Haus."

Maria sagte, dat iat siek do alt souviel ümme grämet här. Iat könnt orwer nit ändern. Iat gäffte
Guat wäit bat drümme, wenn iat en Kind här.

„Sie sollten doch mal einen Spezialarzt zu Rate
ziehen, liebe Frau Stäin. Mitunter genügt ein kleiner,
operativer Eingriff und alles ist gut. In Hagen hat sich
ein tüchtiger Spezialist niedergelassen. Wahre Wunder-
kuren soll der schon vollbracht haben. Je eher Sie hin-
gehen, desto besser ist es vielleicht."

Bo Maria nohiar met sienem Emil alläine was, do
sagte iat: „Du, de Schaulmestersche meinere, iek söll es
no Roe gohn. In Hagen war sonne düchtegen Dokter
füar souwat."

„Do hewwe iek ouk alt anne dacht. Jek wollt die
orwer nit gärne an Sinnes sien. Föiher doch es derhien."

Äinege Dage nohiar fouher Maria no Hagen. Iat
har gar keine Anges un iat woll ock nit hewwen, dat
Emil met fouher. Iat har jo op äinmol wier solken Maut
ekrien.

Bim Dokter was iat gar nit lange. Dei frogere iat
düet un jenes un bo hei iat ungersocht har, do sagte hei,
iahme fählere nix, iat wär kärngesund. Maria konn
dat nit begriepen, do har de Dokter sagt: „Liebe Frau
Stein. Es ist schon so, wie ich sagte. Sie sind gesund
und wohlgebaut. Es liegt nicht an Ihnen."

Nu was Maria noch unglücklecker ase vüarhiar.
Gar keine Huapnunge har iat mähr. Bat soll iat nu
tehäime sien, tieger de Mouder un tieger Emil?

Dat äine was orwer gewiß, Emil droffte dat nit
wieten. Keiner drofftet gewahr wären. Iat woll dian
äigenen Mann doch nit beschiamen.

Düetmol was Marjanne niefchgierig. Jat woll alles hoorklein wieten. Maria fagte omwer blous, et wär met äiner Reife noch nit guet. Ähnleck fagte iat ock tieger fienen Mann. Sou unglückleck har Maria fiek noch nü efauhlet.

„Wär iek doch gar nit egohn", dachte iat bie fiek felwer, dann här iek doch wienegften de Huapnunge noch. Brümme liawe iek äigentleck noch widder? Jek verlöfche nohiar afe en Lecht un keine Spur blitt mähr van mie terügge. Jaten un Drinken, Arben un Argern, dat es de Jnholt van mienem Liawen. Wär iek doch dout!"

Jat har wallens Dage, bo iat am leiweften in äinemfut ehület här. Et Hiate was iahme fo dicke, ne richtege Nout har iat in fiek. Jat har keine andere Sähnunge, keinen andern Wunfch, afe en Kind te hewwen.

Wenn Mann un Frau en Läid tehoupe het un fe konnt et gemeinfchaftleck drian, dann es de Laft men half fo fchwor. Jat mochet omwer alläine drian un droffte nix fien; denn de Wohrheit här fienen Mann unglückleck emahket, et här iahme wäih edohn un keinem wär der= met eholpen. Näi, hei follt nit wieten, leiwer wollt iat ét op fiek niahmen. Ougenblickleck was Marjanne fo ftille. Jat wochte op dat, bat kuemen foll. Lange wöier dat Stillefien omwer nit ahnhollen. O, iat kannte dei Ölfche doch.

„Brümme verfiet mie unfe Hiarguat dat höggefte Frauenglücke?" fo frogere iat fiek manegmol. „Dag un Nacht wöll iek arben, nix föll mie teviel fien, wenn iek en Kind här."

Dei Gedanken kämen un göngen bie Maria. Se drägeren fiek immer ümme dian äinen Punkt: Här iek en Kind! Dat Kind wöier iahme im Stäinshuse ne ganz andere Positioun schaffen. Wenn iat dian Stäins dian Jarwen gaffte, dann har iat ne ganz andere Nummer in Marjannes Ougen. Dei olle Kasper wöier ouk tefrian sien. Dei har ouk in leßter Tied so manegmol van diar liegen Weige küert un Emil? Dei wöier stolz un üewerglückleck sien. Un iat selwer? Jat wärt riekeste Menschge van diar Welt, wann iat en Kind här.

Et bläif bim Wünschen, de Erfüllung bläif ut.

Alles was wier bim Ollen. Marjanne nüargelere, stichlere un schannte. Dei Ölsche mahkere diar jungen Frau et Liawen tau ner Hölle. Sähno jeden Dag mochte Maria hören: Et wär ne Sünde un ne Schande, früemde Lü mahkeren siek nohiar im Stäinshuse bräit. Dei olle Kasper pflichtere iahr bie. Dat där hei in leßter Tied fahker. Hei was olt un stille wouern. Emil houk dian ganzen Dag in diar Fabrik un wenn hei owends meuhe un afearbet int Hus kam, dann har hei kum noch Ougen füar siene junge Frau. Dei Fabrik nahm all sien Sinnen un Denken in Ahnspruch.

Maria liawre bie dian Stäins, ase wennt gar nit derbie ehort här. Jat fauhl siek sou äinsam, sou verlohten. Äinmol owends, Emil was nom Jaten wier in de Fabrik egohn, do bläif hei noch manegmol stunnenlang im Kantouer bie dian Bäukern sitten, dei beiden Ollen wären im Stüawecken, im Berre un Maria saht alläine in diar Küeke. Do kräig iat op äinmol ne Läidmaut in siek, saht mochte iat siek hülen.

Jeden Owend har iat tau unsem Hiarguat ebiat, met glöiwegem Hiaten. Maria was van Hus ut fromm opetrocken. Jat gloffte an dei Kraft, dä im Gebiate liet. Immer wier har iat dian lieben Gott ahnehollen, hei söll iahme doch ne Rot gien, bu iat et mahken söll. Hei könn doch äinmol en Wunder dauhen, hei wär doch allmächteg. Jat wochte op dat Wunder, kinderglöiweg.

Bo iat siek nu utehület har an diam Owende, do stond iat op un gong in dei Wuahnstuawe, tieger diar Küeke. Jat pock op dat Bäukerbriat, dat üewer diam Schiapken hong un kräig siek en Bauhk dovan. Jat woll ätwas liasen, domet iat andere Gedanken kräig. Bo iat met diam Bauhke in de Küeke bit Lechte kam, sog iat, dat iat de Bibbel egriepen har.

Jek well mie do en Kapittel ut liasen, dann wät et mie womüegleck lichter ümmet Hiate. De Bibbel es jo doch en Troustbauhk. Unwillkürleck schlaug iat et äiste Bauhk Moses, et säßtiente Kapittel op. Do laus iat met Spannunge dei wunderbörlecke Geschichte van Abraham, Sarah un diar egyptischen Mahd Hagar. Bu Abraham, hei herre tau diar Tied noch Abram un Sarah, Sarai herre sei do noch, alt beide ganz olt wären un noch keine Kinder harn. Sei wären so unglückleck un untefrian doümme. Do har Sarah diam Abraham dei Mahd egafft, domet at sei doch en Kind kräigen. Un dat alles was met Guades Willen gescheihen.

Ain, twäimol laus Maria dat Kapittel un op äinmol kam ne heilige Ruhe üewer iat.

„Es dat dat Wunder, bo iek op ewachet hewwe? Wieset mie unse Hiarguat selwer ne Wiag?" so frogere iat siek met Ziedern und Biewen.

Manege Nacht schleip Maria diamächter nit. Dei Wiag, dian iat gohen woll, kam iahme so ungeheuerleck, so ungangbor vilar. Et was jo so wat Butergewüahnleckes, dat iat dauhen woll. De ganze Welt wöter iat verdammen un verurdäilen.

De ganze Welt?

Bat gong de Welt dat dann ahn, bat iat där?

De Welt droffte dat nit wieten. Dat mochte iat met sienem Gewieten un met unsem Hiarguat afmahken. Owwer bu dat ahnfangen, dat iat sien Ziel eräikere? Et wöier in diar ganzen Welt keine Sünde dohn wären, wenn siek de Menschen vüarhiar soun grout Kopprebriaken drüewer mahkeren ase Maria in düem Falle. Wal hundertmol hiat iat siek efroget: Es et Sünde, bat du dauhen wos?

Dann wier sagte iat siek: „Wenn dat domols bie Abraham un Sarah Guades Wille was un wenn dat hie nu ümmegekahrt gäht, tau diamselwen Zwecke, brümme söll Guat do dann böise üewer sten. Hei es doch gerecht.“

Sou sochte iat siene Bedenken te beschwichtegen. Äinen Dag was iat vollstänneg met siek im reinen, un am andern Dage was iat ganz mautlos. Iek wellt afwachen un et unsem Hiarguat üewerlohten. Hei sall mie wal te rächen Tied dian rächen Wiag wiesen. Wenn iat sou wiet in sienem Gedankengange kuemen was, dann wouer iat allmähleck rüheger.

Marias Süster Anna was met sienem Manne no Köln, annen Rhin etrocken. Sei harn do en grout Fouhergeschäfte tegange un et gong iahne sähr guet.

Anna schräif diam Maria nu, iat söll im Februar äinege Dage no Köln kuemen. Iat söll siek äinmol dian Fassenowendstrubel ahnseihen. Ne kleine Aflenkunge wöier iahme ganz guet dauhen.

Emil sagte: „Föther es dohin, du büs sou in leßter Tied so stille wiasen. Schultens Mariechen kann uns de Käuhe melken un dat andere kann de Mouder dauhen. Sie wellt uns wal behelpen, föther men.“

Maria woll owwer nit. Ach, et was iahme ganz gewiß nit nonf Fassenowend temauhe.

Emil leit owwer nit noh. Hei wouer schließleck ganz böise. „Du liawes hie jo ase ne Nunne im Klouster", sagte hei.

Do mahkere iat siek reisefärreg un souher no Köln.

Maria har vüarhiar nit eschriewen. Jat dachte: „Du niemens die an diar Bahne ne Droschke un dann föihers bis vüar Annas Hus." Dat wär ock tau jeder anderen Tied müegleck ewiasen, blous op Fassenowend nit. Et was alt lahte am Owende, bo iat in Köln ahn= kam, un nu stond iat am Bahnhuawe un wußte nit bohien un bohiar. Dei Kölner wären alltehoupe reine= wiag ut dam Hüseken. Wenn iat ennen frogere no diar Lindenthaler Chussäi, dann gäffen se iahme op kölsch ganz dulle Antworten. Jat was bolle hülensmote.

Do gong ne grouten stattlecken Hären an iahme verbie. Grade ne Posetur ase Emil, so bräie Schullern un sonne dicken blonden Schnurrbart har hei. Unwill= kürleck gong iat ächter diam rin un bo iat tieger iahme was, do bläif dei Här stohn. Hei har soun fröndleck ver= truggenweckend Gesichte. Do frogere Maria dian nom Wiage, oder no Fouherwiark. Dei Här meinere, hei wär nit ut Köln, souviel wüßte hei owwer, dat dei Lindenthaler Chussäi buterhalb lächte. Jat wöier do ganz gewiß nit alläine hienfingen un dann wären ock de Strohten düen Owend viel te unsieker. Dei Maskäierten leipen jo allerwiagen rümme. En Fouherwiark opte= driewen, söll ouk wal schwor hollen. Am besten wärt, iat bläif düese Nacht im Hotel un göng tien moren Muargen. Et göng iahme nämleck genau so, hei käm ouk düen Owend nit widder. Hier in diar Nöchte wär äin sähr ahnstänneg Gasthus in äiner Sietenstrohte, bot stiller wär. Hei bläif do immer üewer Nacht, wenn hei no Köln käm. Maria was süß im Ummegange met

Mannslüen fähr vüarfichtig un terüggehollend. Düem Manne truggere iat owwer un iat gong met. Hei ftallte fiek vüar un fagte fienen Namen, in diam Suchhei bat owwer op dian Strohten was, konn iat kein Wohrt verftohn. Dei Här beftallte en fchöin Owendiaten füar twäi Perfounen un ne guerre Fläfche dobie. Hei neu= mere iat immer Fräulein. Iat har jo de Flechen fo ümmen Kopp lien un fog ut afe en jung Wicht.

Ahnfangs was Maria ätwas verliagen un benua= men, dat was iahme alles fou nigge, fou ungewuahnt. Dei Wien mahkere iat owwer lebendeg. Bo dei Här iat no fienem Namen frogere, do fagte iat, iat herre Meta Sturm. Iat här iahme üm alles in diar Welt fienen richtegen Namen nit efagt. Brümme? dat wußte iat felwer nit.

Dei ganze Gaftftuawe was voll van Menfchgen. De mäieften harn fiek verkledt. Diam Maria kamt vüar, afe wenn iat op äinmol in ne ganz andere Welt ver= fatt wär. Afe ne Droum, fou trock dat bunte Bild an iahme verbie. Iat lachere wenn dei andern lacheren. Iat konn gar nit anders. Dat Frouhfien ftahk ahn. Alles bat körperleck an Maria was, dat was in Un= ruhe un Opregunge. Iat was diarglieken jo gar nit ge= wuahnt. Sien Hiate, fiene Gedanken wären owwer te= hätme op diam Stäinshuawe bie fienem Manne.

Kam dat wal dovan, dat dei Mann an fiener Siet diam Emil fo gläik?

Maria Stäin was in düer Nacht äin ganz ander Menfchge. Äin willenlos Wiarktüg in äines Stärkeren Hand. In aller Hiarguatsfröihe ftond Maria am andern Muargen op. Iat betahlere bat iat fchülleg was un dann mahkere iat fiek op dian Wiag no fiener Süfter.

Iat har blous dian äinen Gedanken: „Dian Mann

brafft du im Liawen nit wier seihen. Hei es dat Mid=
del taum Zwecke wiasen. Alles andere, äin Wierbegieg=
nen, äin Nochäinmolseihen stäiht nit in dienem Pro=
gramm. Pienlecke Verliagenheit wöier beiderseits
empfungen wären."

Maria ilere met Haft vüaran. Dei griese Dag kam
so fahl, so verliawet ut allen Ecken un Winkeln te
krupen. Et was gerade, ase wenn ganz Köln ne morali=
schen Katzenjammer ehat här. Hie un do kam noch ne
Maskäierten, dä vam Owende vüarhiar üewrig eblien
was. Endleck konn iat ock ne liege Droschke opdriewen,
dä iat geschwinde an Ort und Stie brachte.

Marias Süster, Anna, mochte siek bolle dout ver=
wündern, dat Maria alt am fröihen Muargen kam.
Maria sagte, de Strohten wären iahme unsieker wiasen,
do wär iat im Hotel ebliewen. Anna meinere ouk, dat
wär et beste wiasen, bat iat här dauhen konnt. En
andermol söll iat vüarhiar schriewen, se härn selwer
Fouherwiark, dann wöier iat afehualet.

Twäi Dage bläif iat bie siener Süster. Iat har
ommer ne Unruhe in siek, ase wennt ennen dout eschlahn
här. Iat konn siek bim besten Willen kein Plasäier
mahken. Frouh was iat, bot wier häime föihern konn.

Uewer dian ganzen Wiag dachte iat: „Of iek Emil
wal in de Ougen seihen kann, ase frögger? Wenn hei
nu wat miarket, bat dann?"

Im hellen Dageslechte kam iahme alles ganz anders,
viel schlimmer, viel sündhafter vüar. Iat sochte no Ent=
schuldigungsgrünnen un fung keine. Har iat vüarhiar
ne unbefriedigte Sähnunge met siek rümme drian, dat
was ommer nit so schlimm, ase düet Gefeuhl bat iat nu
har. Rügge un Schiamde testräiten siek in iahme un
ne Ekel vüar siek selwer, stond iahme bis uan am Halse.

Sien ganze Heroismus, dä iat tau diam Schrie
driewen har, soll in siek selwer tehoupe. Hei holt nit
stand, vüar all dian bangen Frogen, dä nu op iat in=
stürmeren.

Nu was iat wier tehäime. Alles was ase frögger,
grade as wenn nix passäiert wär un doch har siek in
Marias Liawen ne Wendunge volltrocken.

Dat Wunder was gescheihen!

Sien Sähnen soll estillet wären!

Maria liawre in äinen wunderbörlecken Taustanne.
No buten hien was alles anders. Emil was besuarget,
rücksichtsvoll, de Guetheit selwer. Bat hei frögger nü
edohn har, dat där hei nu. Hei brachte siener Frau
kleine Opmiarksamkeiten met, wenn hei int Duarp oder
widder in de Staht gong. Stäins harn jo wal alles an
siek selwer, Küeke, Keller un Röikerkammer wouer nü
lieg, et giet ommer süß noch so manegerlei abbtietleckes,
bat me füar gewüahnleck nit hiat. Im Metbrängen was
Emil ganz erfinderisch, hei drahp immer gerade dat, bo
Maria Lust tau har. Me konn guet wieten, dat de Liebe
iahne tau allem dräif.

Marjanne was ase rümmedräget. Jat leit nit noh,
Maria mochte siek schuanen. Ne Mahd wouer ahne=
schaffet. Allerhand Rot gaffte iat diar jungen Frau,
ganz besüargleck was iat.

Nu här Maria jo äigentleck tefrian sien konnt. Et
was jo alles guet. Sien Wunsch soll siek erfüllen, bat
woll iat mähr? Et wär alles guet ewiasen, wenn iat
siek nit sou viel böise Gedanken emahket här.

„Wenn iat im Stillen alle Entschuldigungsgrünne
optallte: Dat üwergroute Verlangen, en Kind te hew=
wen, dian ollen Lüen Großelternfreude te mahken, Emils

Schwahkſien tautedecken, un vüar allen Dingen diam
Huawe un diar Fabrik ne Jarwen te gien, dann dachte
iat, aſe Hulda domols: Jek berügge nix. Wallens
göngen dei Gedanken owwer andere Wiage. Dat was
dann ſo ſchlimm, dat iat bange was, iat verlöis dian
Verſtand. Dian ganzen Dag ſummere iahme dat ſäßte
Gebot im Koppe rümme. Bie allem bat iat küere un
dachte, dei Endrefrain herre immer: „Du ſollſt nicht
ehebrechen —"

Bu manegemol har iat im Gebiate met Guat eküert.
„Du ‘ hias mie doch ſelwer dian Wiag ewieſen, dürch
dat Moſeskapittel. Ut miener Äigenheit wär iek nit
op dian Gedanken ekuemen. O, Guat, niem doch dei
Laſt van mie. Giew mie doch äin Täichen, dat iek wäit,
dat du mie vergafft hiaſt. Es et Sünde, bat iek edohn
hewwe, dann ſtrofe miek, bu du wos, iek well nit klagen.
Lieg mie de grötteſte Piene op, loh miek ſtiarwen,
wenn mien Kind ter Welt küemet. Jek well alles,
alles üewer miek niahmen. Wenn du miek am Liawen
lös, dann wäit iek, daß du mie vergafft hias. O, Guat,
dann well iek die danken, mien Liawen lang." Sou
un ähnleck biarre iat bolle jeden Owend, äger at iat
inſchleip.

Guet was et, dat Maria düchtege Hülpe im Huſe
har. Jat har et met diar Mahd guet edruapen. Guet
was et owwer ouk, dat ſe alle Rückſicht op iat nähmen
un ſiene Äigenheiten op ſtenen Tauſtand ſchöiwen.
Jo, iat was äigen. Dei Kampf, dian iat uteſechen
har met ſienen Gedanken, dei was nit licht.

Im November was et, un de äieſte Schnäi was
üewer Nacht efallen. Böime un Strühker wären met
Ruhriep bedecket. De Welt dobuten ſog ut, aſe ne
ſchöine Frau, dä ſiek in ne ſilwerwitten Schwanenpelz

220

ehüelet hiat. Äigentleck was et Chriſtdagswiar. Dages vüarhiar was alles gries un voll Niawel wiaſen un nu düeſe Pracht. Dat har wat te bedüen.

Gewiß hat wat te bedüen. Im Stäinshuſe was de Jarwe ahnekuemen! Ne geſunnen, ſtrammen Jungen, un dei junge Mouder was geſund!

Bu fahker at Maria de Hänne häimlecke unger diar Diecke follere un ut glückleckem Hiaten: „Guat ſie Dank“ ſagte, dat ſog nümmes. Do bruchte iat dian drübben Mann nit bie. Jat liawere! Jat har en Kind! Un Guat was iahme gnädeg ewiaſen! Hei har iahme vergafft!

Et was jo mähr Glücke at me drian konn.

De Sunne ſchäin ſiek wal ganz edräget te hewwen. Frögger har ſei immer am Stäinshuſe verbie eſchienen, beſunders in dian leßten Johren, owwer nu, ſolange at dei kleine Kasper=Emil ſienen Intueg ehollen har, ſchäin ſe dian ganzen Dag düar Finſter un Düaren rin.

Kasper=Emil es äigentleck keinen netten Namen füar ſonne ganz kleinen Jungen. Dei Fraulüh doffen ne ock ſotten ümme. Hei herre: Leiwecken, Schöhpken, Ströppken, Herzeken un Engelken. Van diar Suate har hei noch allerlei Namen. Marjanne was im Namen= giewen ganz beſunders düchteg.

Et was gerade, aſe wenn dei Liebe, dei Marjanne ganz deipe in äinem Winkel ſienes Hiatens verbuargen hollen har, nu op äinmol ant Dageslechte käm. Maria ſchurre wallens am Koppe, wenn iat hor, bu leiwleck at dei olle Frau küeren konn.

Dei olle Kasper har ſotten dei käiſchenböimen Weige vam Balken ehualet, do ſoll dei kleine Junge inne ſchlohpen. Do wour Marjanne owwer wild.

„Bat, in dat wuarmstiekege Dingen wellt iet dat Kind dauhen? Dat wär jo noch schönder. De findeste Kinderwagen ut diar Staht es nit te schar füar iahne."

Emil fouher in de Staht. Hei hualere ne schöinen Wagen met Gummireifen drümme. Düer war hei, dat scharre owwer nit. Füar sienen Kleinen was iahme nix te düer. Hei was jo so stolz un so üewerglückleck.

Dei kleine Kasper=Emil, was sou brait un so stämmeg ase Emil, dei brunen krusen Hoor un dei Schelmenougen har hei van Maria. Ain wunderschöin Kähleken was et.

Glücklecke Dage gässent nu im Stäinshuawe. Wennt Friedensengel giet, dann was dei kleine Junge ganz sieker ennen. Dei olle Kasper gong so tefrian do= rümme, Marjanne hat Lachen wier lährt, iat kräig keine Taufälle mähr.

Emil Stäin was wallens reinewiag nit wies van Freude. Hei dullere met sienem Jungen im Huse rümme, bo dei es soiawen op sienen strammen Bäinekes stohen konn un Maria har en heileg Freuen in siek.

Hulda Stäin was noch immer bie Möihne Linde in Jserlouhne. Jat was ne düchtege Krankenpflegerin ewouern un becker Hülpe nöideg har, dei schickere no Hulda Stäin. Möihne Linde schannte, wenn iat siek reinewigg opopfere. Hulda lachere dei Möihne owwer ut. Jat was jo sou gesund un kräfteg, dat Nacheswaken un Dagesarben scharre iahme nit. Dei Arbet un dei Jnblick in allerlei Menschenläid un =Verhältnisse har iahme dat innere Gliekgewichte wiergafft. Siene un= glückselege äieste Liebe har iat lange begrawen. Dat lagte alles so wiet ächter iahme, ase ne wüsten Droum. Möihne Linde met iahrem Zartgefeuhl rouher nit dran.

Sei was jo sou frouh, dat Hulda körperleck un seelesch wier sou frisch was.

Hulda was manegmol wiakenlang Dag un Nacht op äiner un diarselwen Stie. Wenn iat dann tau kuarter Rast in Möihne Lindes mollege Häim kam, dann wußte dei olle Frau nit, bat se iahme ahndauen soll. Et was jedesmol ne Festtied füar alle beide.

Äines Sunndagsmuargens wouer Hulda no äiner ollen, kranken Frau eraupen. Iat was gerade frie un gong ouk sotten met. Frau Schröier, sou herre dei Kranke, liawere met iahrem Suehne tehoupe. Sei har alt johrelang dorümme krickelt, owwer nü eklaget. Sei woll iahrem Suehne, dä alt souviel metemahket har, et Liawen nit verbittern.

Frih, iahr Suehn, was glückleck bestadt ewiasen. Dat Glücke har owwer blous kuate Tied eduert. Siene junge Frau was iahme asestuarwen, in diam Ougen= blicke, bo sei iahme en Kinneken gebuaren har.

Mouder un Kind dout! Dat was van allem Bitte= ren, bo dat Liawen emme met vergället wären kann, wal et Bitterste.

Dat was nu alt äinege Johre hiar. Frau Schröters Suehn was nit tehoupebruhken unger siener Liawenslast. Oprächt har hei se drian. Owwer stille was hei wouern, ganz stille.

Nu was hei voller Besüargnisse ümme siene Mou= der. Bat hei konn, där hei füar sei. Mannslüh äigent siek in diar Riegel owwer schlecht taum Krankenpflegen. Se het keine lichte Hand un de Geduld fählet iahne ouk mäiestens. Sou gong et ouk diam Frih. Hei was Wiarkmester in äiner grouten Fabrik. Viel Verant= wortung lagte op iahme. Se konnen iahne im Betriebe schlechte missen. Nu was hei räßleck, dat hei füar siene Mouder soune guerre Pflegerin efungen har.

Hulda rieglere ock dian ganzen Husholt. Dei Kranke mahkere jo so wieneg Ahnsprüche, sei was gedülleg un willeg taum Stiarwen.

In dian leßten Dagen, bot diam Ange tau gong, do kam Hulda Dag un Nacht nit ut dian Klätern. Dei kranke Frau dankere iahme jede Handräikunge met dankbaren Blicken. „Könn iek ink doch wier guetmahken, bat iet an mie dauet," sagte sei wallens, un tau iahrem Suehne, dä jeden frien Ougenblick bie siener Mouder am Berre saht, sagte sei äinmol ümmet andere: „Jat es ne Engel, Friß, dat glöff men. Wenn iat doch bie die bläif, nohiär, dann könn iek rüheg stiarwen.

Friß Schröier dachte owwer nit ant Stiarwen. Hei gloffte jo, sien Mölderken wär wier biäter ewouern. Bo dann dei leßte Nacht kam, hei saht met Hulda tehoupe am Berre, do konn heit nit packen, nit begriepen. Do har hei gar nit met eriaket. Alle Fassunge verlous hei, ganz vertwiewelt was hei.

Diam Hulda där dei Mann so furbar läie, iat hülere met iahme.

Dat Läid, wenn twäi tehoupe driat, binget de Hiaiten fäster anain, ase de Freude. Dat was füar Friß Schröier guet; denn dei Gedanke, Hulda seulet un driet met die, gaffte iahme de Kraft üewer siene Läidmaut Här te wären.

Bo Frau Schröier begrawen was, do konn Hulda et nit üewert Hiate brängen, diän äinsamen Mann fotten alläine te lohten. Jat brachte äies dian ganzen Husholt wier in Uarnunge, sonne Stiarwefall bränget jo immer allerhand Düarain met siek.

Dei beiden, Hulda un Fritz, kämen siek innerleck immer nöger, dat konn jo gar nit utebliewen. Fritz miarkere dat äies bo Hulda äines Dages sagte, iat här wier ne Stie taum Pflegen ahnenuahmen. Do wußte hei, dat hei ohne dat Wicht nit mähr liawen konn. Fritz Schröier was nit mähr jung, sähno vätteg was hei olt. Düese Liebe kam owwer üewer iahne, met äiner Gewolt, diar hei nit wierstohn konn. Hulda woll siek terüggeteihen. Iat dachte op äinmol an siene Vergangenheit. Riesengrout stond siene Berirrunge ut diar Jugend vüar iahme. Näi, iat droffte nit glückleck sien, dat har iat siek verscherzet, füar immer, so gloffte iat.

Fritz Schröier kam no Möihne Linde. Hei mochte Hulda wierseihen. In diar Äinsamkeit holt hei et nit ut. Hulda har owwer ne nigge Stie ahnenuahmen, hei drap iat nit do.

Nu schurre hei diar Möihne sien ganze Hiate ut.

„Iek gloffte, Hulda wüßte, bu et in mie utsög. Dat mochte iat doch feuhlen können, dat iek iat leif hewwe. Iek kann nit soviele Mundsprohken mahken, dat es mie nit egafft. Brümme es iat dann van mie gohen? Sie sind doch keine Kinder mähr, dä verstoppen dauhet, äiner vüarm andern."

Do vertallte iahme de Möihne ganz uapen un ährleck ut Huldas Vergangenheit. Sei verschwäig iahme nix. Sei sagte siek: „Hiat hei iat richteg leif, dann wät hei nix derbei fingen, im Giegendäil, hei wät dat guette mahken seuken, bat äiner sienes Geschlechts an diam Wichte versünneget hiat. Wenn heit owwer nit leif hiat, dann es et nu noch frouh genaug. Hei konn siek terüggetrecken. Dat es owwer nit so schlimm. Hei es dat querre Wicht dann gar nit wät."

„Dat es guet," sagte hei, „dat iet mie düet vertallt het. Nu kann iek Hulda begriepen. Mißtruggen un Schiamde hiat iat van mie futedriewen. O, dat dumme Wicht! Ase wenn dat füar miek ne Grund wär, van iahme te lohten. Nu maut iek iat jo dubbelt leif hewwen. Iat maut doch dei Unglückstied bie mie vergiaten. Aigentleck es iat mie menschleck nu viel nöger erucht. Iek hewwe iat jo verehret, ase ne Heilege. Nu wäit iek, dat iat ouk en schwahk Menschenkind es, so guet, ase iek. Fie muet uns beide faste hollen, äiner am anderen. Ach, wennt doch blous käm!"

Un iat kam, un alles was guet!

Möihne Linde bläif in iahren Stüawekes wuahnen. Sei soll met teihen. Fritz Schröier har jo sou ne schöine groute Wuahnunge. Sei wiarre owwer met Hännen un Bäinen. „Näi, näi," sagte sei. „Bat sall iek bie ink jungen Lüen? Wennt miek es bruhken maut, tüscher tinne Johr, dann kueme iek."

Dat hiat sei dann ock Wohrt ehollen.

Bo bie Schröiers dei kleine Prinzessin ahnkam, do was Möihne Linde biediarhand.

Bat wären dei drei Menschenkinder glückleck!

Un dat Ange van diar Geschichte?

Versöhnunge, Häimkähr.

Emil Stäin un Fritz Schröier fungen Gefallen äiner am anderen un no kuarter Tied herre dei Firma „Stäin un Komp." Dei Kumpeljoun was Fritz Schröier. Ahnfangs wuahnere hei met Frau un Kind un Möihne Linde (dei was metetrocken, sei konn siek van diar kleinen Maria=Anne nit trennen) im Stäinshuse, bis dat kleine äigene Wuahnhus, duanne bie diar Fabrik färreg was.

Kasper un Marjanne het siek noch maneg Johr am Glücke iahrer Kinner un Kinneskinner freuet. Dann sind se häimegohn, äiner kuat nom andern.

Maria un Hulda?

Selten finget me bie twäi Frauen soune Liebe, soune Äinegkeit, ase bie dian beiden. Äin Hiate un äine Seele wären se.

Se draugen alles tehoupe, dei beiden Familgen, Freude un Läid. Möihne Linde was ouk schlohpen gohen, ganz stille un häimleck. Sei hei gar nit eklaget, dat olle leiwe Menschelken. Bo Hulda iahr et muargens dian Koffi int Berre brängen woll, do lagte sei do so friedleck, ase wenn sei am schlummern wär. Sei ächterleit ne groute Lücke. Sei fählere allen. So gäiht dat Liawen sienen Gang widder. Dei Kinder wasset heran. Bie Schröiers es noch ne kleine Jungen derbie ekuemen. Kasper-Emil gäiht in de Staht op et Gymnasium. Hei es butergewüahnleck begabt, studäiren well hei. Maria es stolz op sienen Anzegen. Wallens, in stillen Stunnen, dann küemet iahme en Erinnern, bat iahme et Hiate unrüheg mahket. Jat hiat owwer dei Kraft in siek, de Gedanken te bannen. — Näi, iat berügget nix!

DIE MUNDARTREGIONEN WESTFALENS

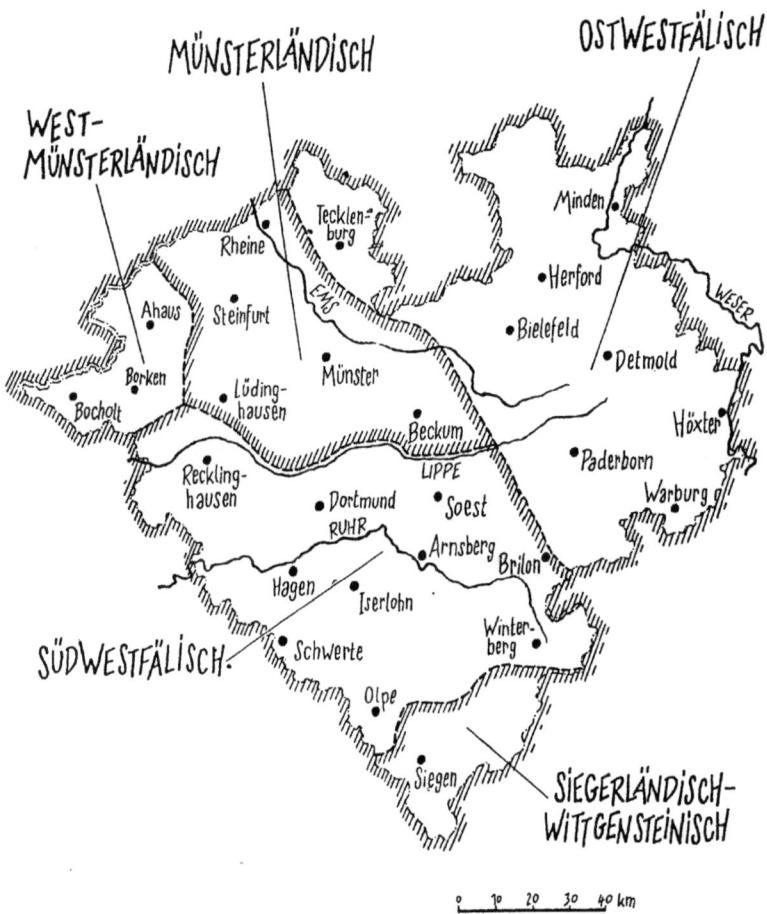

Abbildung aus dem von Cornelia Heering-Düllo bearbeiteten
Mundartlesebuch „Tungenslag" (Westfälischer Heimatbund 1993).
Den „südlichsten Zipfel" des niederdeutschen Sprachraums bilden: Kreis Soest,
Hagen (und Schwerte), Märkischer Kreis, Hochsauerlandkreis, Kreis Olpe.
(Der Kreis Siegen unten liegt jenseits der maken-machen-Grenze
und zählt schon zum hochdeutschen Sprachraum).

Literatur – Quellen

(mit Kurztiteln)

Bei Quellen und Werken, die auch frei im Internet zugänglich sind, ist der vorangestellte Kurztitel mit einem Sternchen* gekennzeichnet.

Aanewenge 2006 = Bürger, Peter: Aanewenge. Plattdeutsches Leutegut und Leuteleben im Sauerland. Eslohe 2006. [Herausgeber und Vertrieb: www.museum-eslohe.de]

Anthologie I = Sauerländische Mundart-Anthologie. Erster Band: Niederdeutsche Gedichte 1300-1918. Bearbeitet von Peter Bürger. Durchgesehene, zweite Auflage. Norderstedt: BoD 2016.

Anthologie II = Sauerländische Mundart-Anthologie. Zweiter Band: Plattdeutsche Prosa 1807-1889. Bearbeitet von Peter Bürger. Norderstedt: BoD 2016.

Anthologie III = Sauerländische Mundart-Anthologie. Dritter Band: Plattdeutsche Prosa 1890-1918. Bearbeitet von Peter Bürger. Norderstedt: BoD 2016.

Anthologie IV = Sauerländische Mundart-Anthologie. Vierter Band: Lyriksammlungen der Weimarer Zeit. Bearbeitet von Peter Bürger. Norderstedt: BoD 2016.

Anthologie V = Sauerländische Mundart-Anthologie. Fünfter Band: Verstreute und nachgelassene Gedichte 1919 – 1933. Bearbeitet von Peter Bürger. Norderstedt: BoD 2016.

Anthologie VI = Sauerländische Mundart-Anthologie. Sechster Band: Prosa-Sammlungen der Weimarer Zeit. Kölnisches Sauerland. Bearbeitet von Peter Bürger. Norderstedt: BoD 2017.

Beckmann 2008 = [Beckmann, Werner:] Plattdeutsches Wörterbuch für Olpe und das Olper Land. Von Carl Schürholz †. Bearbeitet, eingeleitet und mit einer Geschichte und Grammatik der Olper Mundart versehen von Werner Beckmann. Olpe 2008.

Bürger 1993 = Bürger, Peter (Bearb.): Christine Koch. Liäwensbauk. Erkundungen zu Leben und Werk [= Koch-Werke. Ergänzungsband]. Eslohe/Fredeburg 1993. [Bezugsadresse www.museum-eslohe.de]

Bürger 2013 = Bürger, Peter: Fang dir ein Lied an! Selbsterfinder, Lebenskünstler und Minderheiten im Sauerland. Eslohe: Museum 2013. [Verlag: www.museum-eslohe.de]

Bürger 2016 = Bürger, Peter: Friedenslandschaft Sauerland. Antimilitarismus und Pazifismus in einer katholischen Region. Norderstedt: BoD 2016.

Bürger 2017a = Peter Bürger: Die Lüdenscheider Mundartliteratur. Ein Überblick zum „plattdeutschen Kulturgedächtnis" vor Ort im Licht der Sprachgeschichte. In: Geschichts- und Heimatverein Lüdenscheid e.V. (Hg.): Der Reidemeister – Geschichtsblätter für Lüdenscheid Stadt und Land Nr. 210 vom 16. Mai 2017, S. 1877-1885. [http://www.ghv-luedenscheid.de/publikationen/der-reidemeister/]

Bürger 2017b = Peter Bürger: „Aus Herzens Überfluss". Über Emma Cramer-Crummenerl (1875-1964), die plattdeutsche Dichterin Lüdenscheid. In: Geschichts- und Heimatverein Lüdenscheid e.V. (Hg.): Der Reidemeister – Geschichtsblätter für Lüdenscheid Stadt und Land Nr. 210 vom 16. Mai 2017, S. 1886-1892. [http://www.ghv-luedenscheid. de/publikationen/der-reidemeister/]

CKA = Christine Koch-Mundartarchiv am DampfLandLeute-Museum Eslohe [Internetseite: www.sauerlandmundart.de].

Cramer-Crummenerl 1916 = Emma Cramer-Crummenerl: Vom Herzens-Überfluss. Lüdenscheid: W. Crone jr. [1916].

Cramer-Crummenerl 1926a = Emma Cramer-Crummenerl: Trauben und Schlehen. Gedichte in hoch- und plattdeutscher Mundart. Lüdenscheid: Heimatverlag Max Eckardt 1926.

Cramer-Crummenerl 1926b = Emma Cramer-Crummenerl: Ernst und Scherz im Reimgewand – aus dem Märchenwunderland. Lüdenscheid: W. Crone jr. 1926.

Cramer-Crummenerl 1928 = Emma Cramer-Crummenerl: Gesammelte Romane und Erzählungen. Erster Band. Lüdenscheid: Heimatverlag Max Eckardt 1928.

Cramer-Crummenerl 1954 = Emma Cramer-Crummenerl: Die Geister, die ich rief. Frauen-Roman. Balve: Hönne-Verlag 1954.

Gödden 2007 = Walter Gödden u.a. (Hg.): Flammende Herzen. Unterhaltungsliteratur aus Westfalen. Bielefeld: Aisthesis Verlag 2007.

Gödden/Nölle-Hornkamp 1997 = Walter Gödden / Iris Nölle-Hornkamp (Bearb.): Westfälisches Autorenlexikon Bd. 3: 1850-1900. Paderborn: Schöningh 1997, S. 136-137.

Im reypen Koren 2010 = Bürger, Peter: Im reypen Koren. Ein Nachschlagewerk zu Mundartautoren, Sprachzeugnissen und plattdeutschen Unternehmungen im Sauerland und in angrenzenden Gebieten. Eslohe 2010. [Verlag & Bezugsadresse: www.museum-eslohe.de]

Koch 1924 = Koch, Christine: Wille Räusen. Gedichte in sauerländischer Mundart. Neheim: König & Co [Dezember 1924]. [79S.]

Koch 1927 = Koch, Christine: Rund ümme'n Stimmstamm rümme... Neheim: König & Co. [1927]. [76S.; ndt. Prosa; eine bibliographisch erfasste 2. Auflage im Jahr 1930 konnte nicht sicher nachgewiesen werden.]

Liäwenläup 2012 = Bürger, Peter: Liäwensläup. Fortschreibung der sauerländischen Mundartliteraturgeschichte bis zum Ende des ersten Weltkrieges. Eslohe 2012. [Verlag: www.museum-eslohe.de]

Ludwigsen/Höher 1997 = Ludwigsen, Horst / Höher, Walter: Wörterbuch südwestfälischer Mundarten in den früheren Landkreisen Altena und Iserlohn, in der alten Grafschaft Limburg, in den Städten Altena, Iserlohn, Lüdenscheid und Menden, im Raum Hagen und in der kurkölnischen Region Balve. Wörter. Wortfelder. Redewendungen. Hochdeutsch-Plattdeutsch. Hg. Heimatbund Märkischer Kreis, Altena und Verein für Geschichte und Heimatpflege in der Gemeinde Schalksmühle. Altena: Verlag Heimatbund Märkischer Kreis Altena 1997.

Maxwill 2015 = Arnold Maxwill (Hg.): Gedichte des Krieges. Lyrik in Westfalen 1914-1918. Eine Anthologie. (= Veröffentlichungen der Literaturkommission für Westfalen Bd. 57). Bielefeld: Aisthesis Verlag 2015.

Pahl 1969 = Helmut Pahl: Schriftstellerin E. Cramer-Crummenerl. In: Heimatkalender für den Kreis Lüdenscheid 1970. Altena 1969, S. 166-171.

Pahl 2003 = Helmut Pahl: Lüdenscheider Köpfe des kulturellen Lebens von A-Z. 177 Kurzbiographien. 1. Auflage. Mering: WEKA info verlag gmbh 2003.

Pilkmann-Pohl 1988* = Pilkmann-Pohl, Reinhard (Bearb.): Plattdeutsches Wörterbuch des kurkölnischen Sauerlandes. Herausgegeben vom Sauerländer Heimatbund e.V. Arnsberg 1988. [Digitalisiert auch im Internet: http://www.sauerlaender-heimatbund.de/html/mundartenarch iv-pdf.html]

Schulte 1987 = Schulte, Toni: Plattdeutsches Wörterbuch. Eine Wörtersammlung für Attendorn und Umgebung. Hg. Stadt Attendorn, mit Unterstützung der Sparkasse Attendorn. Attendorn: Selbstverlag 1987.

Streubel 2003 = Christiane Streubel: Frauen der politischen Rechten in Kaiserreich und Republik. Ein Überblick und Forschungsbericht. In: Historical Social Research. Band 28 (2003), Nr. 4, S. 103-166. https:// web.archive.org/web/20051124234831/http://hsr-trans.zhsf.uni-koeln.d e /hsrretro/docs/artikel/hsr/hsr2003_589.pdf

Strunzerdal 2007 = Bürger, Peter: Strunzerdal. Die sauerländische Mundartliteratur des 19. Jahrhunderts und ihre Klassiker Friedrich Wilhelm Grimme und Joseph Pape. Eslohe 2007. [Verlag: www.museum-eslohe.de]

Wagener 1937 = Ferdinand Wagener: Künstlerschaffen im Sauerland. Meschede: Heimatverlag Dr. Wagener 1937.

Wagener 2017 = Ferdinand Wagener (1902-1945): Gesammelte Werke in sauerländischer Mundart, nebst hochdeutschen Texten. Herausgegeben von Peter Bürger und Wolf-Dieter Grün. Ein Editionsprojekt zur Mundartliteraturgeschichte aus dem Christine Koch-Mundartarchiv am Museum Eslohe in Zusammenarbeit mit dem Heimatbund Gemeinde Finnentrop e.V. Norderstedt: BoD 2017.

Woeste 1882* = Woeste, Friedrich: Wörterbuch der westfälischen Mundart. Herausgegeben von A. Lübben. Norden-Leipzig: Soltau 1882. [Bayerische Staatsbibliothek digital: https://download.digitale-samm lungen.de/pdf/1447798428bsb11023641.pdf]

– Buchhinweise –

Peter Bürger
Forschungsreihe zur Mundartliteratur
Zugleich ein Beitrag zur
Kulturgeschichte des Sauerlandes
www.museum-eslohe.de
www.sauerlandmundart.de

Im reypen Koren.
Ein Nachschlagewerk zu Mundartautoren, Sprachzeugnissen
und plattdeutschen Unternehmungen im Sauerland
und in angrenzenden Gebieten (Eslohe 2010).
ISBN 978-3-00-022810-0

Aanewenge.
Plattdeutsches Leutegut und Leuteleben im Sauerland (Eslohe 2006).
ISBN 3-00-020224-2

Strunzerdal.
Die sauerländische Mundartliteratur des 19. Jahrhunderts und ihre Klassiker
Friedrich Wilhelm Grimme und Joseph Pape (Eslohe 2007).
ISBN 978-3-00-022809-4

Liäwensläup.
Fortschreibung der sauerländischen Mundartliteraturgeschichte
bis zum Ende des ersten Weltkrieges (Eslohe 2012).
ISBN 978-3-00-039144-6

Eger de Sunne te Berre gäiht.
Die sauerländische Mundartliteratur von der Weimarer Republik
bis zur Gegenwart (geplanter Schlussband).

*

Sämtliche Sauerland-Literatur aus dem
Dampf Land Leute-MUSEUM ESLOHE
ist bestellbar über www.museum-eslohe.de (Link: Bücherei).
Buchverkauf vor Ort während der Öffungszeiten des Museums.

– Buchhinweise –

Die neue plattdeutsche Bibliothek:

Sauerländische Mundart-Anthologie

Texteditionen zur Mundartliteraturgeschichte
aus dem Christine Koch-Mundartarchiv
am Dampf Land Leute-Museum Eslohe
Bearbeitet von Peter Bürger

Erster Band:
Niederdeutsche Gedichte 1300 - 1918
Buchfassung ISBN 978-3-8370-2911-6
(Paperback, 340 Seiten; 14,90 €)

Zweiter Band:
Plattdeutsche Prosa 1807 - 1889
Buchfassung ISBN: 978-3-7392-2112-0
(Paperback, 456 Seiten; 16,80 €)

Dritter Band:
Plattdeutsche Prosa 1890 - 1918
Buchfassung ISBN: 978-3-7412-2240-5
(Paperback, 548 Seiten; 16,90 €)

Vierter Band:
Lyriksammlungen der Weimarer Zeit
Buchfassung ISBN: 978-3-7412-7387-2
(Paperback, 580 Seiten; 18,00 €)

Fünfter Band:
Verstreute und nachgelassene Gedichte 1919-1933
Buchfassung ISBN: 978-3-7412-7153-3
(Paperback, 472 Seiten; 15,90 €)

Sechster Band:
Prosa-Sammlungen der Weimarer Zeit. Kölnisches Sauerland.
Buchfassung : ISBN 978-3-8482-5981-6

Siebter Band:
Lüdenscheider Prosa der Weimarer Zeit von Emma Cramer-Crummenerl.

Verlag der Druckfassungen: BoD Norderstedt
Überall im Buchhandel erhältlich.

– Buchhinweis –

Christine Koch
WERKE

Bearbeitet von
Peter Bürger, Alfons Meschede † und Manfred Raffenberg

Band I: Gedichte in sauerländischer Mundart
(256 Seiten – fester Einband;
dazu: Hochdeutsches Arbeitsbuch)

Band II: Erzählungen und andere Prosa in sauerländischer Mundart
(224 Seiten – fester Einband)

Band III: Hochdeutsche Werke
(204 Seiten – fester Einband)

Band IV: Liäwensbauk.
Erkundungen zu Leben und Werk – Biographie
(zahlreiche Fotos, 304 Seiten – fester Einband)

Informationen zu unserem Christine Koch-Mundartarchiv
und weitere Veröffentlichungen im Internet auf:
www.sauerlandmundart.de

*

Musik-CD: MON-NACHT
Siebzehn plattdeutsche Lieder von Christine Koch,
komponiert von Udo Straßer (mit Beiheft zur Übersetzung)

Alle Titel zu Christine Koch erhältlich beim:
Dampf Land Leute-MUSEUM ESLOHE

Homertstraße 27, 59889 Eslohe
www.museum-eslohe.de

– Buchhinweis –

Peter Bürger

Friedenslandschaft Sauerland

Antimilitarismus und Pazifismus in einer
katholischen Region. Ein Überblick –
Geschichte und Geschichten.

ISBN 978-3-7392-3848-7
(204 Seiten; Paperback; BoD)
Zweite, veränderte Auflage 2016

Mit diesem Buch liegt die vielleicht erste Friedensgeschichte einer katholisch
geprägten, später „neupreußischen" Landschaft vor. Lange verlästerten
die Sauerländer den Krieg und votierten standhaft für den Frieden ...

Als der katholische Teil des Sauerlandes nach 1800 unter hessische und dann
preußische Landesherrschaft kam, behagte den Bewohnern die neue Pflicht zum
Soldatsein überhaupt nicht. Es kam zu massenhaften Desertionen.
Über Schule und Kriegervereine musste der Sinn fürs Militärische
durch die neuen Herren erst geweckt werden.

Das kölnische Sauerland war zur Zeit der Weimarer Republik jedoch eine
Hochburg des Friedensbundes deutscher Katholiken. Der Bund gehörte dann mit
zu den ersten katholischen Verbänden, die 1933 verboten wurden.
Einige Kriegsgegner mussten für ihre Standfestigkeit große Nachteile
in Kauf nehmen oder wurden sogar von den Nazis ermordet.

Das weltkirchliche Bekenntnis zur Einheit der ganzen menschlichen Familie auf
der Erde spielt in den friedensbewegten Linien der „anderen Heimatgeschichte"
eine wichtige Rolle. Hierin liegt auch eine Zukunftsperspektive der katholisch
geprägten, heute immer bunter werdenden Region.

Die Überschrift „Friedenslandschaft" markiert kein Gütesiegel,
sondern die Möglichkeit einer guten Wahl: Heimat für Menschen,
Ausgrenzung nur für Stammeswahn und braune Stammtischphrasen.